K.-H. SCHEER
et CLARK DARLTON

LE SOSIE DU STELLARQUE

PERRY RHODAN — 153

FLEUVE NOIR

Titres originaux :
EIN MANN WIE RHODAN de William Voltz
AUFSTAND DER MENSCHHEIT de William Voltz

Traduit et adapté de l'allemand
par Jean-Luc Blary

ISBN : 2-265-06636-2

Le Krest IV, avec à son bord Perry Rhodan, Atlan, Roi Danton et d'autres personnalités importantes de l'Empire Solaire, a été projeté dans la galaxie M87 par l'arme paratronique de la police du temps.

Bien qu'à présent l'équipage du Krest se trouve éloigné de la Terre de plus de trente millions d'années-lumière, une distance fantastique si l'on considère que les Terraniens n'avaient réussi jusqu'à maintenant à atteindre par leurs propres moyens que la Nébuleuse d'Andromède « voisine », ils ne perdent pas courage malgré leur situation désespérée.

Ils sont parvenus à vaincre l'énigmatique nain issu de la « flotte des cercueils de verre », qui a semé la terreur dans le navire en y causant de graves dommages. Ils ont également – bien que restant dans une situation critique – remporté la victoire dans la confrontation avec une planète dont la biosphère symbiotique avait été prise de folie lors de l'atterrissage du Krest.

Perry Rhodan et ses hommes se trouvent dans une position qui n'est rien moins que rose. Mais que se passe-t-il pendant ce temps au cœur de l'Empire Solaire, menacé par Old Man et les Gardiens Fréquentiels ?

Quand le chat n'est pas là, les souris dansent : les fauteurs de troubles mettent leurs plans en action, attisant la crainte du peuple, et un politicien secrètement soutenu par une organisation criminelle voit son heure venue…

Cependant un homme jusqu'alors inconnu s'oppose à lui : c'est LE SOSIE DU STELLARQUE *!*

PREMIÈRE PARTIE

L'HOMME QUI RESSEMBLAIT À RHODAN

PROLOGUE

Date : 12 janvier 2436.

Lieu : Système de l'étoile géante Navo-Nord, dans le Grand Nuage de Magellan.

Auditoire : Trente millions d'astronautes à bord de quarante mille vaisseaux terraniens.

Orateur : Le Maréchal d'État Reginald Bull, adjoint du Stellarque et porteur d'activateur cellulaire.

« L'ordre et le calme au sein de l'Empire Solaire, nous le savons, dépendent pour l'essentiel de la présence de Perry Rhodan. Lui seul pourra recueillir, lors de la proclamation de l'état d'urgence, la majorité requise aux deux tiers de la part des administrateurs de l'Empire disposant d'une voix délibérative. En cas d'attaque du Système Solaire par Old Man, *je n'aurais personnellement aucune chance d'obtenir cette majorité aux deux tiers, car une grande partie des députés feraient passer leurs ambitions personnelles avant l'intérêt de la communauté.*

« Old Man *a disparu dans l'espace linéaire. J'ai expédié quatre croiseurs équipés de traqueurs linéaires à la poursuite de la station-robot. Le gros de la flotte suivra dans quelques instants.*

« Vous êtes tous au courant que le Krest IV *a disparu avec à son bord Perry Rhodan, Atlan et Roi Danton, en même temps que le vaisseau de combat des Halutiens Icho Tolot et Fancan Teik.*

« Nous espérons tous que le Stellarque trouvera le moyen de revenir tant qu'il est encore temps. Je dois donc vous prier de conserver le silence le plus absolu sur sa disparition.

CHAPITRE PREMIER

Dans la salle de contrôle, située à l'étage supérieur, le bruit des turbopompes était quasiment inaudible.

Heiko Anrath jeta un bref regard sur l'horloge. Plus qu'une demi-heure avant minuit. Alors son assistant arriverait de New Tripoli et son service serait terminé.

L'ingénieur pouvait apercevoir les lumières de la ville par la baie vitrée de la salle de contrôle. Il résidait dans cette mégalopole, et pourtant il ne ressentait aucune affinité avec celle-ci. Bien que, durant ses heures de loisirs, il se laissât transporter d'un magasin à l'autre sur les trottoirs roulants, tout ce à quoi il aspirait était le calme de la station d'irrigation Sahara XI.

Ici, il pouvait rester assis, seul dans la salle de contrôle, et surveiller les indicateurs tandis que sous lui des centaines de mètres cubes d'eau en provenance de la Méditerranée s'écoulaient dans les canaux souterrains.

Cette eau traversait des ultra-filtres afin d'être dessalée pour aller ensuite irriguer le Sahara.

Quelques instants avant minuit, Heiko Anrath alluma l'holoviseur afin d'écouter les nouvelles. Une image tridimensionnelle du Système Solaire se forma. Le présentateur de la Terravision apparut.

— Selon des sources bien informées, il faudrait s'attendre incessamment à une proclamation de l'état d'alerte à l'intérieur de l'Empire. Aujourd'hui, 20 janvier, la majorité des vaisseaux de l'Astromarine Solaire sont de retour. Selon une note officielle de l'Administration, le Stellarque Perry Rhodan serait demeuré dans le Grand

Nuage de Magellan afin de superviser la neutralisation des dernières bases des agents hypnocristallins. Parmi les onze cents administrateurs qui sont arrivés sur Terre afin de participer à une séance spéciale du Parlement, c'est l'incertitude qui domine actuellement. Selon certaines rumeurs, la guerre dans le Grand Nuage de Magellan serait susceptible d'entraîner des conséquences néfastes pour l'Empire.

Anrath appuya sur le bouton et l'écran s'assombrit. L'ingénieur suivait de près l'évolution de la situation. Bien qu'il ne comprenne pas grand-chose à la politique, il devinait que nombre d'administrateurs s'affairaient à accroître encore l'inquiétude de la population.

Peu après minuit, il entendit enfin le glisseur de Wilson Fencher se poser sur le toit plat de la station. Il laissa son regard parcourir une dernière fois les contrôles. Son collègue entra tout de suite après. L'assistant d'Anrath était un petit homme corpulent qui ne donnait aucune impression particulière de vivacité. Il salua le superviseur d'un simple signe de tête.

— Tout va bien ? s'enquit-il.

— Oui, dit Anrath. Tu pourras commuter à mi-puissance à une heure. Et n'oublie pas le coup de pouce au secteur bleu à six heures.

Fencher ricana.

— Aurais-tu toujours peur que j'oublie quelque chose ?

— Oui, répondit Anrath sans sourire.

Son assistant leva les bras au ciel.

— Je n'ai jamais vu d'homme aussi scrupuleux que toi, Perry.

L'individu ainsi surnommé lui lança brièvement un coup d'œil rageur.

— Ne m'appelle pas Perry ! jeta-t-il. Tu sais que je déteste cela.

— Ne sois pas si susceptible, répliqua Fencher. Quel mal y a-t-il à ressembler au Stellarque ?

— Je ne crois pas que je lui ressemble beaucoup, murmura Heiko Anrath. Et de toute façon la ressemblance physique disparaîtra dans quelques années, parce que je vieillis, contrairement à Rhodan.

Fencher se laissa aller dans le fauteuil-contour face au pupitre. Il s'était résigné à ce que son collègue soit un original qui prenait la vie très au sérieux. Anrath était quelqu'un de fiable. Depuis qu'il était superviseur de Sahara XI, il n'avait encore jamais commis une seule erreur. À la différence de Fencher qui avait déjà plus d'une fois mal réglé le débit de l'eau ou bien l'avait dirigée vers les mauvais canaux.

— Que vas-tu faire, maintenant ? interrogea-t-il.

— Je vais aller dormir, expliqua l'interpellé en quittant sa blouse pour enfiler une veste.

— Mon Dieu ! fut la réponse instinctive. Quand donc te décideras-tu à dénicher une jolie fille et à sortir avec elle ?

Heiko Anrath ne se donna pas la peine de répliquer et se dirigea vers la porte. Il fit un signe à Fencher en guise d'au revoir.

— N'oublie pas de recharger le glisseur ! lui lança ce dernier. Je n'avais plus de monnaie dans ma carte.

Le superviseur se permit un sourire. Fencher n'avait *jamais* rechargé les batteries. Il se déchargeait systématiquement sur son collègue de ce détail de leur travail commun. Anrath n'en voulait pas à son assistant de cette petite faiblesse bien humaine.

Il prit l'ascenseur pour monter sur la terrasse. Quand il sortit, le vent nocturne lui rafraîchit agréablement le visage. Anrath s'étira machinalement. Face à lui se déroulaient à perte de vue les étendues fertiles qui avaient autrefois été l'immense désert du Sahara.

Il se dirigea vers le glisseur.

Ce fut alors que quatre hommes surgirent de derrière la petite station météorologique installée sur la terrasse.

Heiko Anrath comprit immédiatement qu'il se passait quelque chose d'anormal. Il pressentit que Fencher était au courant de la présence de ces individus. Pourquoi n'en avait-il rien dit ?

Il s'arrêta.

— Qui êtes-vous ? demanda-t-il. Et que voulez-vous ?

Il sentit quelque chose le toucher. Anrath eut pendant un instant l'impression que tout rétrécissait autour de lui, puis il commença à vaciller. Deux des hommes le rejoignirent et le rattrapèrent avant qu'il ne tombe. Ils ne prononcèrent pas un mot. De toute évidence, ils savaient exactement ce qu'ils avaient à faire.

Le choc embrumait les pensées d'Anrath. Il comprit qu'on l'avait attaqué et réduit à l'impuissance avec un paralysateur, mais les mobiles de cette action lui restaient complètement obscurs. Il essaya de mémoriser les visages de ces individus afin de pouvoir plus tard les décrire à la police s'il venait à être libéré, mais dans l'obscurité leurs traits étaient à peine visibles. Le quatuor se comportait avec une détermination qui laissait entendre que l'agression avait été planifiée dans ses moindres détails.

Il fut délesté de sa carte d'identité et de son badge de service. Puis ils le dévêtirent. Les hommes l'emmenèrent en direction d'un second glisseur, qui était resté caché à sa vue derrière la station météo. L'engin devait s'être posé au moment où Fencher était arrivé. Le bruit de son propre glisseur avait couvert celui de l'autre véhicule. Pour la première fois Anrath ressentit de la colère envers le petit homme installé en bas dans la salle de contrôle et jouant à l'innocent.

Quand ils passèrent devant l'appareil de Fencher, il vit qu'un homme l'occupait.

À en juger d'après sa posture, il était mort.

Heiko Anrath sentit une horreur sans nom l'envahir. Dans quelle sombre histoire se retrouvait-il embarqué ?

Trois des ravisseurs le poussèrent dans la seconde

machine. Le quatrième inconnu disparut avec ses vêtements et ses papiers dans le glisseur de Fencher. Les deux appareils décollèrent en même temps.

Anrath savait qu'il ne serait pas en état de retrouver sa mobilité avant un moment. Il ne pensait pas avoir la moindre chance de contrecarrer les plans de ces individus sans scrupules. D'après la manière dont ces forbans se comportaient, il était visible qu'ils travaillaient pour une organisation de grande envergure et n'en étaient pas à leur coup d'essai. Il ne s'agissait pas d'une simple agression, comprit-il. Des motifs plus importants étaient en jeu.

Quelque chose explosa soudain deux cents mètres devant eux.

Le glisseur de Fencher ! pensa Anrath avec désespoir.

Il s'était écrasé avec le cadavre à son bord.

Le quatrième homme réapparut quelques minutes plus tard en combinaison de vol. Il fit un signe aux trois autres. Cela signifiait sans aucun doute que tout était en ordre.

C'était peut-être vrai pour les autres, se dit Heiko Anrath, anéanti.

En ce qui le concernait, ça n'allait pas du tout.

*
* *

L'officier de police remit à son collègue la carte d'identité partiellement consumée qu'il venait de trouver dans l'épave du glisseur.

— La victime se nomme Heiko Anrath, dit-il. Il travaillait comme superviseur de la station d'irrigation Sahara XI.

— C'était un accident, commenta le second policier. Je pense qu'il est inutile de pousser plus loin les investigations.

Il fourra négligemment la carte d'identité dans sa poche.

Les premiers journaux du 21 janvier 2436 furent disponibles quelques heures plus tard à New Tripoli.

À l'intérieur, un entrefilet annonçait le décès d'un homme courageux et estimé de ses collaborateurs. Le public prit connaissance de cette information avec son indifférence coutumière.

Pour le monde entier, Heiko Anrath était mort.

CHAPITRE II

Heiko Anrath s'était retrouvé allongé sur le sol de la cabine, si bien qu'il ne put voir où ils se posèrent. On lui avait dans l'intervalle fourni d'autres vêtements. Le vol, qui s'était effectué à haute altitude, avait duré environ deux heures. Les effets du faisceau paralysant s'étaient dissipés, mais c'était bien la seule amélioration de sa situation. Trois de ses ravisseurs étaient assis sur le banc en fer à cheval à l'arrière du glisseur. L'un d'entre eux tenait fermement un radiant-choc au poing et ne quittait pas Anrath du regard. Le quatrième homme était installé dans le siège du pilote. Jusqu'à maintenant, les étrangers n'avaient guère échangé entre eux que quelques rares paroles.

Anrath était persuadé d'avoir été pris pour quelqu'un d'autre. Il se demandait ce que les criminels feraient quand ils découvriraient qu'ils s'étaient trompés. Probablement le tueraient-ils. Il étudia les physionomies de ses trois gardiens. Il ne pouvait pas voir le pilote, mais il fut certain que ses traits étaient aussi insignifiants que ceux de ses trois complices.

L'ingénieur ne se faisait aucune illusion. Il savait qu'on avait utilisé le cadavre d'un inconnu pour faire croire de façon convaincante à la police que le superviseur de Sahara XI avait eu un accident mortel avec son glisseur. C'était la seule explication aux événements qui s'étaient déroulés près de la station d'irrigation.

Anrath redressa la tête. L'attention des trois hommes se focalisa immédiatement sur lui.

— Je ne pense pas être celui que vous cherchez, dit-il d'une voix cassante. En tant que superviseur d'une station d'irrigation, je n'ai aucune confidence extraordinaire à vous faire. (Il essaya de sourire.) Et je doute fort que vous soyez intéressés par mon argent.

Les trois individus l'écoutèrent en silence, mais ses mots semblèrent ricocher sur eux. Il ne reçut aucune réponse.

— Où m'emmenez-vous ? se renseigna-t-il.

L'un des malfrats se leva et sortit une veste fourrée du compartiment à bagages. Il la jeta à Anrath.

— Mettez cela, dit-il d'une voix indifférente.

Ses ravisseurs l'observèrent avec vigilance tandis que leur victime enfilait la parka. Leurs regards rendaient l'ingénieur nerveux. Il avait la désagréable sensation qu'ils n'attendaient rien de plus qu'un faux mouvement de sa part pour se jeter tous les trois sur lui. L'implacable détermination qui émanait de ces hommes le perturbait.

Le bourdonnement du moteur changea de tonalité, et la machine se posa.

Anrath lança un regard interrogateur à celui qui tenait le paralysateur.

— Debout ! confirma le forban en hochant la tête.

Sa voix n'était pas très forte, mais pleine d'emphase. Il ne semblait même pas avoir été effleuré par l'idée que le prisonnier pourrait résister. Anrath s'étonna de se sentir aussi peu assuré sur ses jambes. Il jeta un coup d'œil par le cockpit.

La piste d'atterrissage sur laquelle s'était posée la machine était entourée de toutes parts par des bâtiments. L'ingénieur remarqua plusieurs silhouettes indistinctes affairées à inspecter un petit vaisseau spatial qui ne se trouvait pas à plus de cinquante mètres du glisseur.

Un des hommes remonta d'autorité la capuche d'Anrath sur sa tête. Puis l'habitacle s'ouvrit. Le froid qui le saisit manqua de lui couper le souffle.

— Allez ! dit un des autres avec douceur. Sortez !

— Où sommes-nous donc, ici ? s'enquit-il.

À son grand étonnement, il eut cette fois droit à une réponse.

— En Antarctique. Avancez !

Anrath sauta hors de la machinc et se retourna. Personne ne semblait prêter d'attention particulière à son arrivée. Il se demanda quelle organisation pouvait bien se permettre d'entretenir une telle base dans les environs du Pôle Sud. Son soupçon que des gens haut placés étaient impliqués dans son enlèvement se renforça. Il en fut simultanément de même de son sentiment d'impuissance et, sa peur s'intensifiant, il frissonna de froid.

— Vous avez envie de geler sur place ? lui fut-il demandé. Avancez par-là !

Un homme l'empoigna par le bras et l'entraîna en direction du petit astronef. Le cœur d'Anrath commença à palpiter. Voulait-on l'enlever pour le conduire dans l'espace ? Tout cela ne pouvait pourtant être qu'une horrible méprise. Il ne possédait ni ne connaissait rien qui eût pu justifier une telle dépense.

Il s'arrêta.

— Vous faites erreur, dit-il à ses accompagnateurs. Je ne suis certainement pas celui que vous cherchez. J'ignore ce qu'a bien pu vous raconter Wilson Fencher, mais il vous a menti. Je n'ai jamais rien fait d'autre dans ma vie que de m'occuper de turbopompes. Vous pouvez vous procurer ce genre de pompes dans n'importe quel magasin spécialisé et…

Sa voix mourut. Se trompait-il, où était-il le point focal de regards emplis de commisération ? Il haussa les épaules et se remit à marcher.

— Quittons-nous la Terre ? questionna-t-il l'homme qui pénétra avec lui dans le sas.

— Oui, lui fut-il brièvement répondu.

Anrath se raidit. Il eut envie de s'accrocher quelque part pour empêcher ce départ au dernier moment.

— Reviendrai-je jamais ici ? demanda-t-il.

L'autre le toisa d'un air bizarre.

— Il le faut, lâcha-t-il.

Anrath réfléchit à cette affirmation énigmatique. La conclusion la plus rassurante qu'il pouvait retirer de ce maigre renseignement était qu'on n'avait visiblement pas l'intention de l'assassiner.

Le pilote du vaisseau attendait l'ingénieur dans le poste de pilotage. Il était petit et avait les cheveux noirs. Ses yeux bougeaient sans cesse d'un côté et de l'autre et semblaient épier chacun des mouvements de l'arrivant.

— Êtes-vous déjà allé dans l'espace ? demanda-t-il à son passager.

L'ingénieur secoua la tête.

Le petit astronaute sourit et se laissa retomber avec un soupir dans son fauteuil face au tableau de bord. Il sembla réfléchir un instant. Quand il se pencha en avant et se tourna pour regarder Anrath, l'homme qui avait accompagné ce dernier prit la parole.

— Du calme, Gransom. Il ne doit rien savoir.

Le pilote fit une grimace de dépit et se détourna de nouveau.

— Lui avez-vous au moins dit qu'il n'avait rien à craindre ? s'enquit-il.

— Vous n'avez rien à craindre, répéta son cerbère à Anrath.

L'ingénieur tenta de sourire.

— C'est facile à dire.

Gransom battit des mains.

— Vous voyez ! lança-t-il d'une voix triomphale. Monsieur Anrath a peur. Toute cette affaire aurait dû être préparée autrement.

L'autre se fâcha.

— Taisez-vous, maintenant !

Heiko Anrath dut s'installer dans un fauteuil libre. Il regarda Gransom focaliser son attention sur le tableau de bord. Son gardien et l'astronaute ne semblaient apparemment pas très bien s'entendre. Cependant l'ingénieur douta de pouvoir tirer de cela un quelconque profit. Les événements devenaient de plus en plus irréels et semblaient faire partie d'un rêve étrange.

Gransom discuta par radio hertzienne avec quelqu'un qui se trouvait dans la tour de contrôle en bordure de la piste d'atterrissage. Anrath était de plus en plus étonné par la désinvolture avec laquelle se comportaient les criminels.

Gransom reçut immédiatement l'autorisation de décoller. La forme discoïdale du petit astronef s'éloigna du sol.

— Vous pouvez enlever votre parka, maintenant, dit le cerbère.

L'ingénieur se demanda où on l'emmenait. Certains de ces petits vaisseaux possédaient un surprenant rayon d'action, si bien qu'il était parfaitement imaginable qu'on le conduise hors du Système Solaire. De telles pensées ne firent que renforcer un peu plus le sentiment de solitude d'Anrath. Il se laissa aller contre le dossier de son siège et ferma les yeux. En ce moment, il aurait dû être dans son appartement de New Tripoli, levé depuis peu. Il aurait appelé Fencher pour s'assurer que tout allait bien dans la salle de contrôle. Ses supérieurs avaient probablement déjà affecté quelqu'un d'autre au poste de superviseur de la station d'irrigation Sahara XI. Wilson Fencher assisterait à l'enterrement d'un mort dont il savait pertinemment que ce n'était pas Heiko Anrath. Celui-ci serra involontairement les poings. Combien d'argent son assistant avait-il reçu en contrepartie de sa complicité dans l'enlèvement ?

— Le vol ne sera pas bien long, fit remarquer Gransom.

Anrath leva les yeux.

— Nous allons sur la Lune, continua le petit astronaute.

Anrath fixa avec incrédulité le grand écran situé au-dessus du tableau de bord. Était-il possible que l'influence de cette organisation criminelle soit assez grande pour pouvoir kidnapper quelqu'un et l'emmener sur la Lune ? Justement là-bas où – d'après ce qu'en savait Anrath – fourmillaient spécialistes et agents de la Défense Solaire ? Il reprit espoir. Peut-être que sur le satellite de la Terre il arriverait à contacter quelqu'un. Un instant d'inattention lui suffirait. Il était froidement déterminé à profiter de toute occasion qui pourrait se présenter.

Sa déception fut grande quand Gransom, après avoir reçu l'autorisation d'atterrir, fit descendre le disque dans le puits d'accès d'un hangar souterrain. Il semblait donc qu'Anrath n'aurait guère l'occasion d'alerter quelqu'un qu'il saurait ne pas être complice de ses ravisseurs.

Gransom activa les projecteurs antigrav et posa délicatement le vaisseau au fond du hangar. Anrath savait que l'intérieur de la Lune était un véritable gruyère. Sous la surface de l'unique satellite naturel de la Terre se cachaient d'immenses chantiers astronavals. Nathan, le cerveau biopositronique, était également installé ici. En outre, la plupart des services publics de l'Empire Solaire avaient des annexes sur la Lune.

Gransom se leva de son fauteuil. Il jaugea Anrath d'un regard compatissant.

— Ma tâche est accomplie, dit-il. Vous pouvez à présent l'emmener à l'intérieur de la station.

L'homme qui avait accompagné l'ingénieur depuis la Terre se dirigea vers le sas. Arrivé là, il attendit que son prisonnier le rejoigne.

— N'essayez pas de faire une bêtise, le mit-il en garde. Je suis chargé de vous conduire dans un endroit bien déterminé, et si vous cherchez à jouer au malin je n'hésiterai pas à utiliser le paralysateur.

— Ne vous faites pas de mouron ! leur cria Gransom.

Anrath et l'étranger de haute stature sortirent du vaisseau discoïdal. Les aires d'atterrissage étaient séparées l'une de l'autre par de larges convoyeurs menant jusqu'aux puits antigrav.

— Nous allons descendre encorc un peu, dit le cerbère.

Le superviseur eut l'impression que la voix de son ravisseur ne sonnait plus avec la même détermination. L'individu avait pratiquement terminé sa mission et commençait évidemment à songer à d'autres choses. Il ne quitta cependant pas Anrath du regard.

Dans la coursive suivante apparurent quelques hommes. Au-dessus de ceux-ci planait une petite plate-forme de réparation. Anrath jeta un coup d'œil de l'autre côté. Son gardien sembla lire dans les pensées de l'ingénieur et émit un rire bref. Le prisonnier se dit qu'il serait absurde d'essayer de tenter quelque chose. Son accompagnateur était parfaitement sûr de son coup. Il n'aurait certainement pas pris le risque de laisser Anrath s'approcher de personnes susceptibles de lui venir en aide.

La bande transporteuse emporta rapidement les deux hommes jusqu'à l'ascenseur antigrav le plus proche. Un bruit sourd provenait d'une direction indéterminée. Anrath supposa que des essais de blocs-propulsion se déroulaient quelque part.

De l'ouverture du puits surgirent trois hommes en uniforme. Anrath constata immédiatement qu'ils étaient armés. Il les regarda. Son sang bourdonna soudain à ses oreilles. Il leva le bras et désigna son ravisseur.

— Aidez-moi ! appela-t-il. Cet homme est un criminel. Vous devez l'arrêter !

Les trois autres continuèrent leur chemin comme s'ils n'avaient ni vu ni entendu Anrath. L'ingénieur se mit à trembler et ses épaules s'affaissèrent. Il réalisa l'apparente absurdité de ses accusations.

Ici, au cœur de la puissance terranienne, comment

aurait-il pu y avoir un criminel ? De telles allégations ne pouvaient que le rendre ridicule.

Son guide le saisit par le bras et le tira à sa suite dans le puits. Il semblait avoir déjà oublié l'incident. Tandis qu'ils descendaient, Anrath essaya de compter les niveaux pour calculer à quelle profondeur ils se trouvaient sous la surface de la Lune. Quand ils sortirent de l'ascenseur, ils devaient se situer à environ trois kilomètres plus bas.

Il fut dirigé vers un large passage. Ils ne rencontrèrent personne, mais une multiplicité de bruits prouvèrent à l'ingénieur qu'il y avait de l'activité partout dans les halles et locaux avoisinants. Il se sentait plus calme, à présent. Peut-être en fait commençait-il à se résigner.

Son gardien s'arrêta brusquement devant une porte ouverte.

— C'est ici que nous nous quittons, dit-il.

Il considéra Anrath comme s'il avait l'intention d'ajouter quelque chose, puis il le poussa vers l'intérieur. L'ingénieur entendit le battant claquer violemment derrière lui. Il ne fit aucune tentative pour le rouvrir car il était certain qu'il n'y arriverait pas.

Il se tenait dans une pièce aménagée de manière spartiate. Contre un des murs se trouvaient une table et deux chaises primitives. Dans un renfoncement carré, il vit un lavabo et un miroir. La lumière provenait de trois plafonniers ronds.

Il y avait des caméras partout.

On m'observe, pensa-t-il.

Son enlèvement lui semblait toujours aussi énigmatique. Pourquoi l'avait-on amené jusqu'ici ? Qu'attendait-on de lui ?

— Déplacez-vous ! lui fut-il intimé par une voix sortant d'un haut-parleur. Marchez de long en large dans la pièce.

Il sursauta. Il se demanda un instant s'il devait ou non se plier aux désirs des invisibles, puis il se mit à faire les cent pas dans la petite pièce. S'il n'accédait pas aux exigences de ses adversaires, ceux-ci l'y contraindraient peut-être.

— Tournez plusieurs fois sur vous-même, je vous prie !

Anrath obéit tout en maudissant secrètement les observateurs cachés.

— Plus lentement ! mugit le haut-parleur. Tournez plus lentement. Arrêtez-vous de temps en temps.

Il fit docilement tout ce qu'on lui demandait tout en réfléchissant fiévreusement. Il essayait de trouver un sens à tous ces ordres.

— Allez jusqu'à la table et asseyez-vous sur une des chaises. Bien. Relevez-vous. Asseyez-vous. Croisez les jambes l'une sur l'autre. Bien. Maintenant, la jambe gauche sur celle de droite. Attendez. Levez-vous. Appuyez-vous des deux mains sur la table. Retournez-vous brusquement. Des deux côtés. Bien, ça suffit. Prenez le papier sur la table. Tenez-le devant vous. Lisez à voix haute. Lisez comme vous pensez que ce texte doit être lu.

Anrath n'écoutait plus. Il fixa intensément le document imprimé. Les caractères devenaient flous sous son regard. Le texte était un mémo de l'Astromarine datant de l'année dernière.

Tout cela était un horrible cauchemar. Il toussa. Le feuillet trembla dans ses mains. Planté au milieu de cette pièce, fixé par les lentilles des caméras automatiques, il eut envie de s'enfuir. Il était prêt à courir. Mais dans quelle direction ?

— Lisez ! ordonna la voix du haut-parleur. Efforcez-vous de parler fortement et intelligiblement.

Il se mit à lire et fut effrayé par sa propre voix. Au bout de deux phrases, on le fit cesser.

— Commencez par vous calmer, lui fut-il dit. Attendez d'avoir retrouvé le contrôle de votre voix, puis lisez.

Envahi par un sentiment indescriptible, Anrath froissa la feuille et la jeta. Son visage était livide.

— Je refuse ! cria-t-il. Laissez-moi sortir d'ici !

— Calmez-vous ! répondit le haut-parleur. Retournez à la table. Prenez une autre feuille. Lisez le texte. Parlez à voix haute et distincte !

*
* *

Quand le Maréchal d'État Reginald Bull se détourna des écrans, il eut l'impression d'avoir subi une défaite. Il évita les regards des autres spectateurs parce qu'il savait y reconnaître la même déception que celle qui l'avait envahi.

— Maintenant, vous l'avez vu, dit-il.

— Il ne faut pas oublier la situation dans laquelle se trouve cet homme, dit le Maréchal Solaire Julian Tifflor.

Bull réprima un sourire. Tifflor trouvait toujours le moyen de dire quelques mots pour défendre quelqu'un qui n'était pas en mesure de pouvoir se justifier lui-même. Mais le simple fait que Tifflor prenne ainsi le parti de cet homme prouvait que le Maréchal Solaire lui non plus ne croyait pas en la réussite de son plan.

Bull se tourna en direction de Mory. L'épouse de Rhodan restait calmement assise à sa place. Ses yeux semblaient perdus dans le vide. Il regretta de ne pouvoir lui éviter cette confrontation. Mais il l'estimait assez courageuse pour lui présenter un homme qui ressemblait de façon stupéfiante à son Perry Rhodan porté disparu.

Les cogitations de Bull s'interrompirent quand le Maréchal Solaire Allan D. Mercant pénétra dans la pièce. Il ne serait jamais venu à l'idée d'une personne non avertie que ce petit homme pouvait être le chef de la Défense Solaire. Ici, à trois kilomètres sous la surface de la Lune, se cachait aussi le grand quartier général de Mercant. La station Luna-I se situait juste à côté de l'ordinateur biopositronique géant, Nathan.

Mercant jeta un rapide regard sur les écrans allumés et posa délicatement sur la table la chemise qu'il avait apportée.

— Je vois que vous avez déjà admiré notre candidat. Vous êtes tous au courant que la doublure du Stellarque a eu un accident mortel voici quatre jours. Après avoir sélectionné les quatre hommes qui ressemblaient le plus à Rhodan, nous avons finalement choisi Heiko Anrath. Sur Terre, monsieur Anrath est officiellement décédé. Nous avons mis en scène un accident avec le corps du sosie de Rhodan.

Bull observa les écrans. Le « kidnappé » était assis devant la table, la tête baissée. L'un de ses bras reposait sur sa cuisse, l'autre sur le plateau du meuble. L'adjoint du Stellarque éprouva un élan de compassion pour cet homme. Ils ne pouvaient informer Anrath de leurs plans avant d'avoir obtenu la certitude qu'il serait capable de jouer de manière convaincante le rôle de Perry Rhodan. Si Anrath ne convenait pas, il pourrait retourner sur Terre sous un autre nom et avec de nouveaux papiers. On l'enverrait en Australie où on lui construirait une nouvelle existence. Il n'apprendrait jamais pourquoi il avait été enlevé et emmené sur la Lune.

Bull craignait que le temps ne vienne à manquer. *Old Man* ne tarderait plus à surgir dans le Système Solaire. À ce moment-là il serait impératif que Perry Rhodan fasse une apparition publique si on voulait éviter de courir à la catastrophe.

— Quel silence, déclara Mercant à la cantonade. On dirait que vous avez des scrupules.

— Cet ingénieur ne sera jamais en mesure de se faire passer pour mon époux, dit Mory Rhodan-Abro. Vous auriez dû le voir quand il lisait le document de l'Astromarine. Mais il suffisait déjà de regarder comment cet homme se déplace. Il n'a aucun des talents d'une personnalité de premier plan. Il est maladroit et inexpérimenté. Il souffre de complexes. En outre, il est exagérément effrayé.

— Tout ce que vous affirmez est exact, répondit Mercant, affable. Cependant nos analyses indiquent que cet homme devrait être capable de se mettre dans la peau du Stellarque en huit jours.

Mory fit un geste de dédain.

— *Huit* jours ! s'exclama-t-elle d'une voix pleine de sous-entendus.

— Le temps nous est malheureusement compté, répondit Mercant. Nous avons appris par les commandants des vaisseaux de surveillance que *Old Man* a terminé sa cinquième étape linéaire. Les calculs de trajectoire montrent que le robot géant pourrait atteindre le système solaire dans huit jours. Il se peut naturellement qu'il mette un peu plus longtemps. Mais si *Old Man* apparaît le 30 janvier nous aurons besoin de Perry Rhodan, sinon la pire catastrophe politique de l'histoire de l'Empire Solaire passera de l'état de scénario à celui de triste réalité.

Bull fit un geste de dénégation.

— Allan, dit-il d'un ton apaisant, vous savez qu'il est impossible de former cet homme en si peu de temps !

— Impossible ? Je n'irai pas jusque-là, répondit le chef de la Défense. J'admettrai cependant que c'est assez improbable. Mais nous avons une petite chance, et nous devons tout au moins la saisir.

— Je ne suis pas d'accord ! protesta Mory. Plutôt que de gaspiller notre temps en essayant de former un homme qui ne sera jamais à la hauteur, nous ferions mieux de concentrer nos forces afin de maintenir l'ordre à l'intérieur du système.

— Je vous prie de m'excuser, Madame, répliqua placidement Mercant. Je pense que vos critiques sont influencées par vos sentiments. Nous le comprenons fort bien, mais ne nous en veuillez pas si nous agissons en priorité selon la ligne de conduite tracée par votre mari absent.

Bull observa Mory qui se mordillait la lèvre inférieure. Malgré sa pâleur et les cernes sous ses yeux elle représentait encore pour lui l'incarnation de la beauté féminine. Cela lui faisait mal de la voir dans cet état, et il maudissait le sang-froid avec lequel Mercant parlait de ses sentiments.

— Si vous voulez agir dans le sens de mon époux, vous ne pourrez jamais accepter qu'un homme comme Heiko Anrath joue le rôle du Stellarque, dit Mory.

Elle se raccroche à l'espoir que Perry puisse encore revenir à temps, songea Bull, fatigué.

Il aurait souhaité pouvoir l'aider, mais il savait que jamais il ne pourrait franchir le fossé qui le séparait de cette femme. Son cœur lui resterait toujours fermé. Elle était trop fière pour se laisser assister.

— Peut-être devrions-nous donner une chance à cet Anrath, avança prudemment Tifflor. Nous devrions nous en occuper à fond. Il faudrait avant tout tester sa volonté intérieure. Il changera de comportement quand il apprendra quelle importance il peut avoir pour l'humanité.

Bull réprima un ricanement. Tifflor essayait de trouver un compromis, car il se refusait à ce qu'ils agissent à l'encontre des désirs de Mory. Il pouvait encore réussir à la convaincre.

— De nous tous, vous êtes celui qui en savez le plus, dit l'Epsalien Osman Frent en s'adressant à Mercant. (Frent avait repris le commandement suprême de l'O.M.U. après la disparition d'Atlan.) S'il est assez intelligent pour le comprendre, qu'attendons-nous ?

Mercant ouvrit la chemise qu'il avait apportée et distribua quelques documents.

— Tout ce que nous savons sur Anrath est là-dedans.

Frent parcourut les rapports.

— Il n'est pas très intelligent, conclut-il.

— Il est scrupuleux et fait preuve de bon sens, le contra Mercant. Il n'y a dans sa vie privée rigoureusement rien qui puisse lui être reproché.

— Je ne crois pas que son quotient intellectuel soit assez élevé, s'obstina Frent.

— Il est juste un poil au-dessous du vôtre, expliqua poliment Mercant.

Frent grommela, surpris, puis il émit un rire retentissant dans lequel les autres reconnurent de la gratitude.

— Êtes-vous vraiment décidé à transformer cet homme en Stellarque ? interrogea l'amiral de l'O.M.U.

— Oui, dit Mercant. J'y suis résolu.

— Il est mentionné ici que Heiko Anrath est un spécialiste en turbopompes, précisa un des scientifiques présents. Il ne dispose probablement pas de connaissances étendues. Ce qui implique de nombreuses séances d'hypno-enseignement et risque de nous faire perdre un temps précieux.

Mercant reprit le dossier.

— J'ai élaboré un emploi du temps. Regardez-le, je vous prie. Vous pourrez voir comment j'ai envisagé la formation d'Anrath.

Il y eut un moment de silence, à peine troublé par le bruit des pages tournées, tandis que les personnes présentes parcouraient le programme mis au point par le chef de la Défense. Finalement, Tifflor redressa la tête.

— Quand Anrath dormira-t-il ? voulut-il savoir.

Mercant ne prêta pas attention à la nuance ironique de la voix du Maréchal Solaire.

— Le moins possible, répondit-il sèchement.

— Cela le brisera, ajouta Tifflor, sérieux.

— C'est exact, reconnut Mercant. Pour parler honnêtement, l'équilibre psychique d'Anrath est mon principal souci. Il est impossible de prédire comment réagira cet homme la première fois qu'il aura à se faire passer pour Rhodan. Il y a dans son psychogramme un facteur inconnu.

— Il commence tout doucement à m'intéresser, avoua Reginald Bull. (Il menaça Mercant du doigt.) Je pense que vous cherchez à nous rendre votre victime plus alléchante.

— Telle est exactement mon intention, répliqua l'interpellé en feuilletant ses documents.

Bull se leva.

— Je propose qu'à présent nous rencontrions directement monsieur Anrath, suggéra-t-il.

— Attendez encore un peu ! intervint Mercant en s'approchant des écrans. Il faut éviter de causer chez l'ingénieur un conflit psychique inutile. Si vous êtes certains qu'il ne fera pas l'affaire, ce n'est pas la peine de nous montrer à lui. Cela facilitera sa réinsertion dans la société.

Tous se tournèrent instinctivement vers Mory Rhodan-Abro. Bull comprit que la décision était laissée à l'épouse du Stellarque. Mory haussa les sourcils quand elle comprit la signification des regards convergeant sur elle.

— Je sais quelle réponse vous attendez de moi, dit-elle, réaliste. Monsieur Bull, vous pouvez faire venir monsieur Anrath.

Mercant leva le bras.

— Encore une minute. J'aimerais vous remercier pour votre compréhension, Madame, déclara-t-il en s'inclinant.

Bull alluma l'interphone.

— Amenez tout de suite monsieur Anrath dans la salle de réunion, ordonna-t-il au spécialiste de la Défense qui attendait de l'autre côté de la porte.

*
* *

Durant les premières minutes, Heiko Anrath avait apprécié que le haut-parleur restât enfin silencieux. Mais à présent il avait de nouveau envie d'entendre son timbre métallique. C'était un contact avec le monde extérieur et en même temps sa seule source d'information. Il faillit presque sourire en comprenant la direction que prenait sa pensée. Il commençait à se résigner à la situation actuelle et souhaitait obtenir une réponse à toutes les questions qu'il se posait.

Il ne croyait plus avoir été enlevé par une organisation criminelle. Il s'agissait de toute évidence de quelque chose de bien plus important que du vol ou de l'espionnage. Les hommes qui l'avaient emmené ici depuis la Terre devaient être en relation avec des instances gouvernementales de très haut niveau. Anrath soupçonnait que peut-être même des membres de l'Administration Solaire trempaient là-dedans. Cependant toutes ces suppositions n'apportaient aucune réponse à la question qui le torturait : pourquoi l'avait-on amené sur la Lune et pas ailleurs ?

Il se leva et se mit à marcher de long en large dans la pièce. Il ne savait pas si on le surveillait encore. Pour l'instant cela lui était indifférent. Il se sentait fatigué.

La porte s'ouvrit. Un homme en uniforme entra et lui lança une combinaison ordinaire.

— Mettez cela ! ordonna-t-il.

Anrath s'exécuta tandis que l'homme l'observait en silence.

Quand il fut prêt, l'autre lui dit sèchement :

— À présent, venez !

Le superviseur sortit dans le couloir et attendit que son guide reprenne la tête. Ils n'avaient pas franchi plus de trente mètres quand l'homme s'arrêta devant une porte.

— Monsieur Anrath est là, Monsieur, dit-il dans l'interphone.

— Qu'il entre, répondit une voix sereine.

— Allez-y ! intima l'homme en uniforme.

Heiko Anrath ouvrit la porte. À l'intérieur de la pièce, vingt hommes et une femme l'attendaient.

La femme était Mory Rhodan-Abro. Elle le regardait. Il la reconnaissait pour l'avoir vue d'innombrables fois en image. Il identifia également un des hommes. C'était le Maréchal d'État Reginald Bull.

— Bienvenue sur la Lune, Monsieur Anrath, lança amicalement Bull en s'avançant vers lui, la main tendue.

CHAPITRE III

Heiko Anrath s'était attendu à rencontrer sur la Lune des gens hors du commun, et il s'y était préparé durant les précédentes minutes. Mais quand il se retrouva face à ceux-là mêmes qui tenaient les rênes de l'Empire Solaire, son manque d'assurance revint d'un coup.

Les responsables de son enlèvement n'étaient autres que les personnalités rassemblées ici.

Pour Heiko Anrath, cette révélation fit l'effet d'un choc.

Au lieu de prêter attention à la main que lui tendait Bull, il recula.

— Vous… vous ! bredouilla-t-il d'une voix tremblante. Vous avez fait tuer un homme pour le mettre à ma place au Sahara dans un glisseur qui a explosé.

— Que vous pensiez à ce mort dans la situation où vous êtes plongé est tout à votre honneur, répondit gravement Bull. Nous ne sommes pas des meurtriers. L'homme est mort accidentellement. C'était la doublure de Perry Rhodan. Dans l'état actuel des choses, nous déplorons son décès plus que tout autre affaire.

Les pensées d'Anrath s'entrechoquaient frénétiquement. Il s'efforça de parler avec calme et méthode.

— Pourquoi m'avez-vous fait enlever ? J'ignorais que les collaborateurs de Perry Rhodan faisaient appel à de telles méthodes.

— Votre reproche est justifié, concéda Bull. Quand vous serez au courant des événements, vous admettrez que nous ne pouvions pas agir autrement. Ce que nous faisons n'est pas seulement dans notre intérêt. La menace concerne toute l'humanité.

Un petit homme s'avança à côté de Reginald Bull. Il prit Anrath par le bras et l'emmena vers un fauteuil libre.

— Je suis Allan D. Mercant, se présenta-t-il. En tant que chef de la Défense Solaire, je suis le responsable de votre enlèvement. J'espère que vous avez été traité correctement.

Anrath opina. Il avait déjà entendu parler de Mercant mais, comme aucune image du chef de la Défense Solaire n'avait jamais été rendue publique, il n'avait pas pu le reconnaître. Il parcourut la pièce des yeux. Un des hommes était un adapté, probablement un Epsalien. Celui-ci examinait l'ingénieur avec un intérêt non dissimulé, ainsi d'ailleurs que tous les autres. La présence de la femme de Rhodan ne faisait qu'ajouter à la confusion d'Anrath. Il avait remarqué sa beauté par images interposées, mais à présent s'y ajoutait le charisme personnel de la Plophosienne.

Il ressentait son regard inquisiteur, et avait l'impression qu'elle essayait de voir jusqu'au tréfonds de son âme.

— Qu'attendez-vous de moi ? s'enquit-il.

Ce fut de nouveau Bull qui parla.

— Afin que vous puissiez comprendre nos explications, nous devons tout d'abord vous informer que Perry Rhodan est porté disparu.

Il continua avec le récit détaillé des événements qui s'étaient déroulés dans le Grand Nuage de Magellan.

— Vous êtes certainement au courant de la situation politique actuelle grâce aux médias ? demanda-t-il finalement.

— Oui, dit Anrath.

— Nous sommes d'ores et déjà confrontés à un début d'agitation, continua Bull. Que pensez-vous qu'il arrivera si *Old Man* apparaît dans notre Système Solaire avec les policiers temporels à bord – et que Perry Rhodan ne soit pas là ?

— Cela risque d'être le chaos, répondit Anrath.

La proximité de Bull le rassurait. L'adjoint de Rhodan rayonnait une aura de calme et de détermination qui déteignait sur l'ingénieur. Celui-ci essaya de se convaincre que l'homme qui était devant lui était celui-là même qui s'était envolé vers la Lune avec Perry Rhodan en 1971. Le visage couvert de taches de rousseur du Maréchal d'État, avec ses yeux apparemment incolores, avait un air enfantin. Cet homme, comprit Anrath, ne se ferait jamais complice d'un crime. S'il avait approuvé l'enlèvement, c'était parce que le devenir de toute l'humanité était en jeu.

— Je suis heureux que vous compreniez notre situation, reprit Bull. Il me sera ainsi plus facile de vous expliquer quelles sont nos intentions. Perry Rhodan a donc disparu. Par malheur, celui qui le remplaçait fréquemment lors de ses apparitions publiques a été victime d'un accident mortel il y a quatre jours. Nous avons donc été contraints de chercher une solution de remplacement.

Anrath déglutit. Il commençait à entrevoir ce qu'on attendait de lui, et c'était monstrueux. Il avait l'impression de plonger son regard dans un abîme insondable. Il se mit à observer les alentours comme un animal aux abois, comme s'il cherchait une possibilité de fuite.

— Je crois que nous nous comprenons, dit Bull.

Je dois jouer le rôle de Perry Rhodan ! parvint enfin à penser Anrath.

Il devait entrer dans la peau de ce Terranien légendaire. Il en avait le souffle coupé.

— Regardez cet homme ! retentit la voix compatissante de Mory Rhodan-Abro. Croyez-vous toujours qu'il puisse en être capable ?

Quand Bull répondit, sa voix semblait venir de très loin. Son imposante silhouette dansait devant Anrath comme un ballon de baudruche. L'ingénieur s'enfonça un peu plus dans son fauteuil.

— Non, dit Bull. J'en doute fort.

— À quoi vous attendiez-vous donc ? s'exclama Mercant, sévère. Monsieur Anrath est un être humain normal qui a été sorti à l'improviste de son environnement habituel. Il se voit maintenant confronté à une tâche qui lui paraît irréalisable. Il est bien compréhensible qu'il ait un peu de mal à encaisser le choc.

— Renvoyez-le sur Terre, conclut Bull d'un air las. Nous tâcherons de réparer notre erreur. Anrath finira par oublier.

Ils parlent de moi comme si j'étais un animal de laboratoire, pensa Anrath. Il sentit la colère l'envahir, lui permettant de surmonter le choc psychique. Il se passa une main sur le visage.

— Attendez ! croassa-t-il. J'accepte de reprendre le rôle du Stellarque.

Bull le jaugea d'un regard appuyé.

— Vous êtes très courageux, lâcha-t-il enfin. Cependant votre ressemblance superficielle avec Rhodan ne suffit pas. Il vous manque beaucoup de choses pour être identique à Perry, physiquement et dans votre comportement. Vous n'y parviendrez jamais en huit jours.

Anrath bondit et saisit la main de Bull.

— Laissez-moi essayer ! s'écria-t-il d'une voix stridente.

Ils le tenaient de toute évidence pour un raté. Il devait leur prouver qu'ils se trompaient. Ne comprenaient-ils donc pas qu'il lui fallait d'abord se remettre du choc de la révélation ?

Bull prit les mains d'Anrath et les secoua machinalement en appuyant ses paroles.

— Vous voyez la chose comme un défi personnel, dit-il d'un ton accusateur. Vous voulez vous prouver à vous-même que vous êtes un homme. Mais ce qui nous importe, à nous, c'est l'Humanité. Nous avons besoin d'un individu qui soit pleinement conscient que son échec personnel peut signifier la mort de milliards de personnes. Nous avons besoin d'un homme qui se rende disponible corps et âme pour sauver l'humanité. Mais vous, c'est votre propre image de Heiko Anrath que vous voulez sauver.

Le sang était monté à la tête d'Anrath. Cet homme l'avait tout de suite mis à nu. Il se cacha la figure dans les mains. Ce qu'il souhaitait plus que tout, c'était revenir à son ancien travail. Mais il ne pouvait plus retourner là-bas, c'était impossible, même si on le ramenait sur Terre aujourd'hui même.

— Eh bien soit, laissa tomber Bull. Nous allons essayer avec lui, Allan.

CHAPITRE IV

— Vous ne devez pas *imiter* Perry Rhodan – vous devez *être* le Stellarque, corps et âme, dit Allan D. Mercant quelques minutes plus tard tandis qu'il emmenait Anrath vers les blocs opératoires de la Défense Solaire. Naturellement, votre ressemblance actuelle avec lui est insuffisante. N'importe quel observateur attentif vous démasquerait immédiatement. Nous allons donc faire le nécessaire afin que vous ressembliez à Rhodan jusqu'au bout des ongles. Nous modifierons vos traits par des interventions chirurgicales. Nous entreprendrons également de retoucher vos cordes vocales si bien que votre voix sera rigoureusement identique à celle du Stellarque. La pigmentation de votre peau sera elle aussi altérée, tout comme la couleur de vos yeux et de vos cheveux. (Il haussa les épaules.) Ajouté à une formation hypnotique, c'est tout ce que nous pouvons vous donner. Tout le reste devra venir de vous.

Anrath se sentait aussi perdu qu'un être habitué à évoluer sous l'eau et qu'on aurait contraint à remonter à la surface. Le monde dans lequel on l'avait conduit était étranger et menaçant. Les gens à qui il avait affaire à présent n'avaient pas l'intention de le détruire, mais ils l'agressaient pour lui faire abandonner sa personnalité afin de la remplacer par celle d'un autre.

Officiellement, Heiko Anrath était déjà mort. L'ingénieur pressentait que s'il voulait accéder aux désirs de Bull et Mercant, il devrait accomplir une sorte de suicide mental. Il devait renoncer à tout ce qui faisait Heiko

Anrath. Il n'avait même pas le droit de s'en souvenir. Il devait se débarrasser de tout ce qui portait l'étiquette « Heiko Anrath » aussi rapidement et aussi totalement qu'un serpent abandonne sa mue.

Et il n'y avait pas de retour en arrière possible.

S'il devenait Perry Rhodan, il ne pourrait jamais plus retrouver sa vie personnelle, il en avait la certitude.

— Vous êtes bien silencieux, dit Mercant qui l'accompagnait au long de coursives qui semblaient n'en plus finir. Tout ceci doit vous sembler être un rêve. Malgré tout, nous ne pouvons vous accorder aucun délai de réflexion. J'espère que vous aurez l'occasion de vous préparer moralement à ce qui vous attend pendant que le professeur Nabore s'occupera de vous.

Anrath comprit à sa grande surprise que Mercant était le seul des responsables à y croire.

— Ce ne sera pas aussi difficile pour vous que pour Perry Rhodan, continua le chef de la Défense Solaire. Vous n'aurez aucune décision à prendre, cela, nous nous en chargeons. Mais nous ne pourrons vous épargner ni le contact avec des gens qui ne sont pas au courant, ni d'être face à eux l'homme qui porte la responsabilité des derniers événements. Mettez-vous bien dans la tête que vous êtes celui qui a créé l'Empire Solaire et a permis à l'humanité de devenir la première puissance de la Galaxie.

Anrath avait la gorge sèche. Il émit un grognement censé exprimer son accord.

Ils croisèrent de temps à autre des hommes vêtus d'uniforme en tissu synthétique de couleur claire. Ce fut à peine si l'ingénieur les remarqua. Il avançait aux côtés de Mercant comme un somnambule.

— Ne craignez-vous pas que je vende la mèche ? lâcha-t-il. Imaginez un peu que je me présente devant le Parlement et que j'affirme ne pas être Perry Rhodan !

Le regard de Mercant sembla s'assombrir. Le petit homme ralentit.

— Essayez-vous de me provoquer, monsieur Anrath ?

Celui-ci fit non de la tête.

— J'ai confiance en vous, dit-il d'une voix râpeuse.

— Ayez surtout confiance en vous-même, lui recommanda Mercant, furibond. Vous en aurez bien besoin.

Ils continuèrent, passant devant des portes, des renfoncements et des couloirs latéraux. Anrath avait l'impression que plus ils progressaient plus le calme était profond. Le sol souple amortissait le bruit de leurs pas. La coursive déboucha finalement sur une antichambre carrée.

— Derrière cette porte commence le domaine du professeur Nabore, le meilleur spécialiste en chirurgie bioplastique, dit Mercant. Vous avez encore la possibilité de renoncer *maintenant*, monsieur Anrath.

Le sosie potentiel du Stellarque contempla fixement la porte. Bien qu'elle ait l'air normale et rassurante, il avait l'impression de se trouver face à l'entrée de l'Enfer. L'horreur semblait l'attendre de l'autre côté. Dans une vision d'épouvante il se vit attaché sur une table d'opération tandis que des individus ricanants s'affairaient à l'altérer à jamais.

Mercant sentit son hésitation.

Anrath se ressaisit d'un seul coup. Il empoigna le loquet. Il avait la sensation que des années s'étaient écoulées depuis qu'il s'était assis pour la dernière fois dans la station de contrôle de Sahara XI.

Mercant le poussa avec douceur sur le seuil de la clinique.

— Le professeur vous aidera, dit-il. Il fera son possible pour que tout se passe au mieux pour vous. (L'ombre d'un sourire se dessina sur ses traits.) Peut-être même trouverez-vous votre nouvelle physionomie plus agréable.

— J'ai toujours tout fait pour minimiser ma ressemblance avec Rhodan, répliqua Anrath. C'est pourquoi je me coiffe de manière aussi bizarre.

— Votre magnifique chevelure a bien failli nous leurrer,

admit Mercant. C'est pourtant ce qu'il y a de plus facile à changer.

Ils pénétrèrent dans le bureau du chirurgien. Nabore n'était pas là. Au mur était fixée l'immense photographie d'un visage humain. L'image était divisée en une multitude de petits carrés.

— C'est vous, expliqua Mercant en s'installant dans un fauteuil. Nous avons remis cette photo au professeur pour qu'il l'étudie en détail.

Anrath s'approcha du cliché. Il le toucha du bout des doigts. Des indications écrites figuraient dans divers carrés. Elles ne signifiaient rien pour lui. Qu'il n'ait pas reconnu sa propre image l'avait ébranlé. Il avait cru que c'était celle d'un étranger.

— Nabore travaille selon une nouvelle méthode, révéla Mercant. Il fait croître de l'épiderme bioplastique sensible sur un substrat nutritif afin de lui donner les mêmes fonctions que la peau humaine. Il atteint ainsi une symbiose parfaite entre ce matériau et le receveur humain.

Le professeur Nabore entra avant qu'Anrath ait pu répondre. Le médecin était un Afro-terranien. Il était petit et donnait une forte impression de vivacité. Ses cheveux blancs et crépus offraient un saisissant contraste avec son visage d'ébène. Sur son épaule droite étaient assis deux Sigans minuscules, aucun des deux ne mesurant plus de quinze centimètres.

Le regard du chirurgien se porta immédiatement sur Anrath.

— C'est lui ! dit inutilement Mercant.

— Exactement comme sur la photo, répondit Nabore en serrant la main de l'ingénieur. (Il fit un signe du pouce en direction des deux homuncules installés sur son épaule.) Voici mes assistants, le Dr. Lofton et le Dr. Giuffre. Ils me sont très utiles dans les opérations délicates.

Les deux lilliputiens sourirent et agitèrent la main. Ils

devaient s'accrocher à la blouse du médecin pour ne pas glisser de son épaule.

Nabore désigna la photo.

— Vous êtes-vous reconnu ? demanda-t-il.

— Non, avoua Anrath, hébété.

Nabore hocha la tête, compréhensif. Il se dirigea vers un écran d'ordinateur placé contre le mur opposé et l'alluma.

— Avec la trame, j'ai déjà élaboré un programme de transformation, dit-il.

L'écran s'éclaircit. Le visage d'Anrath y apparut, parfaitement net. Le chirurgien appuya sur une touche et l'image commença à se modifier petit à petit. Quand elle se stabilisa de nouveau, les traits étaient devenus ceux de Perry Rhodan.

— Les différences sont ainsi faciles à repérer, commenta Nabore. J'ai identifié tous les carrés qui ne nécessitent aucune modification.

Il éteignit l'appareil. Anrath appréciait que celui qui allait s'occuper des interventions imminentes en parle comme s'il s'agissait d'une chose banale.

— Je pense que cinquante interventions suffiront, ajouta Nabore.

Anrath le dévisagea, incrédule. Il crut avoir mal compris. Le médecin remarqua son trouble et sourit d'un air apaisant.

— Ce ne sera ni long ni douloureux. De plus, j'ai des assistants fiables, le rassura-t-il en montrant les Sigans.

Le regard d'Anrath chercha celui de Mercant.

— Combien de temps resterai-je ici ? demanda-t-il.

— Cinq jours, entendit-il Nabore répondre.

L'ingénieur se sentait pieds et poings liés. Il avait de nouveau l'impression d'être emporté dans un tourbillon d'événements irréels. Un invisible carcan lui enserrait la poitrine.

— Mais… commença-t-il.

— Ce qui signifie, le coupa Mercant, que vous ne disposerez après cela que de trois jours pour entrer dans la peau de votre personnage et apprendre tout ce qui est essentiel.

Quand Anrath leva les yeux, le professeur Nabore détourna le regard. L'incrédulité se lisait sur les traits du médecin. Celui-ci était convaincu que l'ingénieur n'y arriverait pas.

*
* *

Heiko Anrath se réveilla de l'anesthésie. Il ne ressentait ni douleur ni inquiétude. Puis les souvenirs lui revinrent, et il fit une grimace involontaire.

— Ne remuez pas la tête aussi fort ! cria une voix flûtée tout près de son oreille.

Un des deux Sigans examinait le cuir chevelu d'Anrath avec une loupe ne mesurant pas plus d'un centimètre. Il s'installa sur son front et en inspecta la peau. Il émettait par moments un imperceptible gloussement de satisfaction.

— Qui êtes-vous ? s'enquit le patient. Le Dr. Lofton ou le Dr. Giuffre ?

L'adapté s'assit sur le nez d'Anrath et croisa les jambes. Il agitait sa loupe comme une matraque.

— Le Dr. Lofton, pépia-t-il.

Les chaussons souples du Sigan chatouillaient le visage de son patient, qui ne put retenir un éternuement. Le Dr. Lofton en fut éjecté de son siège improvisé et atterrit brutalement sur la couverture du lit.

— Vous ne pouvez pas faire attention ? brailla-t-il furieusement. Avertissez-moi quand vous vous préparez à éternuer ou à tousser.

— Excusez-moi, dit Anrath, contrit. Parlez-moi de l'opération.

Le Dr. Lofton se rasséréna.

— Nous avons cette fois-ci entrepris les interventions

principales, expliqua-t-il. Le tissu cellulaire vivant que nous vous avons greffé ne laissera aucune cicatrice.

— Puis-je avoir un miroir ? demanda l'opéré.

Le Dr. Lofton sauta sur l'oreiller où se trouvait une minuscule télécommande. Il appuya sur quelques touches et un miroir carré apparut au plafond. Le Sigan enfonça une autre touche et la surface du miroir s'éclaira.

Anrath contempla fixement le visage qui le regardait. Cela ne ressemblait ni à lui-même ni à Perry Rhodan.

— Il a l'air encore un peu bizarre, déclara Lofton. Nous avons commencé par mettre de l'épiderme bioplastique partout où cela nous apparaissait nécessaire. Nous avons également modifié un grand nombre de pores et de petites cicatrices.

Anrath ne pouvait détacher ses yeux de son reflet. Cette figure lui apparaissait comme une masse gonflée et dépourvue de caractère. Il voulut lever une main pour se frotter le front. Il sentit alors qu'il avait les deux bras attachés.

— Vous ne pourrez de nouveau toucher votre visage que quand l'épiderme bioplastique se sera parfaitement intégré à votre peau, dit le Dr. Lofton d'une voix désolée. Le professeur a jugé préférable de vous attacher.

— Craint-il que je m'arrache des morceaux de bioplastique ? demanda Anrath sur un ton moqueur.

— Oui, répondit le Sigan. La majorité des patients ne s'acceptent pas après les premières interventions. C'est toujours la période la plus difficile. Ce n'est qu'après la trentième qu'ils commencent graduellement à voir de quoi aura l'air leur nouvelle tête.

Anrath ferma les paupières. Il ne voulait pas voir plus longtemps cette surface grise qu'était son visage. Le Dr. Lofton sembla se douter de ce que ressentait son patient, car il éteignit la lumière et fit disparaître le miroir dans son logement.

— Suis-je le seul patient de cette clinique ? s'enquit

l'ingénieur en cherchant à détourner le cours de ses pensées de ses problèmes personnels.

— Pas du tout, rétorqua le Sigan avec empressement. Trente-deux hommes et sept femmes sont en ce moment en cours de traitement par le professeur.

— Qui sont tous ces gens ?

Le Dr. Lofton s'assit en soupirant dans un minuscule fauteuil posé sur la table de chevet d'Anrath. Il prit en main un livre si petit qu'Anrath le distinguait à peine.

— La plupart de nos patients sont des spécialistes qui sont préparés en vue de missions particulières, expliqua le Sigan. Mais le professeur Nabore s'occupe également d'hommes et de femmes qui ont été si grièvement brûlés qu'ils ne peuvent plus se montrer en public à visage découvert. Nous avons aussi de temps à autre des pionniers qui viennent faire immuniser leur peau contre les plus nocifs des rayonnements solaires qui atteignent la surface de certaines planètes coloniales.

— Suis-je un cas difficile pour Nabore ?

— Je veux, oui ! En général, il n'a besoin que de modifier arbitrairement les physionomies des spécialistes de manière à ce qu'ils ne puissent être reconnus au cours de leurs missions. Les grands brûlés sont heureux de retrouver simplement figure humaine, surtout que le plus souvent ils deviennent plus beaux qu'ils ne l'étaient avant. Pour vous, c'est différent. Vous devez prendre une apparence bien précise, ce qui oblige le chirurgien à prêter attention au moindre petit détail.

Anrath redressa la tête pour se regarder.

— Vous pouvez me détacher, dit-il. Je ferai attention.

— Tout le monde finit par être trahi par sa distraction ou son subconscient, objecta le Dr. Lofton. Vous devrez rester couché et attaché pendant encore trois jours.

*
* *

Pendant ces trois jours, Heiko Anrath ne vit pratiquement personne d'autre que le professeur Nabore et ses assistants sigans. Juste de temps en temps une infirmière ou un médirobot pour les soins courants ou les repas. Il ne fut pas étonné de disposer d'une chambre particulière. Les autres patients ne devaient rien apprendre de ce qui se passait dans la chambre 23. Parfois le son d'un rire résonnait dans le couloir et parvenait jusqu'à lui. C'était pour lui la preuve que les autres occupants de la clinique pouvaient profiter de chaque instant de liberté et se sentaient en conséquence heureux de vivre compte tenu des circonstances. Alors que lui-même, à l'opposé, commençait déjà à sentir les barrières qui l'empêcheraient plus tard, et dans de toutes autres proportions, de mener une vie normale

Dès le deuxième jour, il avait demandé à Nabore pourquoi on ne le soumettait pas dès maintenant à un hypno-enseignement pour l'informer des détails qu'il devait connaître de la vie de Rhodan.

— Ce serait un trop grand fardeau pour vous, avait répondu le professeur. Il faut d'abord que vous vous habituiez à vos transformations physiques.

Le chirurgien avait entrepris dès le premier jour de modifier les cordes vocales de son patient. La voix de l'ex-ingénieur était à présent rauque et devenait souvent stridente. Anrath doutait que de ce croassement sortît un jour un timbre identique à celui du Stellarque.

Le troisième jour, Allan D. Mercant vint lui rendre visite.

Quatre heures s'étaient passées depuis la dernière intervention effectuée sur Anrath, si bien que celui-ci était détaché depuis une heure et pouvait s'asseoir dans son lit.

Le chef de la Défense s'approcha et considéra son occupant d'un regard inquisiteur.

L'ancien superviseur lui adressa le sourire du condamné.

— Déçu ? interrogea-t-il.

Mercant se tourna vers Nabore, qui était entré à sa suite. Il désigna Anrath.

— C'est *ça* qui est censé être Rhodan ?

— Cela viendra, le rassura le médecin. Tout se passe conformément à nos prévisions. Vous pourrez venir le prendre après-demain.

Mercant haussa les épaules. Les assurances de Nabore semblaient le satisfaire.

— Comment vous sentez-vous ? s'enquit-il auprès d'Anrath.

Celui-ci ne répondit pas. Il ne voulait pas mentir au chef de la Défense, et ne voulait pas non plus de sa compassion. Mercant lui remit quelques formulaires.

— Remplissez ceci, s'il vous plaît, dit-il. Tout de suite, si possible. J'aimerais les emporter en repartant.

Anrath parcourut les documents du regard. Ici, il devait compléter des dessins. Là, il y avait différents symboles et il devait en choisir un parmi plusieurs. Il lui était également demandé de résoudre un certain nombre de questions apparemment sans importance.

— Pour les psychologues ? s'assura-t-il.

Il songea à donner délibérément de mauvaises réponses en remplissant les feuillets, cependant il s'acquitta honnêtement de ces travaux. Mercant récupéra les papiers sans même y jeter un coup d'œil.

— Supposons que je rate ces tests, s'informa Anrath. Serai-je alors libéré de ma mission ?

— Non, renvoya Mercant. Si vous échouez, cela renforcera nos craintes, mais nous ne pouvons plus reculer.

*
* *

Allan D. Mercant attendit que l'écran du visiophone s'illumine. Il secoua la tête, contrarié, en voyant s'y afficher le visage d'un officier plophosien.

— J'ai réclamé une liaison directe avec Mory Rhodan-Abro. Dites-lui qu'Allan D. Mercant voudrait s'entretenir avec elle au sujet de Monsieur Heiko Anrath.

Il ne fallut que quelques secondes pour que Mory apparaisse sur l'écran.

— Allan ! s'exclama-t-elle, surprise. J'avais déjà demandé à Monsieur Bull de vous contacter. Pourquoi avons-nous eu si peu de nouvelles ces trois derniers jours ?

Mercant songea à tous les agents qu'il avait envoyés en mission. Le travail en souffrance qui l'attendait à son bureau lui revint également à l'esprit.

— J'imagine aisément que sur Terre vous avez l'impression d'être assise sur un baril de poudre, déclara-t-il. Notre organisation fait tout pour que ce tonneau n'explose jamais.

— D'après les derniers rapports, *Old Man* n'atteindra pas les franges de la Galaxie avant deux jours, l'informa Mory. Reginald Bull se prépare à mettre la flotte de défense de l'Empire Solaire en état d'alerte et à activer le Dispositif Leucocyte. Même les plus optimistes parmi les officiers informés ne croient plus en un changement de cap du robot. Par bonheur, les Bi-Conditionnés qui sont à bord n'ont pas la possibilité d'augmenter substantiellement sa vitesse. Ce qui nous laisse du temps pour nous préparer à cette attaque imminente.

Mercant était conscient qu'ils évitaient l'un comme l'autre d'aborder le véritable problème. Mais il n'était pas question de passer celui-ci sous silence.

— Je voulais vous parler de Heiko Anrath, laissa-t-il enfin tomber.

Il sourcilla. Il avait l'impression d'avoir blessé Mory d'une façon ou d'une autre. Il baissa la tête et attendit qu'elle reprenne l'initiative.

— Fait-il des progrès ? s'enquit-elle.

— Le professeur Nabore affirme que oui, répondit-il. Je lui ai fait passer le test de Quistair.

— Oui ? dit-elle d'une voix où perçait son intérêt. Comment la chose s'est-elle passée ?

— Il semble que vous ayez eu raison. Anrath a échoué. Tel qu'il est actuellement, il n'est même pas en mesure de se faire passer pour un officier subalterne de l'Astromarine.

— J'en suis désolée pour lui, compatit-elle.

— Je ne lui ai pas annoncé le résultat. Nous continuerons malgré tout sa formation.

— Peut-être a-t-il volontairement falsifié ses réponses, espéra la Plophosienne.

— Non, la contredit le petit homme. Même un psychologue expérimenté ne pourrait tricher avec le test de Quistair sans disposer de la psycho-clé correspondante. Anrath a répondu honnêtement. C'est le seul élément positif qui en soit sorti.

— Que devons-nous faire, Allan ?

Mercant sentit le profond désespoir de cette femme par-dessus la distance qui les séparait. Elle supportait un double fardeau. Elle devait se faire du souci non seulement pour l'Empire gravement menacé mais encore pour son époux disparu, qui aurait peut-être pu parer au danger. Le chef de la Défense Solaire savait qu'il n'aiderait pas Mory avec des phrases de réconfort toutes prêtes.

— Nous sommes en première ligne, dit-il. Et nous y resterons jusqu'au bout.

— Vous êtes un sage, répondit-elle.

Il eut un sourire contraint.

— S'il vous plaît, informez Monsieur Bull des résultats du test de Quistair, lui demanda-t-il. Précisez-lui que nous continuons envers et contre tout l'apprentissage d'Anrath.

CHAPITRE V

Nabore se plaça derrière Anrath. Celui-ci sentit le souffle du médecin sur sa nuque. Tous deux regardèrent dans le miroir face auquel ils se tenaient. Le patient leva lentement un bras et se palpa le visage du bout des doigts. Il vit le reflet de Nabore sourire d'un air satisfait.

Anrath songea que le médecin avait tout lieu d'être content de lui. Ses traits ne pouvaient plus se différencier de ceux du Stellarque. Même la couleur de sa peau, la teinte de ses yeux ainsi que la nuance de ses cheveux avaient été modifiés à l'aide d'injections et autres méthodes biochimiques. Il constatait maintenant, en contemplant sa nouvelle physionomie, que sa ressemblance naturelle avec Rhodan n'avait pas été aussi grande qu'il l'avait toujours cru. L'image que lui renvoyait le miroir lui paraissait être celle d'un étranger.

— Les transformations sont parfaitement réussies, fit remarquer Nabore avec fierté. Votre voix se stabilisera d'ici à trois ou quatre jours, et vous pourrez alors vous montrer en public.

Anrath avait jusqu'à maintenant délibérément évité de songer à sa première apparition en tant que Stellarque. La dernière phrase du praticien lui remit en mémoire que la partie la plus difficile de sa métamorphose était encore à venir. Il avait à présent l'allure extérieure de Perry Rhodan, mais ses gestes et ses mouvements étaient toujours ceux de Heiko Anrath.

— Monsieur Mercant vous attend dans mon bureau, entendit-il Nabore l'informer. Vous êtes maintenant prêt à sortir de clinique. Le Maréchal Solaire va s'occuper de la suite de votre formation.

Le chirurgien avait achevé sa part dans la transformation de la personnalité d'Anrath. Tout ce qui venait ensuite semblait lui être plus ou moins indifférent. Probablement était-il déjà en train de réfléchir à son prochain patient.

Anrath, plongé dans ses pensées, suivit le professeur jusqu'à son bureau. Mercant et un officier supérieur de la Défense l'attendaient. Le second était un homme de grande taille, aux cheveux blonds, qui le détailla fixement.

— Vous vous êtes bien comporté, l'accueillit Mercant. Si tout continue à marcher aussi bien, nous ne devrions éprouver aucune difficulté.

Anrath se demanda si ces mots étaient aussi sincères qu'ils le paraissaient. Le visage de Mercant lui restait impénétrable, et le regard inquisiteur de l'officier lui faisait une impression désagréable.

— Voici le major Santanjon, annonça Mercant en présentant l'homme de la Défense. À partir de maintenant, c'est lui qui s'occupera de vous.

Santanjon hocha lentement la tête, comme s'il lui fallait un temps de réflexion avant de pouvoir accepter sa nouvelle mission.

— Ses mouvements sont catastrophiques, dit-il à Mercant.

— Nous avons préparé un grand nombre de films à l'intention de monsieur Anrath pour qu'il étudie la manière de se déplacer de Perry Rhodan, répondit Mercant. Les scientifiques et officiers qui l'instruiront les prochains jours sont tous des gens qui connaissent à fond le Stellarque.

— N'est-il pas possible que j'apprenne tout cela sous hypnose ? voulut savoir Anrath.

Mercant secoua énergiquement la tête.

— Nous pouvons vous transmettre par hypno-enseignement une partie du savoir de Rhodan, expliqua-t-il. Ce que cette méthode ne nous permet pas de vous apprendre est la façon dont vous devrez utiliser ces connaissances et comment vous devrez vous tenir. Nous pourrions vous inculquer un hypnobloc qui vous imposerait de vous comporter comme Perry Rhodan, mais il subsisterait alors le risque que survienne un incident qui vous trahisse. Naturellement, nos meilleurs psychologues s'occuperont de vous, mais ils ne pourront rien faire d'autre que de vous soutenir.

Mercant sortit deux petits objets de sa poche. Le premier ressemblait à un bracelet-montre.

— Voici un chronographe multi-usages, identique à celui que le Stellarque porte au poignet gauche.

Le chef de la Défense lui remit le second objet. C'était une sorte de récipient ovoïde pendu à une chaînette.

— Et ceci est votre activateur cellulaire, ajouta-t-il. Cet appareil ne possède évidemment aucun pouvoir de régénération cellulaire, mais il diffuse les mêmes impulsions que l'activateur de Rhodan. Habituez-vous à porter cet objet en permanence.

Anrath sentit le froid de la capsule métallique quand elle fut déposée dans sa main. Il était à présent un homme important, mais pas au point de se voir remettre un véritable activateur cellulaire. Il grimaça.

— Cependant, cet objet joue également un rôle particulier, continua Mercant. Il contient un double modulateur fréquentiel, dont le premier élément génère des impulsions individuelles rigoureusement identiques à celles qui sont émises par le cerveau et les tissus cellulaires de Rhodan. L'autre, couplé avec un capteur qui enregistre vos propres impulsions, les rediffuse en inversion de phase pour les neutraliser. D'éventuels détecteurs extérieurs n'identifieront donc que le schéma biologique et mental du véritable Stellarque.

— La Défense pense à tout, ajouta Santanjon.

Anrath se demanda ce qui lui déplaisait dans cet officier de belle prestance. Il aurait préféré que Mercant lui trouvât un autre mentor. Cependant, il lui sembla puéril de protester contre la présence de Santanjon. Il souhaita pouvoir se secouer pour sortir de cet engourdissement qui l'avait envahi et le paralysait. Cette sensation était une conséquence de la certitude qu'il avait d'échouer. En outre, son subconscient luttait désespérément pour préserver l'ego de Heiko Anrath. Comme tous les individus profondément conscients de leur personnalité, la seule idée d'une altération de son *moi* le hérissait. S'il avait disposé de plusieurs années, il aurait peut-être pu se défaire petit à petit de sa personnalité actuelle. Malheureusement, il n'avait que quelques jours devant lui. Il était l'enjeu d'une course contre la montre, ce qui rendait les choses beaucoup plus difficiles.

— Nous vous enlevons à présent votre patient préféré, s'insinua la voix de Mercant dans l'esprit d'Anrath.

— Ce n'est pas tous les jours que je crée un exemplaire de Rhodan, répondit Nabore.

Anrath fit volte-face. Il se serait probablement jeté à la gorge du chirurgien si Mercant ne s'était pas brusquement levé pour s'interposer entre lui et Nabore. Il sentit la pression des mains du chef de la Défense sur ses bras.

— Je suis Heiko Anrath, dit l'ingénieur, rétif. Et ce visage que vous m'avez donné n'y change rien.

— Ne nous rendez pas inutilement les choses plus ardues qu'elles ne le sont déjà, intervint vivement Santanjon.

Anrath se mit à rire sans retenue. Pourquoi personne ne s'intéressait-il aux difficultés auxquelles il était confronté, lui ? Tous ces hommes étaient-ils complètement obsédés par l'idée de faire de lui le deuxième Rhodan ?

Mercant ouvrit la porte.

— Venez, monsieur Anrath, invita-t-il l'ancien superviseur.

Ce dernier remarqua que Santanjon se maintenait juste

à côté de lui, comme si l'officier craignait qu'un incident puisse survenir. À l'extérieur, dans la coursive, un petit glisseur attendait. Santanjon prit les commandes tandis que Mercant et Anrath s'installaient sur les deux sièges arrière.

L'officier conduisait vite tout en évitant habilement et sans les gêner les autres véhicules. Chacun de ses mouvements donnait l'impression que ce grand corps produisait plus d'énergie qu'il ne pouvait en transférer à son environnement. Le major Santanjon présentait ainsi l'image d'un individu torturé par l'anxiété.

Mercant garda le silence, comme s'il savait que l'homme assis à son côté n'avait aucune envie de bavarder.

Santanjon arrêta le glisseur devant un ascenseur antigrav.

Quand les trois hommes eurent flotté jusqu'en haut, Mercant dit, en laissant percer une tonalité de regret :

— Ma charge de travail actuelle ne me laisse guère de temps pour m'occuper de vous. Cependant je me tiendrai informé en permanence de vos progrès.

Anrath fut amené dans les locaux de formation de la Défense. Il était certain que les spécialistes en cours d'apprentissage ici avaient été transférés ailleurs pour la durée de sa présence en ces lieux. Ils avaient été remplacés par un essaim de scientifiques et d'officiers. L'ingénieur s'arrêta involontairement quand il eut franchi l'entrée et aperçu tous ces gens en train de l'attendre et de le contempler comme s'il était une espèce d'animal auquel ils se préparaient à faire subir un dressage particulier.

Mercant le suivait de près et le contraignit à reprendre sa progression. Santanjon se hâtait devant eux, comme s'il était exclu de perdre ne serait-ce qu'une seconde.

— Voici monsieur Anrath, annonça Mercant à la cantonade. N'oubliez pas que vous êtes tous ici pour lui apporter votre aide.

*
* *

Tout en dormant, Heiko Anrath était coiffé d'une sorte de casque constitué d'un matériau bizarrement souple. C'était ainsi qu'il apprenait. Il estimait pourtant impossible d'assimiler toutes les connaissances acquises par Perry Rhodan au cours de ses cinq cents années d'existence. Le Dr. Copson, qui suivait son hypno-enseignement, partageait cette opinion.

— Il vous faudrait des années avant de pouvoir soutenir la comparaison avec Rhodan, dit le scientifique. Nous vous communiquons cependant les bases étendues de tout ce savoir afin que vous soyez en mesure, où que vous soyez, de parler et de comprendre un peu de tout.

Copson était un homme de taille moyenne, aux traits émaciés. Il avait la manie de faire une pause après chaque affirmation et de l'accompagner d'un claquement de doigts. Ses remarques avaient principalement pour effet, sur Anrath, de le rendre encore moins sûr de lui.

— Vous ne pouvez imaginer la capacité que possède un cerveau humain qui fonctionne depuis cinq cents ans. Vous avez trente-sept ans, monsieur Anrath. Je pense qu'il est inutile d'en dire plus.

Anrath dodelina nerveusement de la tête et ne répondit pas. Il était heureux de pouvoir dormir un peu, même sous l'influence de l'indoctrinateur. Mais Copson était un professeur impitoyable qui ne le laissait jamais sommeiller plus de quatre heures d'affilée.

Malgré cela, les périodes d'hypno-enseignement appartenaient encore à la partie agréable de la formation d'Anrath. Pour lui, bien pires étaient les exercices qu'il avait à faire sous les regards critiques d'une bande d'officiers après chacun des films qu'il visionnait.

Il lui était sans cesse reproché de se déplacer trop lentement, d'agir avec imprudence, ou de tout simplement échouer à reproduire les entrées en scène énergiques de Rhodan.

— Vos mouvements sont trop lourds, répétait tout le temps Santanjon. Le Stellarque bougerait peut-être ainsi s'il était en transe.

Anrath serrait les dents et faisait son possible pour contrôler ses mouvements. Son vocabulaire et sa manière de s'exprimer étaient tout autant critiqués. L'humour caustique de Rhodan, parfois associé à un doux cynisme, était complètement absent.

— Vous parlez comme un honnête citoyen ! se plaignait Santanjon en exprimant ainsi ce que pensaient tous les autres. Enfin quoi, gardez à l'esprit que Rhodan est un homme qui a réussi à défendre l'Empire Solaire et l'humanité contre toutes les agressions. Quelqu'un comme lui ne s'exprime pas comme un pompiste.

« Pompiste » était l'expression favorite de Santanjon. Il s'en servait dans le but évident de rabaisser Anrath, mais celui-ci n'arrivait pas à se départir du soupçon que le major le jalousait. Il était probable que Santanjon aurait volontiers sacrifié quelques années de sa vie s'il avait pu, en échange, prendre la place d'Anrath.

Anrath accéléra son débit. Il mit plus d'acuité dans sa voix. Il parla et sourit ainsi. Puis il visionna de nouveau les films, et le visage du Stellarque devint peu à peu pour lui un cauchemar. Le timbre de Rhodan semblait l'accompagner partout et ailleurs. Les intervalles étaient comblés par Santanjon, au ton arrogant et provocateur.

La salle de formation dans laquelle Anrath passait le plus clair de son temps mesurait vingt mètres de long sur huit de large. Les fauteuils étaient installés dans le fond de la pièce. Quand il visionnait des films, l'ingénieur s'installait à la première rangée. Santanjon s'asseyait dans le siège voisin du sien, impatient, le regard pincé. Chaque fois qu'apparaissait une scène particulièrement étonnante, il donnait un coup de coude à son élève. Ce qui signifiait : « Faites bien attention ! C'est comme cela que vous devez faire ! »

Dès le deuxième jour, Anrath eut l'impression que sa formation risquait de dégénérer en une confrontation personnelle entre Santanjon et lui. Tous les autres officiers et scientifiques n'étaient plus que des figurants qui se manifestaient de temps à autre avec des questions ou des remarques, mais étaient immédiatement rejetés à l'arrière-plan par la supériorité de Santanjon.

Et Anrath n'échappait à ce martyre que pour retomber entre les mains du Dr. Copson, et cet homme était à sa manière encore pire que Santanjon.

Après quatre heures de sommeil, il revenait dans la salle de formation. Et à chaque fois le major était là à l'attendre, ce major qui semblait ne jamais dormir et était une source intarissable de nouveaux ennuis.

— Rhodan n'agite pas les bras, dit l'un des officiers après l'une de ses prestations manquées. Vous ne voyez donc pas qu'il se contente de souligner certains mots par de légers mouvements des mains ? Il se sert presque uniquement de sa voix pour insister sur ses affirmations.

Anrath opina, perturbé. Il s'efforça de parler en retenant ses gestes, mais il lui fut immédiatement reproché d'adopter un comportement crispé.

Lors de la douzième leçon, Santanjon jeta sans mot dire quelques journaux sur la table devant l'ingénieur. Ce dernier parcourut les gros titres.

INQUIÉTUDE GÉNÉRALE.
QUAND RHODAN S'ADRESSERA-T-IL AU PARLEMENT ?
OÙ EST LE STELLARQUE ?
PANIQUE SUR TERRE !

— Il ne nous reste plus beaucoup de temps, précisa l'un des hommes qui lisaient ces lignes en même temps qu'Anrath.

— Alors que nous n'avons pas encore avancé d'un pas, ajouta Santanjon, désespéré.

*
* *

Le 28 janvier, de nouvelles estimations de trajectoire confirmèrent que la destination de *Old Man* était bien le Système Solaire. Reginald Bull, qui était justement en route pour participer à une conférence avec les administrateurs considérés comme loyaux, revint à son bureau afin de prendre connaissance des détails. Il entra en contact avec les officiers supérieurs de la flotte de défense de l'Empire Solaire, puis il appela le Maréchal Solaire Julian Tifflor.

Ce dernier était déjà au courant. Le visage poupin qui apparut sur l'écran du visiophone semblait extraordinairement sérieux.

— Je pense que le moment est venu de lancer l'alerte générale pour la flotte de défense de l'Empire Solaire et d'activer le Dispositif Leucocyte, suggéra-t-il.

Le Dispositif Leucocyte était un ensemble de soixante mille forteresses volantes éparpillées dans tout le Système Solaire. Chacune d'entre elles était un appareil ayant l'apparence d'une plate-forme – un *Leucocyte* – et avait été placée sur une orbite différente autour du Soleil. Ces orbites étaient très complexes, au point qu'il fallait faire appel à un ensemble d'ordinateurs pour déterminer les coordonnées instantanées de chaque forteresse. Ces plates-formes étaient inhabitées. Elles étaient toutes équipées d'au moins un canon transformateur qui pouvait être commandé par plusieurs positroniques de guidage. Chaque forteresse-leucocyte était également dotée d'un détecteur supraluminique travaillant sur la base des hyperondes. Il suffisait qu'un astronef pénètre dans le Système Solaire sans s'identifier pour que les plates-formes ouvrent immédiatement le feu. Cette attaque ne pouvait être stoppée que si les canons transformateurs recevaient l'ordre correspondant transmis par chacune de leurs positroniques de guidage. Ces dernières étaient installées sur l'ensemble des neuf planètes et de leurs satellites naturels, ainsi qu'à bord de nombreuses stations spatiales dispersées au sein du Dispositif Leucocyte.

Ces soixante mille appareils se comportaient ainsi sur l'étendue du Système Solaire comme autant de globules blancs dispersés. Puisque les *Leucocytes* orbitaient non seulement sur le plan de l'écliptique mais également sur des trajectoires passant au-dessus et au-dessous de ce plan, le risque d'une collision avec un quelconque vaisseau spatial était presque nul.

Reginald Bull savait que, si efficace qu'il soit, le Dispositif Leucocyte n'offrait pas une protection suffisante. C'était trop peu pour arrêter un monstre comme *Old Man*.

— Qu'est-ce qui vous rend aussi soucieux, Monsieur ? s'enquit Tifflor.

— La vulnérabilité de notre Système Solaire, avoua Bull. Nous l'avons protégé en y disséminant les forteresses-leucocytes sur un très grand volume, mais nous n'avions jamais escompté devoir faire face à des adversaires tels que *Old Man* et la police du temps.

— Il faut quand même que vous mettiez le Système en état d'alerte, Monsieur, insista Tifflor.

Bull se secoua.

— Vous avez raison. Je vais prendre les dispositions en ce sens. Mais tant que je serai à Terrania, conservez sous vos ordres cinquante mille unités de la flotte de défense de l'Empire Solaire.

Un pli soucieux apparut sur le front de Tifflor.

— Nous ne pouvons pas protéger la Terre rien qu'avec des vaisseaux, objecta-t-il. Dès que *Old Man* apparaîtra dans le Système Solaire, ce sera la panique sur Terre. Je vous prédis que sans Perry Rhodan nous perdrons le contrôle de la situation.

La mine de Bull s'assombrit. Il songea à cet homme de New Tripoli qui se trouvait en ce moment sur la Lune pour se métamorphoser en Perry Rhodan. Les nouvelles que le Maréchal d'État avait reçues dc Mercant étaient quelque peu dépourvues d'intérêt. La seule information importante était que l'ingénieur avait échoué au test de Quistair, et c'était de Mory qu'il la tenait.

— Comment progresse Heiko Anrath ? demanda Tifflor comme s'il avait capté les pensées de Bull.

— Mercant se mure dans le silence, répondit l'interpellé. Mais je doute fort que nous trouvions notre bonheur avec Anrath.

*
* *

— Est-ce lui ?

— Oui, Monsieur !

Le Dr. Copson se mit au garde-à-vous quand le général Marus Otirian, commandant en chef pour la Lune, entra dans la salle de contrôle. Otirian était un homme corpulent, dont le menton proéminent indiquait chez lui une forte volonté. Le général était notoirement connu comme un individu discourtois mais compétent et qui assumait ses responsabilités en toutes circonstances.

Otirian se pencha sur Heiko Anrath, en train de dormir, et fronça les sourcils, pensif. La ressemblance avec Perry Rhodan était absolument parfaite. Bien qu'une partie des traits d'Anrath soit masquée par le casque de l'indoctrinateur, l'officier aurait juré se trouver en face du Stellarque lui-même.

— Comment cela avance-t-il, Doc ? grommela le général.

Copson rougit et passa nerveusement les mains au-dessus des poches intérieures de sa veste.

— Je l'ignore, Monsieur.

— Vous *l'ignorez* ! répéta Otirian sur un ton plein de ressentiment. Que voulez-vous dire par là ?

— Je suis convaincu qu'Anrath a déjà assimilé quantité de choses, assura précipitamment le savant. Mais il ne s'en sert pas.

— Comment cela ? voulut savoir Otirian, troublé.

— Anrath persiste à se comporter comme un homme n'ayant qu'une formation d'ingénieur moyennement doué, expliqua Copson. Il ne tient aucun compte de ce que nous lui apportons. Le major Santanjon se plaint même qu'Anrath semble ne faire aucune relation entre ses nouvelles connaissances et le rôle qu'il a à jouer.

— C'est-à-dire qu'il ne *veut* pas faire la relation, déclara le général.

— Il faut pourtant qu'il s'y résolve, ajouta Copson.

Marus Otirian jeta un rapide regard sur son chronographe.

— Combien de temps doit-il encore dormir ?

— Deux heures et demie, Monsieur.

Le général fit un geste impérieux.

— Enlevez-lui le casque, ordonna-t-il. Je veux lui parler.

— Mais… commença Copson.

Il ravala le reste de sa phrase car il savait parfaitement qu'Otirian ne reviendrait pas sur un ordre aussi évident. Cela ne causerait aucun préjudice à la santé d'Anrath, seul le programme éducatif en serait perturbé. Mais cela, se dit ironiquement le médecin, n'était finalement pas bien grave.

Il ôta le casque de la tête de l'ingénieur et le réveilla. Celui qui devait devenir le sosie de Rhodan ouvrit les yeux, le regard dans le vide. Les deux hommes qui se tenaient à côté du lit le laissaient indifférent.

— Je vous ai réveillé plus tôt que prévu, lui dit le Dr.

Copson. Le général Otirian aimerait s'assurer de vos progrès.

L'officier capta le regard d'Anrath et y lut un profond désespoir. C'était le regard d'un animal aux abois qui se sentait acculé et se résignait à son destin. S'ils ne parvenaient pas à secouer cet homme, ils ne scraient jamais en mesure de le renvoyer sur Terre afin qu'il se fasse passer pour Perry Rhodan. Otirian plissa les yeux.

— Supposons que vous soyez réellement Perry Rhodan. Quelle serait la première chose que vous feriez ?

— Je promulguerais une loi qui interdirait de manipuler quelqu'un pour en faire mon sosie, répondit Anrath.

Otirian cligna des yeux, surpris.

— Je pensais que vous aviez volontairement accepté cette tâche. On vous a pourtant proposé, après votre… euh… voyage vers la Lune, de retourner sur Terre.

Anrath opina et sortit les jambes du lit. Il se leva. Sa stupéfiante ressemblance avec Rhodan contraignit à nouveau le général à se souvenir qu'il avait en face de lui un ingénieur saharien.

— Je me sentais moralement obligé, se justifia Anrath. Mais cela signifie peut-être simplement que Reginald Bull avait raison quand il affirmait que je voulais seulement me prouver à moi-même que j'en étais capable.

— Et depuis, avez-vous modifié votre jugement sur vous-même ? suggéra Otirian.

Anrath se prit la tête entre les mains. Le général ressentit un élan de compassion envers cet homme et s'en étonna. Peut-être était-ce parce qu'Anrath semblait si totalement abandonné. On l'avait arraché à son monde pour le plonger dans un environnement étranger qui devait être pour lui une chose épouvantable. Otirian ne douta pas un instant que les psychologues connussent les motivations exactes du comportement de refus de l'ingénieur, bien qu'ils ne trouvassent aucun moyen d'alléger le fardeau de sa nouvelle vie. Anrath s'accrochait de toutes les fibres de son *moi* à la personnalité qui s'était développée en lui au cours de ses trente-sept années d'existence. Il changeait cependant, mais lentement. Il ne pouvait faire autrement que changer, en raison de sa nouvelle apparence et de l'environnement inhabituel, mais ce changement avait fait de lui quelqu'un de découragé.

Anrath était obligé de se forger une nouvelle personnalité. Dans son rejet conscient de cette contrainte, son subconscient avait de toute évidence décidé de mettre des bâtons dans les roues des responsables de ce projet. L'ingénieur se laissait aller. Il s'imaginait rester fidèle à son ancienne vie, alors qu'en réalité il se muait en un individu vulnérable aux maladies mentales et aux tendances suicidaires.

Les psychologues devaient également avoir pris conscience de cela. Mais du fait qu'ils ne parvenaient pas à modifier le point de vue d'Anrath, Otirian comprit que l'ancien superviseur devait être doté d'une très forte volonté.

— Vous n'avez toujours pas répondu à ma question, dit le général en rompant le silence. Comment vous situez-vous maintenant par rapport à vous-même ?

— Je me sens dans la peau d'un étranger, rétorqua Anrath.

C'était donc cela !

Otirian secoua la tête, indécis. Ce que redoutait Anrath n'était pas tant l'ampleur de l'entreprise que la perte de son ancienne personnalité. Cette crainte profondément ressentie extérieurement lui procurait suffisamment de volonté pour lui permettre de se défendre contre le changement. Évidemment, tout cela se passait dans son subconscient. Et cet être pitoyable était probablement convaincu de faire preuve de bonne volonté.

— Tout cela va trop vite, continua Anrath. Je n'ai même pas le temps de réfléchir à ce que je dois faire de ce qu'on m'enseigne. Et je ne pense pas pouvoir accepter quelque chose sans l'avoir compris au préalable.

— Vous ne comprendriez rien de ce qu'on tente de vous enseigner, rien du tout, même si vos professeurs utilisaient des techniques ordinaires.

— Vous parlez comme Santanjon, lui reprocha Anrath.

— Vous ne l'aimez pas ?

— Non ! lâcha Anrath.

Il fait une fixation sur le major et transfère sur celui-ci la responsabilité de tous ses ennuis, songea Otirian, surpris. Il était totalement impossible qu'Anrath devienne une doublure acceptable de Rhodan dans les deux jours dont ils disposaient – peut-être – encore. Ils pouvaient dès maintenant redonner un nouveau visage à l'ingénieur et le renvoyer sur Terre. Mais c'était un ordre que seul Mercant était à même de donner. Anrath dépendait de celui-ci, et après tout, d'après ce qu'avait entendu Otirian, le chef de la Défense Solaire était le seul qui y croyait encore.

— Je vous laisse continuer, à présent, Docteur Copson, conclut calmement le général.

— Le programme d'aujourd'hui concerne les lois et les réformes constitutionnelles, indiqua le scientifique. En outre, monsieur Anrath doit être instruit des autres relations de Rhodan. Il n'y a donc aucun problème si je relance ce programme à partir du début. Venez, monsieur Anrath.

Otirian regarda l'ingénieur s'allonger sur le lit sans faire d'histoires. Il aida le Dr Copson à replacer le casque de l'indoctrinateur.

Le général considéra un dernier instant la silhouette dont les traits étaient désormais ceux de Rhodan, puis il sortit de la pièce.

CHAPITRE VI

Le major Santanjon tambourinait nerveusement du bout des doigts sur le pupitre de contrôle des écrans. Il ne se départait jamais de son agitation, à tel point que dans tous les locaux où il pénétrait, y compris dans les postes de garde, une atmosphère de fébrilité s'installait au bout de quelques minutes.

Mercant et Copson, ainsi que plusieurs officiers, étaient assis près d'Anrath dans les fauteuils de cette salle de contrôle située à cinq cents mètres au-dessous de la surface lunaire. Aujourd'hui, 30 janvier, Heiko Anrath avait pu sortir pour la première fois de la station Luna-I de la Défense Solaire. Il ignorait cependant les raisons de sa venue en ces lieux.

Lors des dernières séances, Santanjon s'était montré particulièrement irrité et mécontent.

— Votre voix n'est plus différenciable de celle de Rhodan, avait dit le Major. Pourtant vous n'avez pas compris que c'était par là que vous deviez commencer. Votre mode d'expression n'est ni stylé ni intelligent. Vous parlez de la même façon que vous bougez.

Parlez comme Perry Rhodan !

Bougez comme Perry Rhodan !

Anrath était saturé de ces injonctions si souvent répétées. Il savait quelles erreurs il commettait. Pourquoi ne le laissait-on pas enfin un peu tranquille pour lui laisser le temps de se trouver lui-même ? Il en venait à attendre impatiemment le jour où *Old Man* apparaîtrait dans le système Solaire. Il faudrait bien alors qu'ils prennent une décision.

Allan D. Mercant se pencha de côté vers lui.

— Nous avons reçu d'inquiétantes nouvelles de la Terre, murmura-t-il. L'alerte générale et l'annonce de la proclamation de l'état d'urgence ont engendré de sérieux troubles. Des sectes se sont formées dans plusieurs régions du monde. Les éternels mécontents s'apprêtent à saisir leur chance. Les autorités officielles éprouvent de grandes difficultés avec pour le moins la moitié des administrateurs.

Anrath s'étonna de l'indifférence qu'il ressentait envers tout cela. La Terre lui semblait être une planète étrangère située à des années-lumière. Mercant ne lui fournissait probablement ces renseignements que pour l'inciter à faire de plus grands efforts.

— Il ne nous reste plus du tout de temps, continua Mercant. On réclame à cor et à cri le retour de Perry Rhodan. On exige qu'il apparaisse immédiatement devant le Parlement et fournisse une explication à la situation actuelle.

— C'est prêt, Monsieur ! l'interrompit Santanjon.

Une vague d'inquiétude parcourut les rangs des officiers. Les écrans s'étaient éclairés, et Heiko Anrath put observer les manœuvres d'atterrissage à la surface de la Lune d'un énorme vaisseau.

— Voici votre nef amirale ! dit Mercant.

Anrath avait les yeux rivés sur l'écran, en pleine confusion. Voulait-on pousser le jeu au point de le faire monter à bord d'un ultracroiseur de combat de deux mille cinq cents mètres de diamètre ?

— J'ai tout appris sur les navires de l'Astromarine Solaire sous indoctrinateur, protesta-t-il. Cela devrait être suffisant !

— Ceci est le *Théodoric II*, expliqua Mercant sans paraître avoir entendu l'objection d'Anrath. Les cinq mille hommes de son équipage font partie d'un corps d'élite terranien. Ce croiseur a été modifié dans un chantier naval secret de l'O.M.U. pour le rendre identique au *Krest IV* disparu. Le commandant en est le colonel Norg Etran, un Epsalien offrant une grande ressemblance avec Merlin Akran, le véritable maître du *Krest IV*.

— N'aurais-je pas pu utiliser une navette pour faire le trajet jusqu'à la Terre ? demanda Anrath.

— Non, réfuta Mercant. Le retour de Rhodan doit se présenter sous un jour spectaculaire. Seule l'apparition du vaisseau amiral sur les écrans de Terravision arrivera à calmer la majorité des sceptiques.

Anrath comprit qu'il ne disposerait d'aucun délai pour s'habituer à sa nouvelle fonction après son retour sur Terre. Il fallait s'attendre à un accueil officiel. Il serait à peine sorti du vaisseau que les caméras de télévision du monde entier seraient braquées sur lui. Des milliards de gens le regarderaient. La moindre erreur pourrait engendrer le chaos.

Il eut un frisson. Il s'effondrerait dès que le sas s'ouvrirait devant lui. Il n'y arriverait jamais. Toutes les répétitions avaient raté. Il n'avait jusqu'à maintenant même pas réussi à satisfaire Santanjon et les autres officiers.

Il commença par s'écrouler dans son fauteuil. Ses yeux ne quittaient pas les écrans où grandissait l'image de l'ultracroiseur. Il trembla et des gouttes de sueur perlèrent sur son front.

— Pour l'amour du ciel, Monsieur ! chuchota-t-il à Mercant. Je ne peux pas.

Mercant se tourna vers lui, intrigué.

— Que vous arrive-t-il ? demanda-t-il, consterné. Êtes-vous malade ?

— Ça m'a pris tout à coup, lâcha Anrath d'une voix faible. C'est en voyant ce vaisseau que j'ai pris conscience de l'irréalité de la situation. Il y a seulement dix jours, je travaillais encore comme superviseur dans une des stations d'irrigation du Sahara. Maintenant, je suis censé être Perry Rhodan… C'est trop pour moi.

Mercant le dévisagea d'une façon singulière.

— Vous allez le faire, martela le chef de la Défense Solaire. Vous allez le faire, même si je dois vous accompagner sur chaque mètre que vous ferez et vous souffler à l'oreille chaque fois que vous ferez un geste de travers.

Anrath sentit un étau lui enserrer la poitrine. Il eut du mal à respirer. Il lui suffit de regarder ce petit homme déterminé pour comprendre qu'il n'y avait pour lui aucune échappatoire.

***

Reginald Bull s'installa à son bureau en soupirant. Le brouhaha des innombrables voix s'était enfin tu. Il avait renvoyé les officiers et fonctionnaires responsables de l'Administration Solaire en leur donnant de nouvelles directives.

De nouvelles directives ! se dit-il ironiquement. Tous ces gens n'étaient que des pions sur l'échiquier de la politique que poursuivaient Mory, Tifflor, Mercant et lui-même. Naturellement, les adversaires de Perry Rhodan ne seraient pas dupes des mesures prises par lui, Reginald Bull. De plus, dans la situation présente, ces hommes avaient les moyens d'accroître peu à peu la pression sur le gouvernement. Le nom de Rhodan possédait assez de crédit pour offrir certaines garanties de sécurité même dans les circonstances actuelles. Mais l'opposition était vigilante et profiterait de la moindre faille.

Bull relut le texte de la résolution qu'il avait sous les yeux. Elle était signée de la moitié des mille vingt-trois administrateurs séjournant en ce moment sur Terre. Elle demandait que Rhodan s'exprime sans retard devant le Parlement.

— Sans retard ! murmura le Maréchal d'État, furieux.

Bien évidemment, les administrateurs avaient fait le nécessaire pour que le texte de cette résolution soit communiqué à la presse internationale.

Un coup d'œil sur l'heure rappela à Reginald Bull qu'il ne restait que quelques minutes avant l'ouverture de la séance du Parlement de ce jour. Si l'on en croyait les calculs de probabilité effectués par Nathan, ce n'était pas encore le moment de présenter Heiko Anrath en public en tant que Perry Rhodan. Les administrateurs indécis patienteraient tant que *Old Man* ne menacerait pas directement le Système Solaire.

Bull se sentait comme un homme qui devait lutter contre une hydre à cinquante têtes. Chaque fois qu'il coupait une de ses têtes, une autre repoussait à sa place. L'humanité vivait à une époque où Perry Rhodan était de toute évidence devenu une figure légendaire pour l'Empire Solaire. Bien qu'il n'ait pas spécialement insisté pour tenir ce rôle, Rhodan était désormais étroitement lié au devenir de ses semblables.

Bull appuya sur le bouton de l'interphone.

Il n'avait guère envie d'apparaître en personne devant le Parlement, d'autant plus que les moyens techniques lui permettaient de s'adresser aux députés par visioconférence sans sortir du bâtiment de l'Administration.

— Établissez-moi une liaison avec la Salle Solaire, dit-il au technicien responsable. Transmettez-moi la séance à mon bureau dès son ouverture, et n'activez pas le duplex avant que je ne vous en donne formellement l'ordre.

— Compris, Monsieur.

Les mains de Bull jouèrent avec les feuillets de la longue résolution. Toutes les choses qui avaient été reprochées à Rhodan au cours des dernières années y figuraient. L'expédition dans le Grand Nuage de Magellan y était mentionnée comme une « inutile aventure » qui avait mené l'humanité « au bord du gouffre ». Bull était accoutumé à de tels pamphlets et n'en était guère affecté.

Bien pire étaient les complots qui se tramaient sous la surface du train-train quotidien.

Sur le mur en face de lui, les écrans s'allumèrent. Le son qui lui parvint en même temps que l'image donna à Bull une idée de l'inquiétude régnant au sein du Parlement. Un certain nombre des visages qui apparaissaient là lui étaient connus. Les administrateurs discutaient encore ensemble avec animation.

Puis un bourdonnement retentit. La session commençait.

Le président ouvrit la séance. Il donna le nombre des députés présents et demanda la liste des intervenants.

Bull n'avait aucun doute sur ce qui l'attendait à présent. Il y était préparé. Du moins l'espérait-il.

L'administrateur du système de Sempron – une étoile de l'Amas des Pléiades – insista pour prendre la parole. Gwydlin Grichert était connu en tant qu'adversaire acharné de Rhodan. Il fustigeait avant tout la loi d'autarcie qui ne permettait à une colonie d'acquérir la souveraineté qu'après quatre-vingt-dix-neuf années de tutelle. Le système de Sempron n'était habité que depuis vingt-huit ans. Grichert était affamé de pouvoir personnel. Il refusait d'admettre que la structure de l'Empire nécessitât une telle surveillance des jeunes colonies.

Grichert était un homme grand et costaud. Il prit appui des deux mains sur le pupitre comme s'il cherchait à le briser. Une énergie contenue émanait de cet individu. C'était un esprit aiguisé qui exploitait sans pitié la moindre faiblesse de ses opposants politiques pour en tirer un profit purement individuel.

— Je ne suis pas ici pour vous faire un discours, commença-t-il. Nous savons tous que le temps nous manque pour cela. Je suis là, en tant que représentant de l'ensemble des personnes conscientes de leurs responsabilités, pour exprimer une question qui nous tient au cœur à tous.

Il redressa brusquement la tête. La transmission parfaite permit à Bull d'apercevoir l'étincelle dans les yeux de Grichert.

— Cette question est : *Où est Perry Rhodan ?*

Bull se mit immédiatement en contact avec le centre de contrôle et ordonna au technicien d'établir le duplex.

— … en un moment où Perry Rhodan est absent alors qu'une terrible menace s'approche de nous, disait alors Grichert.

Les murmures émanant des députés indiquèrent à Bull qu'il était désormais visible en gros plan sur les écrans de la Salle Solaire. Grichert s'interrompit et leva les yeux.

— Si vous avez encore quelque chose à ajouter, continuez, l'invita le Maréchal d'État.

— Je déplore que vous n'ayez même pas pris la peine de venir en personne, commenta malicieusement Grichert. Il vous est probablement plus facile, comme cela, de nous sortir vos explications cousues de fil blanc.

— Dans un sens vous n'avez pas tout à fait tort, répliqua sèchement Bull. Le contact direct avec vous ne m'a pas semblé dépourvu de risque.

Grichert devint écarlate sous l'effet de la colère. Il avait déjà été impliqué dans plus d'une rixe et avait parfaitement compris ce que sous-entendait la remarque de son interlocuteur.

— Asseyez-vous, s'il vous plaît, monsieur Grichert, intervint le président de séance. Monsieur le Maréchal d'État Bull veut probablement nous apprendre quelque chose.

— Parfaitement exact ! dit Bull.

Grichert libéra la tribune à contrecœur.

— Je tiens à vous informer qu'en ce moment même un croiseur de liaison vient d'arriver dans le Grand Nuage de Magellan pour y quérir le Stellarque.

Il marqua une pause pour laisser le temps aux administrateurs d'assimiler ses paroles.

— Vous devez admettre que le danger dont la presse a fait état et qui a été de nouveau évoqué par monsieur Grichert il y a quelques instants n'est que de nature théorique. Il n'existe pour l'instant aucune raison justifiant un retour précipité de Perry Rhodan. Cependant, le Stellarque est disposé à tenir compte des désirs de cette assemblée et à vous fournir tous les éclaircissements immédiatement après avoir regagné la Terre.

Des échos d'approbation montèrent des places des administrateurs loyaux. Un politicien allié de Grichert demanda la parole.

— Qu'est-ce qui nous prouve que vos affirmations ne sont pas un nouveau subterfuge ? insista l'homme avec provocation. Vous n'avez fourni que de vagues indications. Donnez-nous la date précise à laquelle Rhodan prendra la parole ici même.

Bull comprit qu'il devait dès à présent trancher pour de bon au sujet d'un homme dont il ignorait encore s'il serait capable de s'acquitter de la responsabilité qui lui était confiée.

— Rhodan vous parlera au plus tard le 2 février, dit-il.

Il fit couper la liaison avec la salle du Parlement. Il se sentait bizarrement épuisé. Il avait conscience de se sentir un peu coupable. Il avait fait une promesse que seul Heiko Anrath pourrait tenir.

Quelques minutes plus tard, il recevait un appel de l'épouse de Rhodan.

Mory arborait une expression consternée.

— J'ai suivi le début de la séance du Parlement, s'ouvrit-elle à Bull.

Le Maréchal d'État sourit et passa une main sur ses cheveux courts.

— Je pense que ma réponse à Grichert a été une tactique astucieuse, affirma-t-il, satisfait. Cela nous permet de gagner encore trois jours. C'est un délai qui permettra à Heiko Anrath de s'améliorer. Bien sûr, *Old Man* surgira certainement avant le 2 février, mais je suis certain que les Gardiens Fréquentiels n'attaqueront pas immédiatement. Ils commenceront par prendre des repères.

La voix de Mory ne changea pas.

— J'ai discuté avec Allan, dit-elle.

Le ton sur lequel elle avait prononcé ces paroles fit dresser l'oreille à Bull. Il pressentit qu'il s'était produit quelque chose dont il ne savait encore rien.

— Que s'est-il passé ? se renseigna-t-il.

— Heiko Anrath, précisa-t-elle. La charge a été trop forte pour lui. Il a craqué.

L'image de Mory sembla devenir floue aux yeux de Bull. Il avait du mal à réaliser que sa dernière manœuvre les menait droit dans une impasse.

— Peut-être se sera-t-il remis d'ici au 2 février, espéra-t-il.

— Mercant le souhaite lui aussi, ajouta-t-elle sans conviction.

*
**

Le 31 janvier 2436 à 13h46, heure terrestre, le robot géant *Old Man*, aux mains de six Bi-Conditionnés, émergea de l'espace linéaire à huit milliards de kilomètres du Soleil, soit un peu au-delà de l'aphélie de l'orbite de Pluton.

Les commandants de tous les vaisseaux terraniens furent informés de l'arrivée de l'adversaire dans les secondes qui suivirent. Les forteresses-leucocytes furent activées, leurs canons transformateurs parés à tirer. Autour des planètes et satellites habités du Système Solaire, des dizaines de milliers de *Mosquitos* s'apprêtèrent à intervenir.

Quatre minutes après la réapparition de *Old Man* dans l'espace einsteinien, Reginald Bull s'entretenait par hypercom avec Julian Tifflor, qui se trouvait à bord du *Drusus*

III, un des croiseurs de la flotte de défense de l'Empire Solaire qui opéraient à la périphérie du système.

— *Old Man* s'est arrêté, apprit Tifflor au Maréchal d'État. Comme il fallait s'y attendre, les Gardiens Fréquentiels veulent d'abord s'orienter. Je ne pense pas qu'un assaut direct soit imminent. La forteresse-robot attendra encore un certain temps.

Bull respira. Il était reconnaissant pour chaque minute gagnée. Il se demanda combien de temps il faudrait avant que la nouvelle de l'arrivée de *Old Man* se soit répandue partout. Un tel événement ne pouvait être celé. Reginald Bull ne se faisait aucune illusion. Il savait que les troubles naîtraient d'un instant à l'autre.

— Tenons-nous en à ce qui a été convenu, dit-il à Tifflor. Tant que *Old Man* et la police du temps n'attaquent pas, ignorons-les. Et veillez à ce qu'aucun casse-cou ne se mette à agir de sa propre initiative en engageant le combat.

— Les commandants ont reçu des consignes strictes, répondit le Maréchal Solaire. Le secteur dans lequel se trouve à présent *Old Man* est verrouillé par nos vaisseaux afin d'empêcher toute approche d'une nef commerciale dont le capitaine serait un peu trop curieux. Nous ne laisserons personne venir à proximité du robot géant.

Bull hocha la tête d'un air satisfait. Il savait pouvoir se fier à Tifflor. Mais même l'expérience et les capacités de celui-ci ne suffiraient pas à résoudre tous les problèmes. Le personnage-clé s'appelait toujours Perry Rhodan. Le destin de l'Empire dépendait en grande partie de l'arrivée du Stellarque.

Tifflor promit à Bull de le tenir informé en permanence de tout ce qui se passerait dans l'espace extérieur. Le Maréchal d'État pourrait ainsi se consacrer exclusivement aux conditions régnant sur Terre.

Les difficultés ne se firent guère attendre. Une heure s'était à peine écoulée depuis sa conversation avec Tifflor que déjà des milliers de personnes s'étaient rassemblées devant le bâtiment de l'Administration Solaire. La foule ainsi massée exigeait des explications quant aux derniers événements.

Bull transmit un court communiqué à la rédaction en chef de la Terravision. Il y exhortait la population au calme et à la prudence. Le texte fut diffusé plusieurs fois, par intervalles d'une heure.

Les nouvelles vespérales annoncèrent que partout se déroulaient des manifestations et des émeutes. Le Parlement s'était réuni en session extraordinaire.

Bull ne quitta pas son bureau. Il refusa de rencontrer les représentants de différents groupements d'intérêts, car il se doutait qu'ils ne feraient rien d'autre que de lui asséner des reproches déjà souvent répétés. Les meilleurs diplomates de l'Administration furent envoyés partout sur la planète pour essayer de maintenir ou rétablir l'ordre. Bull doutait qu'ils y parvinssent, mais tout devait être mis en œuvre afin d'éviter le chaos généralisé. Des messages hypercom arrivaient continuellement depuis les mondes coloniaux. On exigeait d'être informé de ce qui se passait dans le Système Solaire. La méfiance envers la suprématie de la Terre, longtemps restée enfouie, faisait à nouveau surface. Bull s'entretint sur les ondes avec un certain nombre d'administrateurs et découvrit que la proportion des fidèles de Rhodan était en chute libre. Ses adversaires politiques gagnaient en influence.

Peu avant minuit, on arrêta à Terrania un homme qui avait tenté de mettre le feu à un édifice public. Une horde d'ivrognes voulut prendre d'assaut l'ambassade rumalienne parce que l'administrateur de Rumal s'était ouvertement déclaré favorable aux plans de l'Administration.

Peu après minuit, Mory Rhodan-Abro appela Bull.

— J'ai écouté les dernières informations, commença-t-elle sans détours. Si la situation actuelle continue à se développer ainsi, nous perdrons tout contrôle des événements sur Terre dans quelques jours. Et ce ne sera probablement pas mieux sur les autres planètes du Système Solaire.

— J'ai pris toutes les mesures préventives nécessaires, expliqua Bull.

— Il suffit à *Old Man* d'attendre que l'anarchie s'installe sur Terre, rétorqua-t-elle. En ce moment, Grichert fait un discours devant le Parlement. Malgré l'heure tardive, tous les administrateurs sont présents. Il est continuellement interrompu par des applaudissements.

— Je n'ai pas eu le temps de suivre le déroulement de la séance.

— Grichert a mentionné pour la première fois le décret d'urgence qui règle la succession du Stellarque en cas de décès, l'informa Mory.

Les yeux de Bull s'écarquillèrent.

— Se douterait-il de quelque chose ?

— Je n'en sais rien. Nous soupçonnons depuis longtemps Grichert d'entretenir de bonnes relations avec les Akonides, et peut-être même avec le Condos Vasac.

Le Condos Vasac était une organisation criminelle secrète qui travaillait depuis des années contre l'Empire Solaire. L'une des premières priorités de l'O.M.U. était de s'occuper de ces dangereux adversaires de l'humanité.

— Je ne peux pas faire arrêter Grichert, déclara Bull après une hésitation. Nous n'avons pas encore de preuves de ses activités illégales. De plus, nous ne pouvons en ce moment nous permettre aucun scandale.

— J'ai déjà envisagé de m'exprimer devant le Parlement, annonça Mory. Que pensez-vous de cette idée ?

— En des circonstances ordinaires une femme peut être très efficace, admit Bull. Surtout quand elle présente bien. Je doute cependant que vous puissiez attirer la sympathie de nos adversaires. Vous êtes connue en tant que porteuse d'activateur cellulaire et présidente du système d'Eugal. Vous avez maîtrisé avec brio d'innombrables débats. Si vous voulez jouer à présent le rôle de l'épouse éplorée – et ce n'est qu'ainsi que vous pourrez vous attirer la compassion des administrateurs –, cela ne nous avancera guère. Je crains au contraire qu'une intervention de votre part n'aggrave encore la situation.

— Nous sommes déjà le premier février, répliqua l'épouse de Rhodan. Tout le monde sait désormais que le Stellarque doit s'exprimer demain devant le Parlement. Pouvez-vous vous représenter ce qui se passera si la promesse que vous avez faite n'est pas tenue ?

— Ce sera l'effondrement définitif. On fait encore confiance au Stellarque dans le monde entier. Les gens s'attendent à ce que demain Rhodan arrange tout.

— Je n'ose penser à Heiko Anrath, murmura Mory.

*
**

Au matin du premier février, Heiko Anrath s'éveilla d'un profond sommeil de douze heures. Il était seul dans la pièce, ce qui le surprit. Le casque de l'indoctrinateur était posé sur une étagère non loin du lit. Anrath avait un sale goût dans la bouche, mais il se sentait quand même reposé. Il bâilla en se demandant quand arriverait le Dr. Copson pour s'occuper de lui. Ce qui s'était passé avant qu'il ne s'endorme lui revint peu à peu en mémoire. Il s'était comporté anormalement et le médecin lui avait fait une injection.

Mes nerfs m'ont trahi, comprit Anrath.

Cette pensée ne lui causa aucun malaise : signe certain que l'effet du produit qui lui avait été injecté ne s'était pas encore dissipé. L'impression de détachement qu'il ressentait pouvait s'expliquer de la même façon.

Pour le moment, l'idée de jouer en public le rôle de Perry Rhodan ne lui faisait ni chaud ni froid. Il repoussa la couverture du lit et se leva. Il se sentit pris de vertige ; la plante de ses pieds était totalement insensible au contact du sol froid. Il avait l'impression de marcher sur un tapis de caoutchouc. Il avait un bourdonnement dans les oreilles. Il passa dans la salle de bains attenante à la chambre à coucher. Alors que la douche coulait, il entendit quelqu'un entrer dans la pièce.

— Monsieur Anrath ! appela la voix familière de Copson. Comment vous sentez-vous ?

— Très bien ! répondit l'interpellé.

Il s'empara d'une serviette-éponge et revint dans la chambre. Le praticien l'observa en silence tandis que l'ingénieur se séchait.

Quand Anrath eut fini de s'habiller, il s'assit sur le lit et regarda le médecin, dans l'expectative.

— Votre façon de voir les choses se modifiera dans les prochaines heures, lui prédit Copson. Quand l'effet de l'injection s'estompera, vous serez de nouveau confronté aux difficultés habituelles.

Anrath alla remettre la serviette dans la salle de bains.

— Cela me regarde, renvoya-t-il par la porte ouverte. Mais à présent vous savez ce qu'il vous reste à faire pour me préparer à ma prestation de demain devant le Parlement.

Copson eut un rire forcé.

— Parce que vous croyez qu'il suffit d'une injection pour tout arranger ! Ça ne marche pas comme ça ! Quand vous vous exprimerez devant le Parlement, il est hors de question que vous soyez sous l'influence d'une drogue quelle qu'elle soit. Il y a parmi les administrateurs des gens assez instruits pour être capables d'interpréter les moindres signes. Vous risqueriez en outre de commettre une erreur pouvant avoir des conséquences incalculables. Vous seriez complètement imprévisible.

— Mais si je ne reçois aucune injection, imaginez la suite, répliqua Anrath sur un ton moqueur. Vous savez parfaitement que dans ce cas je craquerai tôt ou tard.

Le Dr. Copson soupira. Il semblait être très préoccupé par le problème.

— Je me suis opposé dès le début à votre utilisation, dit-il. Vous ne disposez pas des talents naturels de Perry Rhodan. Même après dix ans d'entraînement nous continuerions de buter contre les mêmes obstacles.

Anrath revint dans la chambre et se laissa tomber sur le lit. Il savait que Copson n'éprouvait aucune sympathie pour lui, mais il ne comprenait pas pourquoi le médecin exprimait si ouvertement sa conviction. Si le comportement de Copson lui avait toujours semblé étrange, ses derniers propos n'étaient ni plus ni moins qu'une prise de position opposée aux plans d'Allan D. Mercant.

— Vous serez soulagé d'entendre que nous en avons terminé avec l'hypno-enseignement, continua le Dr Copson. Vous partez demain pour la Terre. Le Maréchal Solaire Mercant a de toute évidence estimé que vous ne pourriez rien apprendre de plus le dernier jour.

Anrath contemplait le plafond. Les remarques du médecin ne le touchaient pas.

— Vous disposez à présent de dix heures pour vous occuper comme vous le souhaiterez, conclut ce dernier. Ensuite, le major Santanjon viendra vous chercher pour vous emmener à bord du *Théodoric II*, maintenant rebaptisé *Krest IV*. Vous resterez dans le vaisseau durant les dernières heures précédant le départ vers la Terre.

— Dois-je demeurer cloîtré dans cette pièce pendant dix heures ? s'enquit Anrath.

Copson secoua la tête.

— Toutes les salles de formation sont à votre disposition. Vous pouvez aller lire à la bibliothèque ou visionner un film. Profitez bien des dernières heures qui vous appartiennent. Nul ne sait ce qui vous attend demain sur Terre.

*
* *

Allan D. Mercant ne fut pas surpris en apprenant que Mory Rhodan-Abro était venue jusque sur la Lune pour se rendre à bord du *Théodoric II*. L'épouse de Rhodan voulait évidemment faire partie du voyage et se tenir aux côtés d'Anrath pour lui prodiguer des conseils. Le chef de la Défense était lui aussi décidé à accompagner l'ingénieur sur Terre. Il travaillait sous pression depuis que *Old Man* était apparu à la frontière du Système Solaire. Les agents et spécialistes de son organisation n'étaient pas en nombre suffisant pour garder sous contrôle toutes les zones à risque. L'Empire Solaire était en ébullition.

Mercant s'assura qu'il disposait encore de trois heures jusqu'au décollage du faux *Krest IV*. Il avait cessé de se préoccuper de tous les détails concernant les émeutes et les exactions. Il ne se passait pas une minute sans que ne lui parvienne une nouvelle inquiétante. Il avait chargé Nathan de les dépouiller et de n'analyser que les événements les plus importants. C'était le seul moyen de concentrer l'activité de la Défense sur les foyers de révolte.

Pour le moment, tout indiquait que l'anarchie se répandait dans le Système Solaire. Sur Terre, une grande partie de la population avait cessé le travail. Dans les rues, des sectateurs prophétisaient la fin du monde. À côté de cela, personne ne savait avec certitude ce qui s'était produit. Les adversaires de Rhodan avaient fait courir d'innombrables rumeurs. L'une de celles-ci témoignait qu'une gigantesque flotte ennemie, forte de trois cent mille vaisseaux, s'approchait du Système Solaire en provenance du Grand Nuage de Magellan. Certains journaux titraient que le soleil menaçait de se transformer en nova. C'en était au point que même les personnes les plus circonspectes n'étaient plus en mesure de distinguer la vérité du mensonge. Le Parlement siégeait presque continuellement.

Un léger apaisement s'était néanmoins installé de par le monde au cours des dernières heures. Reginald Bull s'était adressé par la Terravision à la population terrienne pour annoncer que l'arrivée de Rhodan était imminente. Cette information avait conduit à une certaine stabilisation de la situation.

Pour l'instant, Mercant n'osait pas penser au moment où Heiko Anrath sortirait du *Théodoric II* pour se diriger vers le Parlement.

Le visiophone bourdonna. Mercant prit la communication.

Il inclina la tête en guise de salut.

— J'escomptais que vous m'appelleriez, dit-il. J'apprécie que vous soyez venue. Peut-être réussirez-vous à aider Anrath.

— Il s'est enfermé dans sa cabine, lui annonça-t-elle. Depuis que le sédatif a cessé de faire de l'effet, il est retombé dans son ancien état d'esprit. Peut-être rumine-t-il des idées de suicide.

— Cela ne nous avancerait à rien de vouloir forcer sa porte, répondit Mercant. Probablement ne souhaite-t-il rien de plus que de la tranquillité. Il sortira de lui-même quand nous arriverons sur Terre.

Le visage sur l'écran sembla se dissoudre. Le chef de la Défense cligna des paupières et se frotta les yeux. Il commençait à être temps qu'il s'accorde un peu de repos. Il connaissait parfaitement les symptômes de l'épuisement intellectuel. Même un porteur d'activateur cellulaire n'était pas une machine.

— Je ne parviens pas à me défaire du sentiment que tout va rater, avoua Mory. Allan, j'aimerais que nous puissions renvoyer cet homme chez lui.

Il savait qu'elle continuerait jusqu'à la dernière seconde à espérer en le retour de Rhodan.

— Demain est un autre jour, murmura-t-il. Ne soyez pas aussi pessimiste. Anrath réussira.

— J'en ai parlé avec le major Santanjon, l'informa Mory. Il doute qu'Anrath parvienne seulement jusqu'à la tribune de la Salle Solaire.

— Santanjon est un excellent « instructeur », répliqua Mercant. Mais je ne l'ai encore jamais vu convaincu de la réussite d'une entreprise. Il doute tout le temps de lui-même et de son travail. Aussi fait-il partie des meilleurs hommes de la station Luna-I.

— J'en ai parlé également avec le Dr Copson. Il est tout aussi persuadé de l'échec d'Anrath.

Mercant sentit la colère commencer à monter en lui. Pourquoi tous ses collaborateurs émettaient-ils tous des jugements aussi négatifs sur cet individu ? Pourquoi ne le comparaient-ils pas avec la défunte doublure de Rhodan plutôt qu'avec le Stellarque lui-même ? Un fort bourdonnement interrompit ses réflexions. Il vit qu'un appel urgent arrivait de la Terre. C'était probablement Reginald Bull qui voulait lui parler. Il s'excusa auprès de Mory et s'apprêta à entendre d'autres mauvaises nouvelles.

*
* *

Quelqu'un frappa doucement à la porte. Heiko Anrath leva la tête. C'était la troisième fois que quelqu'un essayait d'entrer depuis qu'il s'était enfermé dans cette cabine à bord du *Théodoric II*. Jusqu'à maintenant, il n'avait pas réagi aux coups frappés ni aux appels. Il voulait rester seul et se retrouver lui-même.

Les coups devinrent plus impérieux.

— Monsieur Anrath ! appela une voix féminine. Je voudrais vous parler.

Il crut reconnaître la voix de Mory Rhodan-Abro. Il hésita un instant puis se leva et ouvrit la porte. Il alluma le plafonnier.

— Puis-je entrer ? demanda Mory.

Il s'effaça de côté.

— Bien sûr, répliqua-t-il. Je ne savais pas que vous étiez à bord.

— Je suis arrivée il y a une heure. Norg Etran m'a dit que vous vous étiez enfermé. Je m'inquiétais à votre sujet.

Anrath était troublé par la proximité de Mory. Il n'avait aucune expérience du contact avec les femmes. Et le fait qu'il ait en face de lui l'épouse de l'homme dont il devait interpréter le rôle le rendait encore plus hésitant.

— Vous ressemblez parfaitement à Perry, dit-elle doucement. Votre voix est également la même. Vous ne vous différenciez de mon époux que par votre façon de vous tenir et votre manière de vous exprimer.

Anrath ne répondit pas. Il était parfaitement au courant des erreurs qu'il faisait encore. Santanjon les lui avait assez souvent reprochées.

— Êtes-vous au courant de ce qui se passe dans le Système Solaire ? s'enquit Mory.

— J'ai été informé de l'arrivée de *Old Man*, déclara-t-il. Je sais à quel point il est maintenant important que j'apparaisse devant le Parlement.

— Comment estimez-vous personnellement vos chances ?

Anrath éprouva pour la première fois le sentiment que quelqu'un s'intéressait à lui et pas seulement à son rôle. Il lança un regard reconnaissant à Mory. Son intuition féminine l'aidait à le comprendre.

— Vous pouvez encore m'en apprendre beaucoup sur votre mari, dit-il avec ferveur. Vous le connaissez mieux que les hommes qui m'ont formé.

— C'est pour cela que je suis venue, annonça-t-elle posément.

Anrath se dirigea vers la couchette et en retira une chemise dont il sortit quelques papiers. Il lui tendit timidement le premier feuillet.

— J'ai essayé d'écrire quelques discours personnels, avoua-t-il, embarrassé. Santanjon m'a bien évidemment fourni quelques textes tout prêts afin que je les apprenne par cœur, mais je n'en viens pas à bout.

Mory lut en silence ce qu'avait couché sur le papier l'ancien superviseur. Anrath se mordit la lèvre inférieure quand il la vit secouer la tête avec un air désolé.

— C'est très bon, commenta-t-elle. Mais mon époux ne s'exprime pas ainsi.

— Comme ceci, peut-être ? demanda-t-il, découragé, en lui remettant les discours élaborés par Santanjon.

Elle y jeta un bref coup d'œil et opina. Le sentiment de sympathie qu'Anrath avait éprouvé pour elle s'éteignit brusquement. Il la soupçonna d'être venue le voir sur l'instigation du major. Il s'empourpra quand elle leva soudainement les yeux et le dévisagea ouvertement.

— Je suis là pour vous aider, assura-t-elle.

Il réalisa qu'il n'était pas facile de dissimuler ses pensées à cette femme. Elle vivait depuis trop longtemps déjà pour se laisser abuser par des gens ordinaires.

— Que diriez-vous si nous nous exercions encore un peu ? proposa-t-elle. Je vous indique ce que vous faites incorrectement, et vous essayez de l'améliorer.

Elle lui tendit la feuille sur laquelle était imprimé le discours élaboré par Santanjon. Il le prit d'une main mal assurée.

— Allez-y ! l'invita-t-elle.

Il commença à parler d'une voix hachée. Il se calma peu à peu et mit plus de sentiment dans ses paroles. Il eut la conviction de s'exprimer mieux qu'il ne l'avait jamais encore fait. Cette pensée lui donna de l'assurance. Il choisit plus soigneusement ses intonations et marqua des pauses significatives. Quand il élevait la voix, il laissait glisser son regard sur un public imaginaire.

— Stop ! l'interrompit-elle. Vous devez parler plus

vite. Restez sobre. Perry essaie rarement de faire passer quelque chose en insistant sur les mots.

— Je… je croyais que c'était bien, cette fois-ci. (Il laissa tomber le papier.) Quelque chose me disait que je m'y prenais presque correctement.

— En tant que Heiko Anrath vous étiez très bien, conclut-elle. Mais le Stellarque s'appelle Perry Rhodan. Et c'est lui que vous devez incarner.

CHAPITRE VII

Reginald Bull regarda l'écran de télévision tandis que s'éteignait le rugissement des blocs-propulsion de l'énorme vaisseau qui venait de se poser. Il était à cet instant l'une des milliards de personnes qui suivaient la retransmission mondiale en retenant leur souffle. Il n'avait pu se résoudre à se rendre sur le spatioport pour saluer le faux Rhodan. En outre, il pourrait intervenir plus rapidement de son bureau à l'intérieur de l'immeuble de l'Administration Solaire si un incident survenait. Le Maréchal d'État n'avait pas souvenir d'avoir jamais été aussi nerveux. L'œil rivé à l'écran et le cœur battant, il observait le déroulement des événements. Les cameramen firent un gros plan sur le sas atmosphérique.

— C'est par ce sas que le Stellarque sortira du vaisseau dans les prochaines minutes, disait le commentateur. Le retour de Perry Rhodan met fin à toutes les rumeurs qui couraient au sujet de sa mort. Rhodan et ses proches se rendront immédiatement à l'intérieur de l'Administration Solaire, où des éclaircissements seront fournis devant le Parlement, dans la Salle Solaire. Il est caractéristique que le calme règne sur toute la planète depuis l'arrivée du *Krest IV*. L'humanité attend avec impatience l'allocution du plus célèbre des Terraniens.

Bull lâcha un soupir. Ce n'était pas Perry Rhodan qui franchirait le sas, mais un homme désespéré qui s'appelait Heiko Anrath et qui devait jouer le rôle du Stellarque.

Sur l'écran de télévision, l'image se déplaça de nouveau. La foule qui attendait à l'extérieur du spatioport apparut. C'étaient là les résidents de Terrania qui préféraient vivre les événements sur le terrain plutôt que par écran interposé. Pourtant ils ne pourraient ainsi qu'apercevoir Rhodan de loin.

Les gros plans effectués par les cameramen étaient selon Bull particulièrement dangereux. Les images étaient transmises directement dans la salle du Parlement, si bien que les administrateurs seraient en position de relever immédiatement la moindre hésitation du Stellarque.

Le Maréchal d'État avait annulé tous ses rendez-vous. Il tenait à suivre de près l'arrivée d'Anrath et son intervention devant le Parlement. Si le sosie s'en tirait bien sur le spatioport, Bull entreprendrait d'assister à la séance parlementaire.

Il vit le sas s'ouvrir. Sortirent tout d'abord plusieurs robots spéciaux qui accompagnaient toujours Rhodan lors de ses déplacements officiels. Ils furent suivis par quatre membres de l'équipage, qui s'avancèrent avec décontraction. Bull respira. Il savait pouvoir se fier aux corps d'élite.

— Le robot-garde du corps de Rhodan a déjà pris position, dit le commentateur. Il escortera le Stellarque jusqu'au véhicule qui emmènera celui-ci jusqu'au bâtiment de l'Administration Solaire.

L'image changea, et Bull put voir le glisseur qui stationnait à proximité de l'ultracroiseur de combat. Anrath devait parcourir environ sept cents mètres avant d'atteindre le véhicule protecteur. Les caméras de la Terravision le suivraient tout au long de son cheminement. Le moindre faux mouvement serait susceptible d'alerter les administrateurs méfiants.

Bull sentit qu'il se crispait. Qu'arriverait-il si Anrath craquait dès à présent et refusait de participer davantage ?

Pourquoi fallait-il si longtemps avant qu'Anrath apparaisse à l'entrée du sas ? L'ascenseur antigrav attendait déjà à côté de la passerelle.

— En cet instant, c'est un sentiment de soulagement que nous partageons tous, commenta la voix off du journaliste. Même les adversaires de Rhodan savent ce que signifie pour l'humanité sa présence dans la situation actuelle.

À ce moment, une silhouette apparut dans l'ouverture du sas. À côté des robots elle semblait petite et vulnérable. L'homme ressemblait à Perry Rhodan.

Bull ferma les yeux.

Il se sentait incapable de voir Heiko Anrath craquer.

Il ne *voulait pas* voir cela !

*
* *

La multiplicité des bruits qui étaient parvenus à ses oreilles à l'intérieur du sas se mua en une unique vague sonore quand il se décida à sortir sur la passerelle. L'intense luminosité diurne le fit cligner des yeux. Il avait à peine mis le pied hors du sas que les formes massives des robots s'ébranlèrent en direction de l'ascenseur.

Anrath avait l'impression d'entendre encore les voix de Mercant et Mory qui n'avaient cessé de l'exhorter à rejoindre le glisseur le plus rapidement possible. Ils lui avaient recommandé de ne pas s'arrêter en chemin.

Il pénétra dans l'ascenseur et se campa au milieu de la plate-forme, droit comme un i. C'était comme s'il faisait un rêve fantastique. Au-dessus de lui s'incurvait la gigantesque coque de la fausse nef amirale. De l'autre côté du spatioport se dressaient les parallélépipèdes des bâtiments administratifs et des tours de contrôle.

Le sosie de Rhodan était si tendu intérieurement que la moindre impulsion pourrait suffire à le faire craquer. Sa seule pensée était l'espoir que tout cela finirait très vite.

Il y eut une secousse et la plate-forme commença à descendre. Pas un muscle du visage d'Anrath ne tressaillit. Quand l'ascenseur arriva en bas, les robots formèrent une haie. L'ingénieur sortit avec des gestes mécaniques. Le sol semblait bouger sous ses pieds. Il se sentait aussi inquiet que s'il avançait jusqu'au bord d'un gouffre insondable. Le glisseur semblait se trouver à une distance infinie. Anrath vit du coin de l'œil des techniciens du personnel au sol le saluer en agitant les bras. Il n'osa pas répondre à ces saluts. Il craignait que tout geste non indispensable pût causer sa perte. Dans une vision de cauchemar il imagina les centaines de milliers de personnes massées en bordure du spatioport en train de se précipiter vers lui les bras tendus en hurlant qu'elles avaient découvert la supercherie.

Deux officiers supérieurs de l'Administration Solaire attendaient près du véhicule. Anrath ignorait s'ils étaient dans le secret. Quand ils le saluèrent respectueusement, il ne put faire autrement que d'incliner la tête. Il espéra avoir agi correctement. À cet instant tout ce qu'il avait appris sur le comportement du Stellarque lui était sorti de l'esprit.

Alors qu'il s'apprêtait à embarquer, deux journalistes s'interposèrent entre les robots et lui-même.

— S'il vous plaît, Monsieur, juste une question ! l'apostropha un des deux hommes. Comment le combat contre les agents hypnocristallins s'est-il terminé ?

— Plus tard ! grogna Anrath, désapprobateur.

Il se laissa tomber dans le moelleux siège passager du glisseur. Il avait du mal à respirer. Les robots refoulèrent les journalistes. La portière se referma en coulissant, et l'ambiance devint immédiatement plus calme.

Un des deux officiers prit place dans le fauteuil du conducteur.

— Certains de ces journalistes sont désagréablement envahissants, Monsieur, dit-il en lançant la turbine.

Anrath le regarda, consterné. La tête en ébullition, il réalisa que cet homme ignorait que celui à qui il servait de chauffeur n'était pas Perry Rhodan mais un sosie. Et il était probable que l'autre officier n'était pas davantage informé.

Il serra les dents, la rage au cœur, quand il comprit ce que cela signifiait. Mercant le soumettait à un dernier test. Si les deux officiers se rendaient compte que celui qu'ils emmenaient à l'Administration n'était pas le véritable Rhodan, il serait inutile qu'Anrath se présente devant le Parlement. Il dut prendre sur lui afin de ne pas être agité d'un tremblement nerveux. Lentement, comme si un geste plus rapide pouvait éveiller la suspicion, il essuya la transpiration qui lui coulait sur le front.

— Il s'est passé beaucoup de choses sur Terre pendant votre absence, déclara l'autre officier.

Anrath, horrifié, le vit s'installer dans le fauteuil juste à côté du sien.

Il n'osa pas croiser son regard.

— On m'en a informé, répondit-il brièvement.

Il écouta le son de sa voix. *Ai-je parlé correctement ? Mon Dieu, cette incertitude !* Il ne put faire autrement que de dévisager l'homme avec qui il parlait. Les yeux de l'officier croisèrent les siens. L'uniforme et les galons indiquèrent à Anrath qu'il avait affaire à un major.

— Tout s'arrangera très vite, maintenant, déclara l'homme, confiant.

— Certainement, opina Anrath.

Ça va donc mal, songea-t-il.

N'y avait-il pas un tressaillement révélateur au coin de l'œil de son voisin ? Cet homme savait-il déjà qu'il n'était pas assis à côté de Perry Rhodan ?

Mais enfin, qu'attendons-nous pour partir ? pensa l'ingénieur, empli d'une impatience anxieuse.

Quand le glisseur quitta finalement le sol, Anrath essaya de paraître indifférent. C'était la première fois de sa vie qu'il voyait le spatioport de Terrania. Alors que pour l'homme qu'il était censé incarner, le trajet en glisseur d'ici à son bureau faisait partie de la routine quotidienne.

Les premiers immeubles défilèrent sous eux. Le sosie du Stellarque était content que ses accompagnateurs gardent pour l'instant le silence. Il savait que l'épouse de Rhodan ainsi qu'Allan D. Mercant l'attendaient dans un des bureaux contigus à l'immense Salle Solaire. Le chef de la Défense et Mory étaient partis en avant-garde. Anrath espéra que Reginald Bull serait également présent.

— Vous n'avez certainement pas oublié le cas Lansom, Monsieur, attaqua soudain le major installé près de lui. (L'homme eut un petit rire.) Il vient d'être relâché.

Anrath émit un murmure étouffé. Sous prétexte de meubler le temps, l'officier essayait de le prendre en défaut. L'ingénieur ne croyait pas à un hasard. Ces deux hommes compétents avaient déjà des soupçons. Il eut une pensée reconnaissante envers le Dr Copson pour les informations qu'il lui avait procurées.

— Aurai-t-il recommencé avec ses inventions ? s'enquit-il aussi posément que possible. J'ai souvenance qu'il nous a causé pas mal de problèmes avec son Chronotron.

— Nous avions alors investi sa base ensemble, Monsieur. Vous vous souvenez sûrement de moi ?

— Évidemment. Vous êtes le major Protkline. À l'époque, vous étiez encore capitaine. C'est l'affaire Lansom qui vous a valu de l'avancement.

Protkline opina sobrement. Il ne semblait pas certain d'avoir affaire à Perry Rhodan. Anrath se sentit désespéré. Le major lui faisait courir un grand risque. Probablement prendrait-il même contact avec Mercant pour lui signaler qu'un changement inexplicable s'était produit avec Rhodan.

L'ingénieur décida de reprendre l'initiative.

— Qu'avez-vous sur le cœur, major ? s'enquit-il avec bienveillance. J'espère que cette conversation n'a pas pour unique but de vous assurer que je n'ai pas perdu la mémoire ?

Protkline tressaillit. Ses mains agrippèrent nerveusement les accoudoirs de son siège.

— Pendant un moment j'ai cru… j'ai cru que… Veuillez m'excuser, Monsieur. Les événements des derniers jours m'ont pas mal perturbé.

Anrath réussit un sourire conforme.

— C'est tout à fait compréhensible, major, dit-il.

Protkline n'était pas encore persuadé, mais il ne savait pas sur quel pied danser. Anrath ressentit un certain amusement. Il était décidé à informer Mercant de cet incident avant de monter à la tribune. Le chef de la Défense devait admettre qu'il serait impossible de convaincre les administrateurs. Heiko Anrath n'était tout simplement pas en mesure d'incarner Rhodan de manière suffisamment convaincante. La confrontation avec le major Protkline le prouvait.

— Nous sommes arrivés, indiqua l'officier qui avait servi de pilote. Monsieur Bull a demandé que nous utilisions l'aire d'atterrissage officielle.

— D'accord, approuva Anrath, contraint.

Il sentit le regard de Protkline se poser sur lui. Pourquoi se faire encore du souci ? Peut-être était-il démasqué depuis longtemps ? Après tout, plusieurs milliards de personnes l'avaient observé tandis qu'il parcourait la distance qui séparait le vaisseau du glisseur. Il était parfaitement possible que Mercant l'attende pour lui annoncer que ce jeu cruel était fini.

*
* *

Reginald Bull entra dans la petite salle de conférences située directement derrière la Salle Solaire, la salle principale de l'Administration Solaire où se réunissaient les députés. Des robots de surveillance montaient la garde de part et d'autre de la porte. Mercant, Mory Rhodan-Abro et nombre d'officiers dans le secret étaient déjà là. Aucun des présents n'avait l'air particulièrement optimiste. Heiko Anrath devait arriver à son tour dans les prochaines minutes. De l'avis de Bull, il ne s'était pas montré jusqu'à maintenant très convaincant en tant que Stellarque. Mais, reconnut intérieurement le Maréchal d'État, Anrath n'avait pas encore vraiment été mis à l'épreuve.

Mory accueillit le vieil ami de Rhodan.

— J'espérais bien que vous viendriez. Il faut que vous convainquiez Allan d'empêcher Anrath de se présenter devant le Parlement et que vous trouviez un prétexte quelconque pour calmer les administrateurs.

— Comment voulez-vous faire ? interrogea Bull. Les députés savent que le Stellarque est en route et sera bientôt ici. Comment pourrions-nous les faire patienter une fois de plus ? Il est désormais trop tard pour retirer Anrath de la circulation.

— L'avez-vous bien regardé pendant qu'il se dirigeait vers le glisseur ? demanda Mory.

— Je n'ai pas tout vu parce que j'ai plus d'une fois fermé les yeux à cause de ma nervosité. Cependant il me semble que jusqu'à présent tout s'est bien passé. Les administrateurs sont restés relativement calmes.

— La catastrophe se prépare, en tout cas, affirma Mory. Elle sera simplement plus grave si nous n'arrêtons pas Anrath dès à présent.

Mercant était assis à une table. Il se tenait la tête entre les mains. Sans même la relever pour regarder Bull, il dit sur un ton pressant :

— Je préfèrerais pouvoir rejeter la responsabilité sur quelqu'un d'autre. Je respecte votre point de vue, Mory, mais je suis malgré tout d'avis de laisser encore une chance à Anrath.

L'épouse de Rhodan s'approcha de Reginald Bull et posa une main sur son bras.

— Il semble que la décision finale vous incombe, dit-elle.

Il faisait si calme à l'intérieur de la pièce que le Maréchal d'État pouvait entendre le murmure des voix dans l'autre salle. La porte s'ouvrit avant qu'il n'ait pu répondre à Mory. Heiko Anrath entra. Les robots restèrent dehors, dans le couloir.

— Le major Protkine a vu clair dans notre jeu, laissa tomber le nouvel arrivant. Il s'est méfié tout de suite.

— Pourquoi ne vient-il pas m'en avertir, alors ? demanda Mercant, étonné. Lui avez-vous expliqué le contexte ?

— Non, répliqua Anrath. J'ai essayé de dissiper ses soupçons.

— Vous y êtes visiblement parvenu, déclara Mercant d'un air satisfait. Sinon Protkline serait déjà ici.

Bull s'approcha du sosie de Rhodan.

— Les administrateurs vous attendent, dit-il. Êtes-vous toujours disposé à leur parler ?

— Je pense qu'il le faut, murmura Anrath.

Il avait le visage pâle et couvert de transpiration.

— Nous vous accompagnons jusqu'à l'entrée, dit Bull. Ensuite, vous serez seul avec les robots-gardes du corps et les administrateurs.

Allan D. Mercant leva les yeux. Les dés étaient jetés. Heiko allait se présenter devant le Parlement. Ce qui arriverait alors dans la salle, nul ne pouvait le prédire.

— Attendez ici, dit Bull au groupe des officiers. Vous recevrez de nouvelles directives après la séance. Le Maréchal Solaire Mercant et Mory Rhodan-Abro nous accompagneront, monsieur Anrath et moi-même, jusqu'à la salle du Parlement.

Les trois hommes et la femme quittèrent la salle de conférences. Bull détailla Anrath du coin de l'œil. Il lisait distinctement la fatigue sur les traits de l'ingénieur. Il aurait aimé être télépathe pour connaître ce qui se passait en cet instant dans l'esprit de cet homme.

Ils longèrent le couloir. Bull ouvrit la porte de la salle

et laissa passer les robots. Le brouhaha ambiant commença à s'éteindre. Les administrateurs attendaient que Rhodan entre à la suite des robots.

— Vous allez directement jusqu'à la tribune de l'orateur, lui intima Bull.

Le visage d'Anrath sembla se décomposer. Il tendit les mains comme à la recherche d'un obstacle.

— Allez ! siffla Bull.

Anrath tituba ; Bull et Mercant échangèrent un regard. C'était la fin. L'ingénieur était sur le point de craquer pour la seconde fois.

— Nous ne pouvons pas le laisser partir, s'écria Mory d'une voix stridente.

À ce moment Anrath se mit en mouvement. Il franchit la petite entrée menant à l'intérieur de la Salle Solaire. Mercant, Bull et Mory se pressèrent dans l'embrasure pour l'observer.

Ils ne virent rien d'autre que son dos tandis que le sosie avançait en direction de la tribune.

— Trop lent, gémit Bull. Pourquoi ne va-t-il pas plus vite ?

Heiko Anrath s'arrêta face aux micros.

— Je suis venu pour vous informer des événements qui se sont déroulés dans le Grand Nuage de Magellan, lança-t-il d'une voix audible de très loin. Il faut que vous appreniez également qui sont les Bi-Conditionnés et quels buts poursuivent ces êtres. Vous comprendrez mieux ce qu'il en est une fois que vous m'aurez entendu.

Les trois personnes qui se tenaient à l'entrée s'entre-regardèrent.

— Il parle comme Rhodan ! murmura Mory du bout des lèvres.

Mercant se détourna, bouleversé.

— Vous entendez cela ? s'exclama Bull en enlaçant le chef de la Défense. Il le fait ! Par toutes les galaxies ! Il le fait vraiment !

CHAPITRE VIII

Si plus tard on lui avait posé la question, Heiko Anrath aurait été bien incapable d'expliquer comment s'était accomplie sa métamorphose intérieure. Pendant qu'il marchait en direction de la tribune, il avait commencé à ressentir une impression d'assurance, de confiance en lui. Il s'était raffermi d'instinct et s'était avancé la tête haute. Lui qui n'avait jamais vraiment commis d'erreur durant toute sa carrière de superviseur de la station d'irrigation Sahara XI, il devait se montrer à la hauteur de cette nouvelle responsabilité. Il ne fut jamais établi si Heiko Anrath était devenu un parfait sosie de Rhodan par dépit, par crainte, ou même par vanité. Peut-être était-ce l'instinct de conservation de son individualité enraciné dans tout être humain qui lui permettait de surmonter ses hésitations.

Quand il eut prononcé ses premières paroles, la tonalité étrange de sa voix l'étonna.

Il sut qu'à présent il parlait comme Perry Rhodan.

Détendu, il récita le texte que le major Santanjon lui avait rédigé. Il décrivit en toute franchise ce qui s'était passé dans le Grand Nuage de Magellan. Il souligna que l'humanité était en péril à cause d'une méprise de la police du temps. Il ne cacha pas davantage que *Old Man*, de retour dans la Voie Lactée, était entre les mains de six Gardiens Fréquentiels et constituait un danger mortel.

— Nous ignorons quand se produira l'agression ! lança-t-il aux députés. La seule certitude que nous ayons, c'est que cette attaque est imminente. Elle ne concerne pas seulement la Terre, mais aussi tous les mondes colonisés. L'humanité est en danger. Je suis très déçu par la conduite de certains administrateurs qui en de tels moments osent continuer à mettre en avant leurs perpétuelles jalousies et leurs conflits personnels. Alors que seule une humanité unie pourra faire front face à la menace.

Les députés qui ne s'étaient pas privés de pérorer contre Rhodan gardèrent le silence, embarrassés. Des acclamations montèrent des rangs des administrateurs loyaux.

Anrath jeta un bref coup d'œil sur son texte, puis il continua sa harangue.

— N'est-il pas regrettable que certains d'entre vous fassent passer leurs ambitions personnelles avant l'intérêt collectif ? Faut-il d'abord que se montre un mortel adversaire pour que nous reprenions conscience que nous sommes tous des humains – même si nous vivons comme colons sur Rumal ou comme adaptés sur Siga ?

Il s'interrompit sur un signe du président de séance.

— Je sais que vous n'avez pas encore terminé, dit celui-ci. Cependant l'administrateur du système de Sempron, Gwydlin Grichert, a demandé à prendre la parole pour circonstances extraordinaires.

Un murmure de protestation parcourut l'assemblée. La manière dont Grichert voulait se mettre en valeur dès à présent était plus que discourtoise. Anrath pressentit que l'administrateur fanatique de l'Amas des Pléiades devait avoir des raisons sérieuses pour exiger d'intervenir dans de telles conditions.

Grichert avait bondi. Son visage massif était écarlate.

— Je comprends votre irritation ! cria-t-il à la cantonade. Mais vous allez saisir tout de suite pourquoi je n'ai pas le droit de me taire.

Il se précipita entre les rangées de sièges et vint se placer juste à côté d'Anrath. Ses yeux tombants brasillaient.

— Cet homme, tonna-t-il d'une voix perçante, n'est pas Perry Rhodan !

Le tumulte qui suivit ces mots fut indescriptible.

*
* *

La mine victorieuse de Reginald Bull se transforma en stupéfaction quand il entendit la nature de l'accusation portée par Grichert. Incrédule, il regardait la salle par la porte ouverte.

Comment cet homme avait-il appris la vérité ?

— Et maintenant ? demanda Mercant, désespéré.

Il dut élever la voix pour couvrir le vacarme qui provenait de la salle des administrateurs. Ceux-ci s'étaient levés et exigeaient une explication. Quelques journalistes s'étaient avancés jusqu'à la tribune, mais ils furent bloqués par les robots de Rhodan.

Grichert se tenait à côté d'Anrath, les poings sur les hanches. Un rictus de mépris lui enlaidissait le visage. Le président de séance essayait en vain de se faire entendre au milieu de ce capharnaüm. Les caméras de la Terravision continuaient à retransmettre les événements dans le monde entier.

Reginald Bull pouvait s'imaginer sept milliards de téléspectateurs en train de retenir leur souffle au même instant.

Plusieurs administrateurs tentèrent de prendre la tribune d'assaut. Dans les derniers rangs, une mêlée confuse impliquait quelques partisans de Grichert et les huissiers.

— Nous devons récupérer Anrath, dit Bull. Il n'est pas prêt à affronter cette situation.

Il voua Grichert aux gémonies, qui venait de ruiner les plans que Bull et Mercant avaient élaboré et alors même qu'Anrath avait enfin trouvé son rôle. Le Maréchal d'État n'osa songer aux conséquences de cet échec. Ce ne serait probablement qu'une question d'heures avant que le groupe de Grichert ne s'empare du pouvoir.

Le silence se fit soudain dans la salle.

Bull fit volte-face. Sa bouche béa sous l'effet de la surprise. Les robots qui avaient jusqu'à maintenant protégé Anrath se retiraient. Il n'y avait qu'une seule explication à cela : l'ingénieur les avait renvoyés.

Le deuxième regard de Bull fut pour Anrath.

Le sosie du Stellarque avait au coin des lèvres le sourire typique de Rhodan. Quand Anrath leva une main, Bull crut avoir l'original sous les yeux.

— Je me trouve à présent devant vous sans protection, déclara l'ingénieur. Nous sommes des gens civilisés et nous allons nous comporter comme tels. Veuillez s'il vous plaît regagner vos places afin que nous tirions au clair ce que monsieur Grichert a lancé sur le tapis.

— C'est du Perry Rhodan tout craché ! s'exclama Reginald Bull.

Dans le regard de Mercant vacillait une lueur d'espoir.

— Peut-être se prépare-t-il à invoquer des excuses, murmura le chef de la Défense.

— Contre Grichert ? répliqua Bull en haussant les épaules.

Il n'y croyait pas.

*
* *

Heiko Anrath savait qu'il devait se battre maintenant, sinon tout était perdu. Il ignora l'œil haineux de Grichert. Il sentait que cet homme était de toute l'assemblée son adversaire le plus dangereux. S'il réussissait à l'éliminer, tout irait bien. Pour l'instant, il devait avant tout découvrir comment l'administrateur avait appris la vérité. Il était primordial de savoir si cet individu pouvait apporter la preuve de ses affirmations.

— Écoutons ce que l'administrateur Grichert a à dire ! annonça Anrath.

Il libéra la place devant les micros. Gwydlin Grichert semblait n'avoir attendu que cet instant. Il agrippa un micro d'une main tout en brandissant une liasse de documents de l'autre.

— Quand cet homme est entré, dit-il en désignant à nouveau Anrath, je croyais comme vous tous que Perry Rhodan était de retour. Je me suis senti soulagé, car même en tant qu'adversaire politique du Stellarque, je dois reconnaître à quel point l'Empire a actuellement besoin de lui.

Anrath laissa errer son regard sur la salle pour voir comment réagissaient les administrateurs. Grichert ne devait guère disposer que d'une poignée de véritables alliés. S'il parvenait maintenant à ses fins, tout le Parlement se rassemblerait derrière lui. L'ingénieur se retourna et aperçut Mercant et Bull qui lui adresssaient des signes. Ils voulaient lui faire quitter la salle. Il ignora les gesticulations frénétiques des deux hommes.

— Il y a quelques minutes, poursuivit Grichert, un des huissiers m'a apporté quelques documents que mes amis m'avaient envoyé en urgence à Terrania. Avant d'entrer dans les détails, je voudrais inviter le Maréchal d'État Bull à me rejoindre. J'aurai quelques questions à lui poser.

Bully entra immédiatement. Il n'avait attendu qu'une occasion comme celle-là pour entamer le combat contre Grichert à la place d'Anrath. Ce dernier capta le coup d'œil de mise en garde de l'adjoint de Rhodan.

— Est-il exact que sur votre ordre cinq mille vaisseaux sont restés dans le Grand Nuage de Magellan sous le commandement du général Ems Kastori, Monsieur ? demanda Grichert quand Bull eut atteint la tribune.

— Il n'y a là rien de secret, je puis donc répondre par l'affirmative à cette question, répondit calmement Bull.

— Il doit donc être facile de déterminer si le croiseur léger *Akiri* appartient à cette formation, reprit Grichert. De plus, d'après les informations que la positronique est autorisée à communiquer sur la répartition des unités de l'Astromarine Solaire, il peut être confirmé que parmi l'équipage de l'*Akiri* il y a un sergent Kimcaz Schachtner.

— Où voulez-vous en venir ? questionna Bull.

Grichert s'adressa de nouveau à l'assemblée.

— J'ai ici un diagramme des impulsions individuelles de Schachtner ! lança-t-il. Si le Maréchal d'État Bull veut bien consentir au petit effort de nous faire confirmer que l'*Akiri* appartient bien à l'escadre d'Ems Kastori et qu'à bord de ce croiseur se trouve un sergent du nom de Schachtner, il pourra également nous faire certifier que ce diagramme est authentique. Il a été enregistré par des astronautes akonides qui étaient en compagnie de Schachtner dans les heures qui ont précédé son décès.

Anrath vit tressaillir les commissures des lèvres de Bull. Un murmure d'inquiétude commença à émaner de l'assistance. Le Maréchal d'État donna par visiophone l'ordre de vérifier les informations de Grichert. L'administrateur du système de Sempron ne se fit pas prier pour fournir les chiffres correspondant aux impulsions personnelles de Schachtner.

— Pendant de nombreuses années, l'activité de propagande des Akonides a visé à discréditer Perry Rhodan et ses amis, continua Grichert. À présent qu'ils se trouvent tout comme nous dans une situation dangereuse, ils ont repris conscience de leur devoir de solidarité vis-à-vis de la Galaxie et nous ont livré de précieux renseignements. Le croiseur léger *Akiri* était en route pour la Voie Lactée afin de procéder à certaines réparations suite aux dégâts causés lors des combats contre les Perlians. En arrivant aux franges de la Galaxie, un de ses blocs-propulsion a défailli et causé une explosion dévastatrice. Il n'y a eu que quelques survivants. Ils ont été récupérés par l'équipage d'un vaisseau akonide mais ont succombé un peu plus tard des suites de leurs blessures. Le sergent Kimcaz Schachtner a révélé avant de mourir que Perry Rhodan avait mystérieusement disparu dans l'hyperespace à bord du *Krest IV* et n'était pas réapparu. Le 12 janvier de cette année, le Maréchal d'État Bull a dcmandé à tous les membres des équipages des navires opérant dans le Grand Nuage de Magellan de garder le silence sur cet incident. Dans les circonstances présentes, comme le leur a expliqué Reginald Bull, la présence de Rhodan est indispensable.

Grichert fit une pause théâtrale et continua d'une voix forte :

— Aussi celui qui s'est adressé à nous ce jour n'est-il pas Perry Rhodan, mais un robot ou un sosie humain.

Comme pour souligner ces dernières paroles, les haut-parleurs informèrent l'assistance que le croiseur léger *Akiri* était sous les ordres du général Kastori, et que le sergent Kimcaz Schachtner faisait bien partie de ses rôles d'équipage.

Quand il fut ajouté que les impulsions individuelles fournies par Grichert correspondaient exactement à celles de Schachtner, un silence mortel tomba comme une chape sur la salle.

Le regard de Grichert brilla d'un éclat victorieux.

— On a voulu nous tromper, tous ! accusa-t-il. Ils ont gaspillé leur précieux temps pour nous convaincre que Rhodan était de retour au lieu de s'occuper de stabiliser le gouvernement.

Heiko Anrath attendit que les nouveaux murmures d'inquiétude s'apaisent.

— Il ne fait aucun doute que la prestation de monsieur Grichert a été très convaincante, dit-il sur un ton ironique. Mais ses affirmations ne font que confirmer le soupçon que nous avions depuis longtemps d'une étroite collaboration entre lui et les Akonides. Je ne conteste pas que le sergent Kimcaz Schachtner soit mort à bord d'un vaisseau akonide. C'est d'ailleurs la seule explication logique pour que l'administrateur Grichert ait pu nous préciser les véritables impulsions individuelles de cet astronaute. Par contre, je doute fort que Schachtner ait pu avouer quoi que ce soit à moins d'y avoir été contraint. Je ne chercherai pas à vous en persuader par des paroles en l'air. Je prierai donc vingt d'entre vous, parmi ceux qui ont des compétences scientifiques, de me rejoindre. Je me soumettrai sous leurs yeux à un examen approfondi. Je demande aux huissiers d'apporter un appareil de radioscopie et un détecteur d'impulsions.

— Ne vous y risquez pas ! siffla Grichert. *Je* choisirai les vingt hommes chargés de vous examiner.

— Comme il vous plaira, consentit Anrath.

Vingt administrateurs se rassemblèrent près de la tribune pendant qu'on allait chercher le matériel de radioscopie. Grichert leur parla sur un ton insistant.

Heiko Anrath se plaça sans mot dire face à l'appareil à rayons X.

— Comme vous pouvez le constater, vous n'avez pas affaire à un robot, commenta Reginald Bull.

— Vérifiez qu'il n'est pas équipé d'un simulateur de squelette ! coupa Grichert.

Deux hommes s'occupèrent de palper Anrath.

— C'est un humain, déclara l'un des deux d'une voix rauque.

Anrath jeta un regard lourd de sens aux hommes rassemblés près de la tribune.

— Ce coup-ci vous avez dépassé les bornes, lança-t-il à l'intention de Grichert.

— La radioscopie ne veut rien dire, expliqua celui-ci. Nous verrons bien quand le diagramme des impulsions individuelles vous aura confondu.

Anrath était tellement pénétré par son rôle qu'il ne s'étonna même pas de l'assurance avec laquelle il se comportait à présent. Dans un obscur recoin de son esprit, ses vieilles peurs et réticences cherchaient encore une voie de sortie, mais l'ingénieur contenait tout sentiment susceptible de le trahir. Pendant tout ce temps il n'était pas conscient de l'intense pression psychologique à laquelle il était soumis.

Le détecteur d'impulsions atteignit la position neutre. Anrath se plaça de lui-même sous le casque. Sur la partie supérieure de l'appareil, l'écran affichant le diagramme s'alluma. Les valeurs mesurées y apparurent, bien lisibles pour chacun des onze cents administrateurs. L'ingénieur savait que les impulsions spécifiques de Rhodan étaient connues de la plupart.

Il ne put voir ce qui se passait dans la salle tant qu'il demeura sous le casque. Les palpeurs s'écartèrent bientôt et l'appareil remonta.

La première chose que remarqua Anrath fut le visage décomposé de Gwydlin Grichert. L'administrateur était bouche bée, les yeux toujours rivés sur l'écran qui révélait le diagramme.

— La fiabilité de vos amis les Akonides me semble plus que douteuse, déclara le sosie du Stellarque d'un ton plein d'ironie. Vous nous avez vous-même prouvé avec votre histoire du sergent Kimcaz Schachtner à quel point vous aviez foi en la véracité de ces courbes.

Grichert recula jusqu'aux micros. Anrath comprit que cet homme avait été sûr de son coup. Ce qui ne pouvait que signifier qu'il tenait ses renseignements des sources les plus haut placées. Il n'était pas à exclure que le haut commandement des Akonides ou le Condos Vasac y soit mêlé.

L'ingénieur se demanda à quels moyens les Akonides avaient fait appel pour décider le malheureux sergent à parler.

— Il est certain que le sergent Schachtner a été torturé, continua-t-il. Les Akonides ont estimé que le niveau des troubles sur Terre pouvait encore être augmenté, et ils avaient un outil à leur disposition en la personne de monsieur Grichert.

Ce dernier leva les bras dans un geste de réfutation.

— Tout ceci est une horrible erreur ! s'exclama-t-il. Laissez-moi quelques jours pour tirer cette affaire au clair. En tout cas il devait y avoir un plan consistant à faire s'exprimer un sosie du Stellarque devant le Parlement.

— Il y a des mois que vous faites état ici même de plans mystérieux de l'Administration Solaire, déclara Anrath d'un ton dédaigneux. Je n'ai pas souvenir que l'une de vos prophéties se soit jamais vérifiée.

Grichert pencha la tête en arrière. Il reprit peu à peu le contrôle sur lui-même.

— Je n'ai agi que dans l'intérêt de l'humanité, s'obstina-t-il. Même si mes méthodes peuvent sembler erronées aux yeux de certains, je vous demande de tenir compte de l'importance de l'enjeu.

Des sifflements épars devinrent perceptibles. À présent, les amis de Grichert ne se risqueraient plus à soutenir l'administrateur. L'homme du système de Sempron avait subi un revers capital. Il lui serait difficile de retrouver des alliés pour son programme politique.

— Tout le monde peut se tromper, dit Anrath. Je vous invite à coopérer avec nous, monsieur Grichert.

Le sosie de Rhodan affronta sans ciller le regard de l'administrateur. Grichert finit par baisser la tête et quitter la tribune sans ajouter un mot.

— Ne pensons plus à ce regrettable incident, proposa Heiko Anrath quand la place fut libre. Des travaux importants nous attendent. Je proclamerai au cours de la présente séance l'état d'urgence, en vertu des pouvoirs à moi conférés. Je vous demande à tous, dès la clôture de cette session, de regagner vos mondes respectifs et d'y organiser la résistance contre la police du temps.

*
* *

La séance était terminée.

Allan D. Mercant regarda son chronographe, incrédule. Heiko Anrath avait tenu plus de quatre heures. Et durant tout ce temps il n'avait pas commis une seule erreur. Le déroulement complet de la séance avait été retransmis par Terravision non seulement aux quatre coins du globe terrestre, mais également vers l'ensemble des mondes habités par des humains. Mercant n'avait pas besoin d'être prophète pour se représenter le succès de la prestation d'Anrath. Le « retour » de Rhodan avait permis à une humanité unie d'attendre de pied ferme l'assaut imminent de *Old Man* et de la police du temps.

Le chef de la Défense patienta en compagnie de Mory et Reginald Bull jusqu' à ce qu'Anrath sortît de la salle du Parlement. Bull discutait au visiophone avec Julian Tifflor. Mory, au contraire, restait assise à sa place, silencieuse, et fixait le vide, les yeux mi-clos.

Mercant n'arrivait pas à se souvenir de la dernière fois où un sentiment de solidarité aussi intense avait régné entre eux. À présent qu'ils se sentaient soulagés, ils se séparaient de nouveau. La catastrophe avait été évitée. L'humanité pouvait maintenant se préparer à lutter contre son dangereux adversaire avec des forces unies.

— Vous avez défendu Anrath jusqu'au bout, dit Mory à Mercant. Comment expliquer que vous ayez gardé confiance en lui alors que personne d'autre parmi nous ne croyait plus en sa réussite ?

— Les individus comme Anrath sont imprévisibles, répondit le petit homme. Dans certaines circonstances particulières, ils sont capables de se surpasser. Le psychogramme d'Anrath contient un facteur d'imprévisibilité. C'est à cause de cela que je l'ai préféré aux trois autres candidats. J'ai vu juste, heureusement.

— Je n'arrive pas à comprendre comment Anrath a pu changer aussi radicalement en quelques secondes, s'en mêla Bull qui avait coupé le visiophone.

Mercant allait répondre quand la porte s'ouvrit, laissant entrer Heiko Anrath. Il avait les épaules affaissées. Il s'avança en traînant les pieds jusqu'au siège le plus proche et s'y laissa tomber. Ses lèvres tremblaient, mais il fut incapable de prononcer un mot.

Mory bondit. Elle remplit un gobelet de café et alla l'offrir à Anrath. Celui-ci garda la tête appuyée sur le dossier.

— Que lui arrive-t-il ? demanda Bull, étonné.

— Probablement vient-il de prendre conscience de ce qu'il a accompli dans la salle du Parlement, supposa Mercant. Cela lui a provoqué un choc en retour. Il se trouve à présent dans le même état d'esprit que juste avant le début de la séance.

— Faut-il appeler un médecin ? interrogea Mory, inquiète.

Mercant fit un signe de dénégation.

— Nous le ramenons discrètement à bord du *Théodoric II*, déclara-t-il. Il faut qu'il ait quitté la Terre avant qu'il vienne à l'idée de quiconque de s'intéresser à lui de plus près. J'espère qu'il se remettra rapidement. Sa confiance en lui se renforcera certainement quand il aura pleinement compris à quel point il s'en est admirablement sorti.

Bull se leva et se dirigea vers la porte.

— Je vais appeler le robot-garde du corps, annonça-t-il. Anrath doit sortir du bâtiment de l'Administration Solaire au plus vite.

Mory se pencha sur l'ingénieur et l'aida à se relever. Quand il fut debout, il s'agrippa spontanément aux mains de la femme. Il titubait légèrement.

— Il vaut mieux que nous lui donnions un microdéflecteur, déclara Bull. Personne ne doit le voir dans cet état.

Quelques minutes plus tard, Heiko Anrath, protégé par un écran déflecteur individuel, fut conduit jusqu'au glisseur. Bull emmena lui-même le sosie épuisé de Rhodan au spatioport. Il fut soulagé de passer les postes de contrôle sans être arrêté. Il remit Anrath aux médecins du navire et retourna au véhicule. Revenu à l'entrée du spatioport, il contempla le faux *Krest IV* qui se dressait sur l'aire d'atterrissage. Il appela alors l'Administration par radio et attendit que le visage d'un officier supérieur s'encadre sur le petit écran de bord.

— Faites répandre la nouvelle que Perry Rhodan est reparti dans l'espace tout de suite après la session du Parlement afin d'organiser personnellement la lutte contre *Old Man* et les Gardiens Fréquentiels, ordonna-t-il. Annulez tous les rendez-vous et conférences du Stellarque prévus pour les prochains jours.

Il coupa la communication et démarra. Passant loin au-dessus des toits de Terrania, il profita des quelques minutes de tranquillité que ce vol lui offrait. Il avait parfois envie d'être débarrassé de toutes ces obligations. Mais comme le véritable Perry Rhodan avait disparu sans laisser de traces, on avait à présent plus que jamais besoin de Reginald Bull.

Il pouvait voir les bâtiments de l'Administration loin devant lui. Il aurait suffi d'une légère pression sur les commandes de guidage pour que le glisseur prenne une autre direction. Bull secoua la tête. Il n'avait pas le droit de céder à de telles envies.

Le visiophone bourdonna. Bull accepta la communication. Le buste d'un major de l'Astromarine apparut. L'homme semblait nerveux.

— Dépêchez-vous de revenir, Monsieur, s'il vous plaît, appela l'officier. Le Maréchal Solaire Julian Tifflor vient de nous annoncer par hypercom qu'un Dolan s'est détaché de *Old Man* et se dirige vers la Terre.

Bull se mordit la lèvre inférieure pour éviter de prononcer à voix haute le juron qui lui était spontanément venu.

— Je suis là dans deux minutes, assura-t-il. Dites à Tifflor de ne rien entreprendre tout de suite.

Il força l'allure du glisseur et atterrit peu après sur le toit de l'immeuble. Il se demanda si la police du temps osait seulement un vol de reconnaissance ou si c'était là le début des hostilités. Seul Nathan pouvait répondre à cette question. Le cerveau biopositronique lunaire analyserait toutes les données disponibles.

Il descendit du véhicule et se hâta vers l'ascenseur le plus proche. Il se remémora avec un sourire mi-figue mi-raisin qu'il avait songé à peine quelques instants plus tôt à s'éclipser discrètement. N'importe quel individu sur les épaules duquel reposaient de grandes responsabilités devait ressentir ce genre de tentation dans les moments critiques. Et un porteur d'activateur cellulaire n'était pas immunisé.

Bull sortit de l'ascenseur et se dirigea vers son bureau, où l'attendaient plusieurs officiers. Les écrans de l'installation combinée télécom/hypercom étaient allumés. Sur l'un d'eux, le Maréchal d'État vit un artefact d'environ cent mètres de diamètre que poursuivait un essaim de chasseurs.

— C'est lui ! dit Tifflor avec véhémence quand il constata sur l'écran du *Drusus III* que Bull était arrivé. Nous n'avons lancé aucune offensive jusqu'à maintenant.

Bull s'assit dans son fauteuil sans prononcer un mot.

— Avez-vous fourni toutes les données disponibles à Nathan ? s'enquit-il.

— Oui, confirma Tifflor.

Bull hocha la tête.

— Nous saurons dans quelques minutes si nous pouvons encore effectuer une tentative de négociation ou s'il ne nous reste plus qu'à attaquer le Dolan.

CHAPITRE IX

Alors que le Dolan ne se trouvait encore qu'à six cent mille kilomètres de *Old Man*, un message de Reginald Bull arriva au *Drusus III*. Tifflor apprit que selon Nathan, toute tentative pour parlementer serait peine perdue. La seule riposte possible contre les Gardiens Fréquentiels était la force.

Le Maréchal Solaire s'attendait à une telle réponse. Jusqu'à maintenant tout indiquait que la police du temps agissait selon ses propres critères. Une fois leur décision prise, rien ne pouvait faire changer d'avis les Bi-Conditionnés.

Tifflor se sentit cependant gagné par l'inquiétude. Il ne se faisait aucune illusion sur le rapport des forces en combat rapproché.

Les policiers temporels semblaient conscients de leur supériorité. Le fait qu'ils se contentent d'envoyer un seul Dolan était à lui seul une preuve suffisante de l'importance qu'ils accordaient aux possibilités de défense des Terraniens.

Tifflor ne quitta pas l'écran des yeux. Lui et Bull avaient élaboré conjointement une tactique entièrement nouvelle pour le cas où un Dolan s'approcherait de la Terre.

Il vit tout à coup l'étrange engin volant disparaître des écrans. Il avait plongé en espace linéaire. Tifflor déclencha immédiatement l'alerte pour toutes les unités de la flotte de défense de l'Empire Solaire et les plates-formes du Dispositif Leucocyte. Il était évident que le Dolan réémergerait dans l'univers normal à l'intérieur du Système Solaire.

Quelques minutes plus tard, l'engin resurgit à proximité de deux *Leucocytes*. Le Gardien Fréquentiel qui devait se trouver à bord du vaisseau semi-organique ignora superbement le pilonnage des canons transformateurs. Tifflor regarda, impuissant, le Dolan détourner vers l'hyperespace les flots d'énergie déchaînée et continuer son vol, indemne.

Les forteresses-leucocytes n'étaient pas en mesure d'arrêter la catastrophe.

Reginald Bull rappela par l'hypercom. Les mots se bousculèrent sur ses lèvres.

— Les plates-formes ont échoué, constata-t-il. Elles ne nous permettent pas d'arrêter le Dolan. Je vais encore faire un dernier essai pour retenir les Gardiens Fréquentiels avant de mettre notre plan à exécution.

Tifflor fixa l'écran, furieux.

— Vous croyez vraiment que contacter les policiers temporels à bord de *Old Man* ait la moindre utilité ?

— Si je ne me manifeste pas dans les cinq prochaines minutes, vous donnerez les ordres décisifs, ajouta Bull. Si nous ne parvenons pas à repousser ce Dolan, nous sommes perdus.

Tifflor put voir le Dolan détruire trois *Leucocytes* avant de replonger dans l'entr'espace. Une formation de trente chasseurs qui voulut intervenir dans le combat fut gommée du continuum. Le Maréchal Solaire douta que des croiseurs lourds pussent être plus efficaces. Soucieux, il reporta son attention sur *Old Man* qui orbitait toujours au-delà de Pluton. Que devraient-ils faire si les cinq autres Dolans se lançaient à leur tour à l'assaut ? Il n'osa pas songer aux quinze mille ultracroiseurs que renfermait le robot géant.

Quand le Dolan redevint visible, il se trouvait déjà à hauteur de l'orbite de Mars. Les cinq minutes s'étaient écoulées. Comme il fallait s'y attendre, les policiers temporels avaient ignoré la proposition de paix de Bull. Ils étaient de toute évidence déterminés à soumettre l'humanité par la force.

Tifflor lança l'ordre convenu à toutes les unités de la flotte. Les commandants savaient ce qu'ils avaient à faire. Ce monstre de cent mètres de diamètre ne devait à aucun prix atteindre la Terre.

*
**

Il était rare de trouver à son bureau le général Nicolaï Trestinov, commandant en chef sur Mars. C'était un homme de terrain qui supervisait en personne toutes les tâches occasionnelles. Il lui était arrivé plus d'une fois de procéder lui-même au réglage d'un des grands projecteurs de champ quand cela permettait d'accélérer le déchargement d'une nef marchande. Trestinov se déchargeait volontiers des travaux administratifs sur ses subordonnés.

Pourtant cela faisait à présent plusieurs heures qu'il n'était pas sorti de son antre. Les événements s'étaient précipités. La situation sur Mars semblait se calmer depuis la victoire politique de Rhodan sur Gwydlin Grichert. Les propriétaires de plus de trois mille navires commerciaux avaient suivi l'arrivée de Rhodan à la télévision. Ils n'avaient pas hésité longtemps, après cela, pour accepter la reprise inconditionnelle des relations avec l'Empire Solaire.

Mais les troubles éclatèrent de nouveau à peine une heure plus tard. La rumeur annonçait que la police du temps se préparait à attaquer la Terre. Les déclarations apaisantes de Trestinov ne servirent à rien.

Quelques instants plus tôt, le Dolan qui s'était détaché de *Old Man*, avait surgi de l'entr'espace non loin de Mars. Il avait été repéré même par les navires marchands les moins bien équipés.

Avant que Trestinov n'ait eu le temps d'entreprendre quoi que ce soit, cent capitaines de vaisseaux extraterrestres avaient appareillé, s'échappant du Système Solaire. Ce qui avait incité le général à dresser les écrans à surcharge de haute énergie au-dessus de tous les autres navires en menaçant leurs capitaines de sévères sanctions en cas de tentative de fuite. Une armada s'envolant de Mars ne feraient qu'ajouter à la confusion pour la flotte de défense de l'Empire Solaire.

À présent, Trestinov arpentait avec inquiétude son bureau de long en large en essayant de réfléchir simultanément à deux problèmes différents : le Dolan et les deux cents commerçants qui se massaient à l'entrée du bâtiment pour protester contre les mesures édictées par le général.

L'ordonnance de Testinov, un jeune lieutenant, était assis de l'autre côté du bureau et attendait les ordres de son supérieur.

Lequel cessa enfin de faire les cent pas et se mit à tortiller ses bacchantes d'une main.

— Quelle impudence ! grommela-t-il, furieux. Mais qu'est-ce que ces types s'imaginent ?

— Ils ont le droit d'émettre des doléances, rappela timidement le lieutenant. Je crains que vos décisions ne mènent tôt ou tard à un boycottage, Monsieur.

— Nous avons d'autres chats à fouetter pour le moment, répondit Trestinov. J'ai déjà expliqué à ces gaillards que le Dolan était sorti de l'espace linéaire non loin de Mars. Un départ dans ces conditions serait purement suicidaire. Pourquoi les capitaines ne le comprennent-ils pas ?

— Ils ne se sentent pas en sécurité ici, Monsieur, expliqua le lieutenant.

Trestinov semblait avoir fait un choix. Il sortit de son bureau sans se préoccuper davantage de son ordonnance. En jetant un regard impuissant sur l'interphone qui bourdonnait continuellement, le lieutenant se laissa aller contre le dossier de son fauteuil. Peut-être que le général ne mécontentait pas les commerçants au point de provoquer plus tard des problèmes diplomatiques.

Plus tard ! songea ironiquement le jeune officier.

Si le Système Solaire était mis à feu et à sang, les relations marchandes devenaient sans importance.

Pendant ce temps, Trestinov avait traversé plusieurs salles sans se soucier des questions et des appels lancés par plusieurs officiers. Il atteignit enfin le couloir menant vers l'entrée du bâtiment. Soulagé, il sauta sur la bande transporteuse qui l'emporta rapidement.

Alors qu'il en était encore loin, il entendit déjà la clameur des commerçants. Quelques sentinelles armées qui ne l'avaient pas reconnu immédiatement lui barrèrent le passage. Trestinov, qui ne portait que très occasionnellement son uniforme de général, dut prouver son identité avant de pouvoir continuer sa route. La surveillance était rigoureuse. Non seulement les gardes ne laissaient pas les marchands pénétrer dans le bâtiment, mais ils suivaient aussi les consignes de Trestinov comme quoi personne ne devait s'occuper des capitaines.

Le silence s'établit quand il entra dans la salle.

— Pourquoi le général ne vient-il pas lui-même ? brailla une voix.

Trestinov se campa bien droit sur ses jambes.

— Je suis le général, répliqua-t-il. Je suis venu vous demander de remonter à bord de vos navires et de garder votre calme en attendant que tout soit terminé.

Une protestation générale fut la seule réponse. Trestinov pressentit qu'il n'obtiendrait pas l'apaisement tant que le danger incarné par *Old Man* et la police du temps les menacerait.

— Je ne retiens vos vaisseaux que dans votre propre intérêt, dit-il. Il faut apparemment que…

La sonnerie de son minicom l'interrompit. Il prit l'appel.

— Le combat contre le Dolan a commencé, Monsieur, lui fut-il annoncé.

— J'arrive ! répondit Trestinov, adressant un signe de tête aux commerçants ahuris.

— Je n'ai pas le temps de vous fournir d'autres explications. Gardez votre calme, un point c'est tout !

Il sortit de la pièce. Les cris de protestation des capitaines furieux le poursuivirent jusqu'à l'extérieur.

*
* *

Julian Tifflor se demanda ce qu'avait dû penser le Gardien Fréquentiel à bord du Dolan qui s'était avancé jusqu'à l'orbite martienne en constatant soudain que les croiseurs lourds de combat terraniens se retiraient. Le Bi-Conditionné avait probablement supposé que ses ennemis capitulaient déjà. Il ne devait pas s'attendre à autre chose de leur part.

Brusquement, trente mille points minuscules apparurent autour du Dolan, sur l'écran de détection. C'étaient les *Mosquitos* de vingt-six mètres de long qui s'approchaient à présent de l'adversaire de toutes parts pour le pilonner de leur canons transformateurs de proue.

Bull et Tifflor n'avaient pas cru en la possibilité de gagner le combat contre un Dolan avec les seuls croiseurs lourds. Les deux vétérans mettaient tous leurs espoirs dans les chasseurs spatiaux qui, compte tenu de leur petite taille, pouvaient s'aventurer à courte distance du vaisseau semi-organique avant de sortir de la zone de libration et d'ouvrir le feu.

Le *Drusus III* se tenait à une centaine de milliers de kilomètres du champ de bataille. Julian Tifflor faisait confiance aux pilotes d'élite dont étaient constitués les équipages de ces chasseurs d'une grande manœuvrabilité.

À l'instant même où les premières formations se jetaient sur le Dolan, vingt mille autres *Mosquitos* décollaient de toutes les bases du Système Solaire.

Le Dolan avait activé un champ paratronique. Quand les premières gigabombes explosèrent, l'énergie qu'elles libérèrent fut déviée vers l'hyperespace. La brèche béant dans la structure du continuum spatio-temporel affolait les détecteurs du *Drusus III*. Deux cents chasseurs qui ne s'étaient pas écartés à temps furent avalés par la déchirure et disparurent dans la cinquième dimension.

Tifflor savait que la capacité du champ paratronique n'était pas illimitée. Il espéra que les *Mosquitos* parviendraient tout au moins à mettre le Dolan en difficulté.

Les chasseurs affrontaient l'adversaire par vagues successives et continuelles. Le Dolan avait depuis longtemps interrompu son avance. Il était clair que le Gardien Fréquentiel était incapable de repousser ses agresseurs de la manière à laquelle il était habitué. Les pilotes des *Mosquitos* ne laissaient au policier temporel aucune opportunité de contre-attaque.

Tifflor pressentit que l'issue du combat était imminente.

*
* *

Fellmer Lloyd tapa sur l'épaule du pilote du chasseur.

— Changez de cap ! ordonna-t-il. Nous devons envoyer un message.

Le mutant alluma l'hypercom de bord tandis que l'homme détournait le petit vaisseau de la zone d'activité du champ paratronique. Comme Lloyd s'y était attendu, la liaison avec la Terre était mauvaise. La voix de Bull fut cependant compréhensible.

— Je viens de capter des signaux de détresse parapsychiques bizarres, annonça le mutant. Je suis sûr que les Exécutants du Dolan sont pris de panique.

— Quoi ? répondit Bull. (Il semblait crier.) Je vous entends très mal, Fellmer.

— Nous devons nous éloigner davantage de la brèche structurelle, ordonna Lloyd au pilote. Dépêchez-vous. Le Maréchal d'État doit lancer d'autres unités dans la bataille.

Il répéta son information pendant que le chasseur fonçait dans l'espace.

— Pouvez-vous me donner des détails ? demanda Bull, qui avait à présent parfaitement compris ce dont il était question.

— Les impulsions sont très étranges, expliqua Lloyd. Les Exécutants craignent une défaite et tentent de convaincre le Gardien Fréquentiel de battre en retraite.

— Monsieur ! s'exclama tout à coup le pilote. Regardez ! Le Dolan s'enfuit !

Fellmer Lloyd jeta un regard sur l'écran. Il s'avéra que ce n'était pas une erreur.

— Que se passe-t-il ? se renseigna Bull avec impatience.

Le mutant lui décrivit ce qu'il voyait sur l'écran. Il se contraignit à réprimer le sentiment de soulagement qui montait en lui. Il n'était pas encore certain que la créature artificielle rebrousse réellement chemin. Sa manœuvre présente n'était peut-être qu'un bluff pour inciter les pilotes des chasseurs à commettre une imprudence.

Lloyd « écouta » les signaux qu'il percevait par son sens télépathique. Bien que la distance entre lui et le Dolan ait considérablement augmenté, il lui sembla que les appels à l'aide des Exécutants étaient devenus encore plus pressants. De toute évidence, le Gardien Fréquentiel avait perdu toute autorité sur son symposium.

— J'envoie immédiatement les vingt mille autres chasseurs en renfort, fit la voix de Bully dans le haut-parleur de l'hypercom. Seule une victoire éclatante nous permettra de dissuader les policiers temporels de lancer un nouvel assaut.

— Ralentissez ! ordonna Lloyd au pilote. Je veux observer la suite des événements. De plus, j'aimerais savoir comment réagiront les Exécutants quand les prochaines formations attaqueront.

*
* *

Sur Mars, le général Nikolaï Trestinov assistait à l'invraisemblable bataille spatiale. Il respira quand se dessina une victoire des *Mosquitos*, car la planète dont il avait le commandement suprême était aux premières loges.

Il espéra que les autres Dolans ne se précipiteraient pas à la rescousse du policier temporel en danger.

Un Dolan isolé s'avérait incapable d'avoir le dessus contre l'essaim des *Mosquitos* qui repartaient maintenant à l'assaut en grand nombre. Tout dépendait des conclusions que tireraient les Gardiens Fréquentiels restés sur *Old Man* de l'actuelle issue du combat.

Trestinov passa nerveusement une main sur ses cheveux coupés courts qui commençaient déjà à grisonner sur les tempes. Bien qu'il n'en soit qu'un spectateur non impliqué, les événements se déroulaient dans l'espace proche. Il comprenait l'importance de l'enjeu. Si le Dolan parvenait à atteindre la Terre, l'humanité serait détruite ou réduite en esclavage. Dans leur fanatisme aveugle, les Bi-Conditionnés puniraient des milliards d'êtres pour un crime dont étaient responsables des Maîtres Insulaires qui n'existaient plus depuis longtemps.

Il y avait des heures que le général avait cessé de penser aux commerçants qui l'attendaient toujours. Eu égard à ce qui se passait dans l'espace, leurs problèmes n'avaient pas le moindre intérêt.

Il dirigea à nouveau son attention vers les écrans des systèmes de détection et de localisation. La transmission n'était pas aussi bonne qu'à bord d'un vaisseau spatial, mais Trestinov pouvait quand même suivre clairement ce qui se déroulait dans la zone du combat. Le Dolan continuait de battre en retraite. Le Gardien Fréquentiel n'était visiblement pas en mesure de s'enfuir à une vitesse plus élevée. Le général en conclut à une défaillance des Exécutants.

Une brèche structurelle écarlate apparut brusquement à grande distance de Mars. Le Dolan sembla se dilater puis rebondir comme un ballon le long de la déchirure. Il y eut sans transition une étrange explosion. La créature artificielle de cent mètres de diamètre donna l'impression de se désintégrer en de multiples fragments qui disparurent bientôt dans l'hyperespace en émettant une vive lumière.

Les détecteurs de structure des dispositifs de repérage explosèrent. Trestinov apprit plus tard que le même phénomène s'était produit à bord de tous les vaisseaux terraniens présents à l'intérieur du Système Solaire.

Le choc hyperdimensionnel avait été d'une puissance incommensurable.

Quelques secondes plus tard, le Dolan avait définitivement disparu.

CHAPITRE X

Reginald Bull ne s'étonna pas de constater que le soulagement qu'il avait initialement ressenti s'évaporât aussi vite. Dans les faits, la victoire sur le Dolan n'était guère significative car une attaque groupée des cinq autres Gardiens Fréquentiels serait apocalyptique, surtout si les quinze mille ultracroiseurs de combat de *Old Man* s'en mêlaient.

Le calme qui régnait à présent dans le Système Solaire était trompeur.

Le Maréchal d'État se tenait à la fenêtre de son bureau et regardait d'en haut le toit d'un des bâtiments de l'Administration. L'unique visiteur que Bull avait à cet instant attendait patiemment que l'adjoint de Rhodan prenne la parole.

— Les habitants de Terrania ont-ils réellement réalisé la mesure du danger que nous avons neutralisé au dernier moment ? demanda Bull en se détournant de la baie vitrée. Je doute parfois que la plupart des gens soient capables de comprendre l'importance cosmique de tels événements.

— Instinctivement, oui, répondit le major Santanjon. Mais intellectuellement, non.

— Enfin, en tant que galactopsychologue vous devez savoir tout cela, déclara Bull. (Il changea de sujet.) Je regrette que vous n'ayez pu être des nôtres quand Anrath a fait ses preuves devant le Parlement.

— J'ai suivi la séance à la télévision, précisa Santanjon.

Il s'assit dans un fauteuil, le buste raide. Il donnait comme toujours une impression d'anxiété intérieure. Pour Bull, les galactopsychologues étaient des individus énigmatiques.

— Quand il est sorti de la Salle Solaire, il était au bord de l'effondrement, expliqua Bull. Je l'ai immédiatement ramené au vaisseau afin que personne ne le voie.

Santanjon écarta les mains et commença à se tapoter les extrémités des doigts les unes contre les autres. Il avait croisé les jambes l'une sur l'autre et balançait un pied.

— Je regrette qu'Anrath ne me connaisse que sous mon mauvais aspect, dit-il, pensif. Mais si je ne l'avais pas moralement agressé, sa fibre de révolte ne se serait jamais réveillée.

— Comprenez-vous ce qui se passe dans sa tête ? ajouta Bull. Mercant nous a parlé d'un facteur d'imprévisibilité dans son psychogramme.

— Nous sommes capables de prévoir le comportement de presque n'importe quel sujet placé dans une situation déterminée si nous avons la possibilité de tester exhaustivement les personnes impliquées, précisa Santanjon. Anrath fait partie des rares individus pour lesquels cela est impossible. Ce qui est sans rapport avec le fait que nous n'ayons pu disposer de cet homme que durant très peu de temps. Anrath est en quelque sorte un cas marginal. Il ne rentre dans aucun des schémas généraux que la psychologie a pu élaborer au fil du temps.

— Ce qui a peut-être été une chance pour nous, commenta Bull.

— En l'occurrence, oui, approuva Santanjon. Mais n'oubliez surtout pas qu'une réaction diamétralement opposée pourrait se produire n'importe quand. Avec des sujets comme Anrath, il est impossible d'être certain à l'avance de leur comportement.

— J'espère que nous n'aurons pas trop souvent besoin

de lui, conclut Bull. Je crois encore que Perry Rhodan reviendra.

Santanjon ne répondit pas. De toute évidence, il ne partageait pas l'optimisme du Maréchal d'État.

— La raison principale pour laquelle je vous ai fait venir est que je souhaite vous entretenir des Gardiens Fréquentiels. Vous avez été informé de tout ce que nous avons pu apprendre sur ces créatures. Que pensez-vous de la situation actuelle ?

— Vous voudriez que je vous dise comment les cinq Bi-Conditionnés réagiront à la disparition d'un de leurs collègues ? devina Santanjon.

— Pouvez-vous dire quelque chose à ce sujet ?

— Nous devons partir de la prémisse selon laquelle les policiers temporels se considéraient probablement comme invincibles. Leur comportement lors de leurs précédentes manifestations renforce ce soupçon. À présent, un Dolan a été détruit avec tout son équipage. J'imagine que chez les cinq survivants le sentiment dominant doit être une stupéfaction sans bornes.

Bull se pencha vers son interlocuteur. Il pressentait que Santanjon évitait de donner un avis objectif parce qu'il s'agissait à présent d'un domaine entièrement nouveau pour lui.

— Pensez-vous que les Bi-Conditionnés éviteront désormais d'attaquer ? insista-t-il.

À contrecœur, le major leva les bras et fit un sourire crispé.

— Si la psyché d'un Gardien Fréquentiel ressemble même de loin à celle d'un humain, les Gardiens Fréquentiels compenseront tôt ou tard leur sentiment de culpabilité. La soupape qui leur permettra de soulager leur tension actuelle sera probablement les Exécutants. Ils feront porter la responsabilité de la défaite au symposium, si bien que les véritables maîtres des Dolans retrouveront leur aura d'invincibilité. « Nous n'avons pas été vaincus », penseront-ils. « Nous avons seulement perdu un des nôtres par la faute des Exécutants. »

— Et que se passera-t-il si les Gardiens Fréquentiels tiennent effectivement ce raisonnement ? demanda Bull, anxieux.

— Alors ils attaqueront, dit Santanjon.

*
* *

Heiko Anrath se réveilla en poussant un cri. Il s'assit tout droit dans son lit. Son corps était trempé de sueur. Il mit plusieurs secondes à prendre conscience qu'il se trouvait dans une cabine du *Théodoric II*. Il se remémora, horrifié, le cauchemar qui l'avait réveillé. Il se tenait au milieu de la salle du Parlement de l'Administration Solaire. Tous les députés le montraient du doigt, un rictus de mépris sur le visage.

Cette vision s'était déjà reproduite à plusieurs reprises sous différentes formes. Anrath soupçonna qu'il s'agissait là d'une manifestation de sa peur intérieure d'être identifié comme sosie de Rhodan par une personne ne faisant pas partie du cercle des initiés.

Il alluma le plafonnier. Un coup d'œil à l'horloge murale lui indiqua qu'il avait dormi trois heures. Juste avant qu'il s'assoupisse, un officier l'avait informé qu'un Dolan s'était détaché de *Old Man*. L'agresseur avait toutefois été détruit. En outre, on lui avait clairement fait comprendre que malgré son exploit devant le Parlement sa formation n'était pas encore achevée, et de loin.

Anrath se sentit très mal à l'aise en songeant aux leçons qui l'attendaient encore pour très bientôt. Si au moins il avait existé une possibilité pour qu'il joue plus à fond le rôle du Stellarque ! Mais il était convaincu qu'il n'aurait à représenter Rhodan que lorsqu'on aurait besoin de ce dernier. Ainsi, chaque fois que la situation deviendrait critique pour les responsables de l'Empire, Anrath devrait parader et répéter comme un perroquet humain ce qui lui serait dicté.

Il se rendit dans la salle de bains, ouvrit le robinet de la douche et garda la tête sous le jet d'eau froide. Son engourdissement se dissipa graduellement. Il était à présent capable de penser clairement, mais le seul résultat fut qu'il ressentit plus fortement sa situation. Il se lava et s'habilla. Il prit la décision de se rendre dans la centrale de commandement. À la longue, il ne supportait plus de rester seul dans cette cabine.

Au moment de sortir, il aperçut un petit texte encadré à côté de la porte. L'astronaute qui avait occupé la cabine avant lui l'avait oublié ou s'était montré généreux – en tout cas, il n'avait pas enlevé le tableautin.

Heiko Anrath lut la courte maxime.

CE QU'UN HUMAIN PEUT APPRENDRE DE MIEUX SUR TERRE EST D'APPRENDRE À ÊTRE HUMAIN.

Il demeura un instant immobile, puis il franchit la porte et la referma lentement derrière lui.

D'accord, pensa-t-il.

Puisqu'il ne pouvait ni être un parfait Heiko Anrath ni un parfait Perry Rhodan, il s'efforcerait seulement d'être cela :

Un humain !

DEUXIÈME PARTIE

LA RÉVOLTE DE L'HUMANITÉ

CHAPITRE PREMIER

L'*Astrée* se dressait en bordure de Gobi-Parc, juste à côté de l'entrée principale. Cette antique fusée, à bord de laquelle Perry Rhodan s'était envolé vers la Lune quatre cent soixante-cinq ans plus tôt, avait été nettoyée de la rouille et des autres stigmates du temps.

Cependant, nul ne prêtait attention à ce souvenir du passé. Les gens qui se pressaient en foule à l'entrée du parc n'étaient motivés ni par l'*Astrée* ni par les autres attractions. Emilio Alberto Boyer, mandataire spécial de la Défense Solaire, jeta un regard sur sa montre. Dans une heure Croton Manor, le peintre des nuages porte-bonheur, s'adresserait aux « Défenseurs de la Lumière et du Bonheur » rassemblés pour la circonstance. La secte de Manor s'était enrichie de cent millions d'adeptes au cours des deux dernières semaines. Il n'y avait donc rien de surprenant à ce que la grande esplanade soit déjà envahie de spectateurs. Ils étaient des centaines de milliers à s'être déplacés pour voir et entendre Croton Manor. Et des milliards d'autres personnes suivraient à la Terravision le discours du chef charismatique.

Boyer était appuyé contre le tronc d'un vieil orme éloigné d'une vingtaine de mètres de l'allée principale. Il était vêtu d'un pull-over jaune à col roulé, d'un pantalon en velours côtelé noir et de bottes de cuir souple. Ses traits étaient dépourvus d'expression. Trente ans auparavant, il avait contribué à éviter un attentat terroriste contre la Terre organisé par l'un des Maîtres Insulaires[1]. Depuis, ses cheveux autrefois grisonnants étaient devenus blancs comme neige. Son allure rendait difficile une estimation de son âge, on aurait aussi bien pu lui donner cent ans que soixante. Il était corpulent et musclé. Ses traits fripés assortis d'un nez crochu en bec d'aigle lui donnaient l'apparence d'un vieil Indien peau-rouge. Dans ce visage, seuls les petits yeux bleus semblaient vivants.

L'agent de la Défense soupira et transféra le poids de son corps sur son autre jambe. Ici, dans le parc, il faisait plutôt frais. Il sortit une flasque de la poche de son pantalon et la déboucha. Il laissa couler la moitié du contenu du flacon dans son gosier sans même déglutir.

Deux semaines plus tôt, personne n'aurait prêté la moindre attention à Croton Manor. Mais les récents événements survenus dans le Système Solaire avaient contribué à faire gagner de nombreux adeptes aux différentes sectes. Le susdit Croton Manor, fondateur et dirigeant de la secte des « Défenseurs de la Lumière et du Bonheur », était ainsi devenu un facteur de pouvoir qu'on ne pouvait plus se permettre de négliger. Si Manor n'était ni maléfique ni ambitieux, il était en mesure d'influencer les opinions de nombreuses personnes. Dans la situation actuelle, la Défense Solaire préférait éviter si possible de laisser se développer de nouveaux facteurs de trouble. C'est pourquoi Boyer avait été envoyé à Gobi-Parc. Il avait pour mission de parler à Croton Manor avant le début de la réunion et de lui demander d'exhorter au calme les zélateurs de sa secte.

Boyer remit sa flasque en place. Quand il leva les yeux, il vit un petit homme venir dans sa direction en traversant la pelouse.

Le visage de l'étranger semblait transfiguré, comme

1. Cf. Perry Rhodan n°s 129 et 130 – *Miras le maléfique* et *Naufrage dans le néant.*

s'il faisait un rêve magnifique tout éveillé. Pour une raison qui n'avait pu être définie, tous ceux qui passaient un peu de temps à proximité de Croton Manor se sentaient heureux.

Aucun miracle là-dessous, se dit Boyer.

L'individu était un mutant positif doté de divers talents. Le peintre l'ignorait lui-même. Ses dons ne pouvaient être mis au service de l'humanité car il était impossible de prévoir comment Manor se comporterait dans des situations déterminées.

Croton Manor était un M.N.C., un « Mutant Non Classifiable ». Il existait de nombreux humains possédant comme lui des dons parapsychiques et n'en ayant pas clairement conscience.

— Avez-vous l'intention de rester à l'écart quand Croton Manor parlera ? demanda à Boyer le petit homme en s'arrêtant face à lui, sans prêter attention à l'habillement inhabituel de celui-ci.

— Je ne fais pas partie des Défenseurs de la Lumière et du Bonheur, répondit l'interpellé. Je suis juste sorti prendre un peu l'air.

— Vous devriez venir voir et entendre Croton Manor, insista l'autre. Ce n'est qu'alors que vous découvrirez ce qu'est le bonheur véritable.

Boyer avait une opinion très arrêtée de ce que pouvait être le bonheur, et il trouvait ennuyeux que quelqu'un cherchât à ébranler ses convictions. Il se pencha légèrement en avant et souffla son haleine parfumée au whisky sur le visage de son interlocuteur.

— En fait, il se peut que je vienne, dit-il.

— Vous devriez vous dépêcher si vous voulez avoir une bonne place, déclara l'adepte anonyme de Manor.

Il sembla alors lui venir à l'esprit que lui aussi compromettait ses chances de trouver un bon emplacement en s'attardant davantage, car sur ces mots il fit volte-face et s'éloigna à grands pas.

Boyer rejoignit l'allée principale et se laissa emporter par le flot humain qui l'encombrait. Parvenu à proximité de l'esplanade, il s'extirpa de la foule et partit dans une autre direction. L'étroite allée latérale qu'il parcourait à présent était bordée de buissons fleuris et de massifs tout aussi florissants. Des interstices dans la végétation lui permirent d'apercevoir le rocher du haut duquel Croton Manor haranguerait ses adeptes. Des caméras d'holovision étaient disposées un peu partout. Manor avait annoncé qu'il ferait plusieurs prédictions révélatrices lors de sa prochaine allocution. Les journalistes de la Terravision ne laisseraient pas passer cette opportunité. L'émission serait également retransmise aux autres planètes du Système Solaire ainsi qu'à une partie des mondes coloniaux.

Le mandataire spécial atteignit la barrière et fut arrêté par un gardien de parc grincheux.

— Vous ne pouvez pas entrer ici, expliqua l'homme. Si vous voulez écouter le cinglé, retournez vers l'esplanade.

Quelques semaines plus tôt, si Croton Manor s'était exprimé à Gobi-Parc, il aurait péniblement rassemblé cinquante personnes, et il en aurait été de même pour nombre d'autres gourous et redresseurs de torts. À présent, il était nécessaire de prendre des mesures adaptées afin que le rassemblement se déroulât sans incident.

— Je veux voir Croton Manor, dit Boyer en gardant son calme.

— Personne ne peut le voir maintenant. Il est dans sa tente et se prépare. (Le gardien ricana.) Si je laissais passer tout le monde et n'importe qui, ce serait très vite le chaos sur le plateau rocheux.

— En qu'en est-il de ces deux hommes là-bas ? demanda Boyer d'un ton irrité en désignant une touffe de cinq bouleaux situés à cinquante mètres derrière le gardien du parc.

L'homme se retourna. L'agent de la Défense en profita pour se faufiler devant lui et partir en courant. Il n'eut cure des menaces proférées à son égard. Il savait que le gardien ne pouvait quitter son poste. Des glisseurs de reportage de la Terravision étaient stationnés au bas de l'escarpement rocheux. Quelques techniciens étaient encore affairés à l'assemblage de leurs équipements. Boyer ralentit sa course et parcourut les alentours du regard. La tente de Manor était installée en haut de la section médiane du rocher. Croton Manor menait une vie simple. Il faisait généralement don à des hôpitaux ou à des œuvres caritatives de presque tout l'argent qu'il gagnait avec ses tableaux.

Boyer passa entre les véhicules. Il était maintenant en vue des barrages installés directement sous le rocher. Les spectateurs gardaient tous le regard braqué vers le haut, en direction de la tente, et attendaient impatiemment que le peintre en sorte. Aucun bruit en provenance de l'esplanade n'était audible. La foule observait un silence religieux. Plusieurs policiers étaient en faction derrière le barrage. Des canons à eau étaient disposés de part et d'autre des rochers. Boyer douta qu'il en soit fait usage. Manor veillait à ce que les « Défenseurs de la Lumière et du Bonheur » se comportassent avec discipline.

— Ohé ! s'entendit interpeller Boyer. Faites-vous partie de l'équipe ?

Il se retourna lentement. Un jeune technicien le toisait, juché sur le toit d'un des glisseurs de reportage.

Boyer esquissa un sourire poli et haussa les épaules.

— Je ne crois pas que vous soyez membre de cette secte, supposa le technicien. Si vous pouviez avoir l'amabilité de me passer le câble bleu qui traîne à côté du véhicule…

Boyer tendit le câble au jeune homme.

— Quand commencerez-vous à émettre ? demanda-t-il.

— Aussitôt que Croton Manor sortira de sa tente, répondit l'autre du haut de son toit. Cela devrait être particulièrement intéressant, aujourd'hui.

Boyer opina en silence et s'éloigna à pas lents. L'accès menant au sommet des rochers était gardé. Il présenta son insigne aux deux policiers.

— Croton Manor m'attend, dit-il. Vous avez certainement été informés de ma venue.

Les hommes hochèrent nerveusement la tête et le laissèrent passer. Le mandataire spécial se demanda si Croton Manor était seul dans sa tente ou si quelques adeptes lui tenaient compagnie. Il fit une grimace involontaire tout en escaladant les degrés taillés dans la roche. À un moment comme celui-ci, alors que l'humanité était menacée tant par les vaisseaux-robots de *Old Man* que par les Dolans de la police du temps, il aurait fallu empêcher des énergumènes comme Croton Manor de rassembler autour d'eux des adeptes par millions.

Boyer grimpa si prestement qu'il fut essoufflé en arrivant sur le plateau. Il marqua une pause et contempla de loin la grande esplanade. La vision de la foule des spectateurs qui s'y massaient était impressionnante. Quelle sensation cela devait-il procurer à un homme qui était jusqu'ici resté incompris de pouvoir s'exprimer devant autant de monde ?

Il se dirigea vers la tente. Une jeune femme était assise à côté de l'entrée et regardait fixement le sol. Elle sembla toutefois être consciente de la présence de Boyer, car elle leva la main quand il arriva à sa hauteur.

— Vous ne pouvez pas voir le maître maintenant, déclara-t-elle d'une voix douce. Il est encore en train de méditer.

Boyer souleva le pan de toile de la tente. La femme poussa un cri strident et lui agrippa le bras pour le retenir. Il se dégagea sans peine.

— Laisse-le entrer ! gronda une voix provenant de la pénombre de la tente.

La femme se retira. La toile retomba. Boyer eut besoin de quelques secondes pour s'habituer à la semi-obscurité ambiante. Une silhouette émaciée, les cheveux tombant sur les épaules, se dressait au milieu de la tente. La barbe fournie de Manor, d'un noir de jais, lui tombait jusqu'à la taille.

Le visiteur fut envahi par une étrange impression. Il se trouvait à proximité immédiate d'un être extraordinaire. Cependant il n'était pas dans les habitudes de Boyer de se laisser dominer par ce genre de sensation. Il se dirigea donc avec détermination vers l'unique chaise disponible à l'intérieur et s'y installa, suivi par le regard vigilant de Croton Manor. Le peintre avait les yeux noirs et les paupières tombantes. Son nez crochu formait une imposante saillie au-dessus de sa bouche.

— Un petit instant, dit Croton Manor. Je vais faire un peu de lumière, nous nous verrons mieux ainsi.

Sa voix semblait sortir d'un profond gouffre. L'homme se déplaça dans la tente comme une ombre insubstantielle. Puis la luminosité ambiante augmenta soudainement. Sous le faîte de l'abri de toile pendait un globe lumineux qui diffusait une agréable clarté.

Manor se plaça dans le cercle lumineux et dévisagea son invité avec une expression pénétrante.

— J'ai reçu avant de venir une injection qui endort la partie de mon cerveau sensible aux influences parapsychiques, annonça Boyer d'un ton neutre. Je suis Emilio Alberto Boyer, mandataire spécial de la Défense Solaire. Voulez-vous voir mon insigne ?

— Non, répondit Manor d'une voix sourde. Pourquoi vous a-t-on fait cette injection ?

— Cela me permet de discuter avec vous sans être influencé, expliqua franchement Boyer. Vous êtes au courant que la plupart des gens qui vous approchent se sentent rassérénés. Si je me mettais à éprouver la même chose, mon objectivité pourrait en être altérée.

— Je n'ai encore jamais influencé quiconque contre sa volonté, se fâcha Manor. Et je n'ai pas davantage l'intention de le faire dans l'avenir.

— Vous êtes un M.N.C., répondit Boyer. Pour cette raison, vous n'êtes pas en mesure de contrôler vos capacités. Il existe une possibilité que vous utilisiez vos talents sans en avoir conscience, et nous ne pouvons mésestimer ce risque.

Manor écarta des mains si décharnées qu'elles ressemblaient à des serres. Il se retourna brusquement et se dirigea vers le fond de la tente. Boyer l'entendit s'affairer un instant puis le chef des D.L.B. revint, un tableau dans les mains. Il le tenait de telle manière que l'agent de la Défense put contempler l'œuvre. Manor était un artiste de talent, qui avait une prédilection pour les arrière-plans montagneux. Mais ce qui attirait surtout le regard étaient les nuages, traversés par les rayons du soleil et emplis de couleurs chamarrées. Le peintre se servait de toiles, comme dans l'ancien temps. À maints égards son style rappelait celui de Rubens.

Les possesseurs de ces œuvres onéreuses soutenaient qu'avec ses tableaux Manor offrait le bonheur et la sérénité. Cet effet avait été confirmé par des examens auxquels avaient procédé les services secrets.

Boyer avait concentré son attention sur l'image. À l'avant-plan apparaissaient trois personnes – un homme et deux femmes – qui semblaient n'avoir aucun rapport avec l'étrange paysage. Leurs traits, peints dans des tons pastel, n'exprimaient aucune émotion. Boyer n'aurait pas donné un solar pour ce tableau. Mais il se trouvait sous l'effet d'une drogue qui avait endormi une partie de son cerveau, si bien qu'il était dans l'incapacité d'éprouver cette chose qui incitait irrésistiblement tant d'autres à hautement apprécier les peintures de Manor.

— Comment le trouvez-vous ? demanda l'artiste.

— Pas terrible, avoua Boyer. Il est dépourvu de signification.

— On ne peut pas *voir* le sens de mes œuvres, expliqua Croton Manor. On le *sent*.

Il retroussa la manche gauche de son ample tunique et découvrit un avant-bras noueux. Il montra à Boyer une tache sombre sous la peau.

— Vous voyez ceci ?

Quand Boyer eut opiné du chef, il continua :

— Je vais vous apprendre mon secret et vous prouver que je ne suis pas un « Mutant Non Classifiable ». Je suis un artiste de grand renom.

Il appuya fortement deux ou trois fois sur la chair de son bras nu avec le pouce de sa main droite. Du sang perla brusquement sur la tache sombre. Manor fit tomber les quelques gouttes dans un petit récipient.

— Ceci est le secret de mes œuvres, dit-il d'une voix triomphale. Je mêle un peu de sang à toutes mes couleurs. Au contact d'un catalyseur cristallin contenu dans la peinture ordinaire, les cellules sanguines entrent dans une sorte de stase et restent vivantes en diffusant des impulsions apaisantes.

Boyer frissonna comme si un courant d'air glacé avait traversé la tente. Il trouvait toujours Manor aussi inquiétant.

— Votre sang diffuse des impulsions parapsychiques, reformula-t-il. Ce que vous venez de m'expliquer ne contredit pas les expertises faites par la Défense Solaire.

Manor pressa de nouveau plusieurs fois du pouce, et le saignement s'interrompit. Il laissa retomber sa manche et emporta le récipient. Sa voix monta du fond de la tente.

— Je suis un élu, monsieur Boyer. La parapsychologie est une science. Pourtant, malgré toutes vos recherches scientifiques, vous restez incapables d'expliquer mes talents.

Boyer sentit monter en lui une irrésistible envie de retrouver la lumière du jour. Il dut se faire violence pour ne pas se lever et sortir de la tente. Une fraîcheur désagréable dominait ici, à l'intérieur. L'ombre du corps émacié de Manor dansa sur la paroi quand le peintre s'assit par terre devant son visiteur.

— Percevez-vous la présence des gens qui attendent dehors ? demanda-t-il à voix basse. Ces pauvres créatures égarées ! Elles aspirent ardemment à la vérité.

Boyer devint attentif.

— À quelle vérité ? voulut-il savoir.

Manor leva une main. Son index était pointé sur Boyer.

— Vous êtes venu pour savoir de quoi je vais parler.

— Exact, répondit sèchement l'interpellé. La Défense Solaire espère que vos paroles auront un impact rassurant sur la population. Nous savons que vous êtes capable d'influencer beaucoup de monde. C'est pourquoi nous faisons appel à votre civisme. Dites à vos adeptes que l'humanité doit se serrer les coudes si elle veut venir à bout de tous les dangers.

Croton Manor baissa la tête.

— Je n'ai encore jamais parlé de manière irresponsable, dit-il.

— Nous le savons. Vous êtes un homme intelligent, monsieur Manor.

Le peintre se leva d'un bond. Il se dirigea vers la sortie et repoussa le pan de toile. La lumière du jour fit irruption à l'intérieur. Boyer respira. Manor lui sembla brusquement moins sinistre. Sa silhouette maigre qui se découpait sur l'arrière-plan lumineux du ciel avait l'air plus pathétique que dangereuse.

L'agent de la Défense se mit debout et rejoignit Manor. L'esplanade que surplombait le rocher était bondée. La multitude s'étendait jusqu'aux bosquets tout au fond.

— Vous pouvez attendre ici, si vous voulez, précisa

Croton Manor. Je vais maintenant m'adresser aux « Défenseurs de la Lumière et du Bonheur ».

Quand le peintre s'approcha du micro placé au bord du plateau, le silence qui régnait sur l'esplanade sembla devenir plus profond encore. Les deux cameramen qui survolaient le rocher sur des plates-formes antigrav se rapprochèrent afin de filmer l'orateur sous toutes les coutures.

Manor s'arrêta et leva les deux bras vers le ciel. Pour les spectateurs les plus éloignés il n'était qu'une ombre minuscule en tunique sombre. Sa voix, au contraire, était audible dans tout le parc car diffusée par des haut-parleurs. L'homme resta près d'une minute dans la même position. Puis ses épaules s'affaissèrent.

— Je vous ai promis la lumière des nuages qui apportent le bonheur ! lança-t-il dans le micro. Je vous ai parlé de la vie pacifique que pourraient mener ensemble toutes les créatures intelligentes de cet univers.

Boyer fut fasciné malgré lui par ce timbre énergique. Avec quelle intensité Croton Manor pouvait-il agir sur tous ces gens qui n'avaient pas été protégés par l'injection d'une drogue ?

— Aujourd'hui je ne peux hélas vous promettre ni la lumière ni le bonheur, continua le chef charismatique. Je vois une nuée obscure qui menace l'humanité. Mais le plus grand malheur viendra de l'homme qui se fait passer pour le Stellarque et vous trompe en utilisant le nom de Perry Rhodan.

Boyer fixa la silhouette décharnée, incrédule. Le peintre était-il devenu fou ?

Le mandataire spécial se désintéressa de la suite du sermon. Il traversa le plateau en courant et dévala l'escalier jusqu'en bas. Un glisseur prêt à décoller l'attendait à l'entrée du parc.

CHAPITRE II

Heiko Anrath se tenait sur la passerelle de commandement de ce vaisseau, supposé être le *Krest IV*, mais qui en réalité s'appelait le *Théodoric II*. Six jours auparavant, le 2 février 2436, Anrath était apparu pour la première fois en public en étant censé être Perry Rhodan. Son intervention menée de sang-froid devant le Parlement avait permis d'éviter une catastrophe.

Toutefois l'homme affalé dans un fauteuil de la centrale de commandement ne ressemblait actuellement au Stellarque que par son apparence physique. Depuis qu'il s'était quasiment effondré nerveusement après la séance parlementaire, Anrath avait été incapable de retrouver un comportement conforme à la personnalité de Perry Rhodan. Pendant ses moments de liberté, il restait assis, songeur, dans le poste central de l'ultracroiseur, les yeux dans le vide. Avec patience mais sans motivation, il laissait les scientifiques et officiers compléter sa formation.

Les responsables de l'Empire remerciaient le ciel que jusqu'à maintenant aucune situation exigeant une nouvelle intervention du faux Stellarque ne se soit présentée. Le calme régnait à l'intérieur du Système Solaire, mais ce calme était trompeur. *Old Man* avait expulsé dix mille ultracroiseurs de combat. Ceci s'était évidemment fait à l'instigation des cinq Gardiens Fréquentiels se trouvant à bord du robot géant avec leurs Dolans. Les cinquante mille unités de la flotte de défense de l'Empire Solaire, sous le commandement de Reginald Bull et Julian Tifflor, n'auraient jamais suffi pour contrer une attaque des vaisseaux de *Old Man*. Mais depuis qu'un Dolan avait été détruit, les policiers temporels étaient devenus prudents.

Nathan, la biopositronique lunaire géante, considérait actuellement comme improbable une nouvelle offensive à brève échéance de la police du temps, car les Bi-Conditionnés éprouvaient des difficultés avec leurs Exécutants. Il estimait que désormais les Gardiens Fréquentiels s'efforceraient d'analyser la situation au préalable.

Heiko Anrath était au courant des cogitations des plus hauts responsables de l'Empire Solaire. Il était tenu informé de tous les événements. Il apprenait tout ce qu'aurait normalement appris Perry Rhodan.

Le sosie du Stellarque recevait toutes les nouvelles avec indifférence. Il savait que les troubles persistaient sur les nombreux mondes coloniaux terraniens qui n'avaient pas encore acquis leur autonomie ainsi que sur les bases des Arras, des Arkonides, des Akonides et des Antis. Ces peuples guettaient la première occasion favorable pour porter un coup mortel à l'Empire Solaire. Dans de telles circonstances, il était vital de garder secrète à tout prix l'inexplicable disparition de Rhodan.

Heiko Anrath était conscient des difficultés auxquelles était confronté Reginald Bull. Perry Rhodan avait disparu à un moment où l'on avait cruellement besoin du Stellarque. L'espoir que le plus haut responsable de l'Empire Solaire revienne bientôt était plutôt mince.

Le sosie de Rhodan ne sous-estimait pas la considérable importance du rôle qu'il jouait. Aussi n'appréciait-il guère d'être condamné à l'inaction. Il devait se contenter de faire ce que Bull, Mercant ou Tifflor décidait sans avoir l'occasion d'infléchir le destin. Malgré son importance, il restait une marionnette. Ses pensées revenaient sans cesse vers le passé et il songeait avec une grande mélancolie au temps où il travaillait comme superviseur dans la station d'irrigation Sahara XI. Il n'avait jamais été particulièrement ambitieux, si bien que son métier d'ingénieur le satisfaisait pleinement.

Les psychologues de la Défense Solaire étaient parvenus, au moyen d'astucieuses méthodes, à amener Anrath jusqu'à l'abandon de son ancien ego. Ils n'avaient cependant pas réussi à lui faire assumer complètement sa nouvelle personnalité. Ainsi, six jours après sa prestation dans la Salle Solaire de l'Administration, Heiko Anrath était-il assis, moralement et physiquement épuisé, dans la centrale de commandement de la fausse nef amirale, se demandant s'il existait une issue à sa situation.

Ce qui se passait à l'intérieur du vaisseau ne l'intéressait pas. Il avait énormément appris sur les détails techniques des astronefs terraniens. En théorie, il devait être capable de prendre le contrôle total d'un ultracroiseur de combat. Et pourtant il subissait encore deux à trois heures quotidiennes d'hypno-enseignement. Le Dr Copson, qui l'avait formé pendant son séjour sur la Lune, se trouvait présentement à bord du *Théodoric II* pour s'occuper de lui. Ces derniers jours, les rapports d'Anrath avec le médecin s'étaient sensiblement améliorés. Depuis la séance au Parlement, Copson le traitait avec respect. En outre, le praticien semblait penser que le succès d'Anrath devant les administrateurs était – au moins en partie – une consécration de la valeur de ses méthodes d'enseignement.

Anrath était si profondément plongé dans ses pensées qu'il ne s'aperçut pas que le colonel Norg Etran se tenait derrière lui. L'Epsalien était le commandant du *Théodoric II*. Sa ressemblance avec Merlin Akran, le maître du *Krest IV* disparu, était stupéfiante.

Le sosie du Stellarque sursauta avant de se retourner quand Etran lui posa une main sur l'épaule. Anrath s'était peu à peu accoutumé à la vue du massif Epsalien. Celui-ci était un homme sympathique qui n'avait guère de difficultés avec l'équipage d'élite de son vaisseau.

— Nous venons de recevoir un message urgent de la

Terre, déclara Etran. Il se peut que nous y retournions très bientôt.

Anrath se contraignit à arborer un sourire intéressé.

— Que s'est-il passé ? se renseigna-t-il.

— Avez-vous déjà entendu parler d'un homme du nom de Croton Manor ? demanda le commandant.

Anrath réfléchit. Les noms de nombreuses personnes de son ancien milieu social avaient déserté son esprit, remplacés par ceux des personnes qui comptaient pour Perry Rhodan. *Croton Manor*, se dit-il en pensée. D'une façon ou d'une autre, ce nom lui évoquait quelque chose. S'il ne se trompait pas, il avait dû lire à un moment donné un article au sujet d'un étrange individu portant ce patronyme.

— Ne serait-ce pas un de ces diseurs de bonne aventure ? questionna-t-il.

— Il fait partie de ces individus qui prêchent à Gobi-Parc, confirma Etran. Sa secte compte actuellement une centaine de millions d'adeptes et de sympathisants.

— Quel est le problème avec lui ?

— Il prononce en ce moment même un discours qui est retransmis à la plupart des planètes peuplées, l'informa le colonel. Ses premières phrases ont été pour affirmer que Perry Rhodan aurait disparu et aurait été remplacé par un usurpateur.

Anrath ne répondit pas. Il se demandait si ce Croton Manor disposait de preuves. Peut-être que son emploi de sosie du Stellarque s'achèverait dans les prochaines minutes.

Norg Etran l'observa attentivement.

— La nouvelle ne semble pas particulièrement vous affecter, jugea l'Epsalien de sa voix tonitruante.

Anrath secoua la tête.

— Non, admit-il.

— L'idée de retourner sur Terre pour vous planquer quelque part vous ferait plutôt plaisir, n'est-ce pas ?

— C'est vrai, oui.

— Hum ! fit Etran. En tout cas, Allan D. Mercant a ordonné que nous nous tenions sur le qui-vive. Il n'est apparemment pas disposé à jeter l'éponge dès maintenant. Il faut attendre de savoir comment Manor a découvert la vérité.

Pas besoin pour Anrath d'avoir des dons de prophétie pour se représenter que les propos de Manor, aux lèvres duquel plusieurs milliards de personnes étaient suspendues, feraient l'effet d'une bombe. D'où cet homme tenait-il ses renseignements ? Serait-il réellement un devin ?

— Cet individu est probablement en cheville avec Gwydlin Grichert, supposa-t-il.

Etran agita la main en un geste de dénégation. Il remit à Anrath le texte décodé du message reçu. L'ingénieur parcourut rapidement les courtes phrases. Il en ressortait que Croton Manor était un M.N.C. qui n'avait jamais causé de problèmes jusqu'à ce jour. Bien au contraire : il parlait toujours d'une humanité unie et prêchait la non-violence. De plus, ses nombreuses prophéties s'étaient toujours réalisées.

Anrath leva les yeux.

— Un des astronautes au courant a vendu la mèche, soupçonna-t-il. Il est impossible de faire garder le silence à un aussi grand nombre de personnes.

— Je ne pense pas que vous ayez été dénoncé, dit Etran. Manor est un mutant positif. Il dispose d'une panoplie de dons qui peuvent se manifester sporadiquement. Il a probablement découvert de lui-même la vérité. Il est certain qu'il ne veut que le bien de l'humanité, mais à présent il est en train de commettre sans s'en rendre compte une erreur monumentale.

Anrath commença à redouter que Mercant n'exige de lui une nouvelle apparition en public. Ni le chef de la Défense ni Bull n'étaient hommes à abandonner au premier coup dur. Malgré tout, les gens allaient devenir méfiants. Déjà que, seulement quelques jours plus tôt, l'administrateur du système de Sempron avait émis devant le Parlement le doute que celui qui était là – c'est-à-dire Heiko Anrath – fût réellement Perry Rhodan ! Et voilà maintenant qu'un autre individu qui n'avait aucune accointance avec Grichert affirmait qu'un usurpateur avait pris la placc du Stellarque. L'« usurpateur » en question se demanda ce que les responsables du gouvernement allaient à présent décider de faire.

— J'essaie de me mettre à votre place. (La voix d'Etran lui vrilla les tympans.) Vous ne souhaitez pas jouer ce rôle plus longtemps. Vous aspirez ardemment à une vie tranquille sur Terre. Mais il n'y aura plus de vie tranquille pour personne si la population apprend que Rhodan a disparu. Ce sera l'anarchie. Il ne tient probablement qu'à vous d'empêcher l'irrémédiable. Avant de reprendre votre ancienne vie, il vous faudra contribuer un tant soit peu au maintien de l'ordre sur Terre.

Anrath garda le silence. Il connaissait ces arguments jusqu'à l'écœurement.

— Venez ! l'invita le colonel. Allons regarder à la Terravision la fin du discours de Croton Manor.

Heiko Anrath suivit l'Epsalien en direction du pupitre de contrôle. Il se demanda de quoi pouvait bien avoir l'air l'homme qui le qualifiait d'escroc.

*
* *

Les plafonniers scintillaient. Ils semblaient diffuser du froid en même temps que la lumière. Pourtant la température de la pièce était régulée par un climatiseur. Ce qui n'empêchait pas Boyer de frissonner chaque fois qu'il dirigeait le regard vers l'écran sur lequel était visible l'homme maigre à l'imposante barbe noire qui parlait depuis deux heures à ses adeptes.

Et ce qu'affirmait Croton Manor était la vérité. Boyer l'avait appris entre-temps.

L'homme qui s'était exprimé devant le Parlement le 2 février ne s'appelait pas Perry Rhodan mais Heiko Anrath.

Mercant avait mis le mandataire spécial au parfum quand celui-ci avait confié à son chef le cristal dans lequel étaient enregistrés tous les détails de la conversation entre Boyer et Manor. L'agent de la Défense n'aurait jamais cru que ces données étaient si importantes, au point qu'il avait été convié à une réunion à laquelle participait non seulement Allan D. Mercant mais également le Maréchal d'État Reginald Bull et plusieurs officiers.

Quelqu'un avait coupé le son du téléviseur, si bien que Boyer pouvait certes voir le peintre des nuages porte-bonheur, sans toutefois entendre ses paroles. Mais il avait été confirmé dans l'intervalle par l'Administration Solaire que Croton s'adressait par ce média à plusieurs milliards de personnes.

Il parlait d'une nuée obscure qui menaçait l'humanité, parce qu'elle suivait un escroc qui se donnait le nom de Perry Rhodan. Par cette expression de « nuée obscure », Croton Manor symbolisait sans aucun doute *Old Man*. Le M.N.C. exhortait l'humanité à prendre les armes mais pas à se battre pour un faux Stellarque. Alors seulement, braillait Manor dans le micro, un grand malheur pourrait être évité.

— Nous avons découvert que Croton Manor était présent dans la Salle Solaire le 2 février, quand Heiko Anrath a assumé le rôle de Rhodan, déclara un officier en coupant le fil des pensées de Boyer. Soit Manor a été informé et incité à parler par les amis de Grichert, soit il s'est aperçu que Heiko était un sosie du Stellarque grâce à ses capacités parapsychiques.

Le regard de Boyer se déplaça vers le côté opposé de l'imposant bureau derrière lequel Allan D. Mercant semblait presque perdu. Le petit chef de la Défense frappa un volumineux dossier du plat de la main.

— Ce que nous avons appris jusqu'à maintenant sur Croton Manor me fait douter que cet homme puisse se laisser aller à faire cause commune avec des aventuriers de l'acabit de Grichert. Le peintre agit certainement selon ses convictions personnelles. Il croit rendre service à l'humanité en l'informant de la vérité. Il n'a pas la moindre idée de l'ampleur de la catastrophe que ses paroles vont déclencher.

Boyer vit les yeux bleu clair de Reginald Bull se diriger vers lui.

— Vous auriez dû intervenir immédiatement, monsieur Boyer, lui reprocha le Maréchal d'État. Si vous aviez arrêté ou paralysé Croton Manor, il n'aurait plus été en mesure d'inciter la population à se dresser contre la police du temps.

L'interpellé s'efforça de rester impassible afin de ne pas montrer à quel point les mots de l'adjoint de Rhodan l'avaient atteint.

— Selon moi, Monsieur Boyer s'est comporté tout à fait correctement, dit Mercant en défendant l'agent. Il n'avait reçu pour mission que de s'entretenir avec Croton Manor. Aucun de nous ne pouvait s'attendre à ce que le chef des D.L.B. prononce le discours qu'il a tenu. Si Boyer était intervenu immédiatement, il aurait outrepassé ses responsabilités. De plus il ignorait que Manor disait la vérité et nous plongeait ainsi dans un fameux pétrin.

Bull fit un geste de la main comme s'il voulait chasser une mouche importune.

— Admettons, concéda-t-il sèchement. Nous ne sommes pas ici pour discuter de Monsieur Boyer, mais de choses plus importantes. Croton Manor est toujours en train de parler. Comme je vous l'ai déjà dit il y a une demi-heure, mon opinion est que nous devrions le faire arrêter et démentir ses accusations.

Mercant désigna l'écran.

— J'ai écouté le discours de Manor depuis le début.

Quand le peintre a dénoncé Anrath, j'ai immédiatement pris contact avec Santanjon.

Tous les yeux se tournèrent vers le grand galactopsychologue blond qui ne cessait de s'agiter nerveusement dans un fauteuil proche de celui du chef de la Défense.

— Le major Santanjon, continua précipitamment Mercant d'une voix forte, m'a déconseillé d'entreprendre quoi que ce soit contre Croton Manor.

Plusieurs officiers manifestèrent leur irritation en émettant des onomatopées. Mercant se redressa en s'appuyant des deux mains sur le plateau de son bureau. Ses yeux se réduisirent à d'étroites fentes.

— Avant que vous ne décidiez de faire une grosse tête au major, je vous rappelle qu'il est l'homme qui a formé Heiko Anrath sur la Lune et auquel nous sommes probablement redevables du fait que l'ingénieur n'a pas flanché devant le Parlement.

Santanjon leva les mains, paumes en avant, et se permit un léger sourire.

— Je ne tiens pas à être remercié pour des mérites qui appartiennent au passé, déclara-t-il calmement.

Boyer se demanda comment un homme qui ne cessait de remuer arrivait à s'exprimer aussi posément.

— Ne croyez pas que le major ait pris seul cette décision, poursuivit Mercant. Nous en avons immédiatement débattu avec plusieurs psychologues. La réponse à ma question fut un « Non » unanime. Procéder à l'arrestation de Croton Manor aurait déclenché une émeute. Il vaut mieux que nous le laissions faire.

Reginald Bull avait bondi en tendant le bras, le doigt pointé vers l'écran où les cameramen effectuaient un panoramique sur la foule silencieuse.

— Dans le meilleur des cas nous n'aurons réussi qu'à retarder l'inévitable ! s'exclama-t-il. Nous avons déjà reçu quatorze messages hypercom émis par les administrateurs d'autant de colonies et qui exigent des explications. Les téléspectateurs sont pour l'instant encore tranquillement assis devant leurs écrans, mais sitôt que Croton Manor aura fini de parler, l'enfer se déchaînera de toutes parts. On fait confiance au peintre. La totalité des prophéties qu'il a énoncées jusqu'à maintenant se sont réalisées.

Emilio Alberto Boyer palpa précautionneusement la bouteille dans sa poche, mais il ne pouvait décemment pas la sortir en présence de ces hommes. Pourquoi l'avait-on envoyé, justement lui, auprès de Croton Manor ? Boyer n'escomptait plus se trouver de nouveau au centre de l'intérêt général. Au cours des dernières années on ne lui avait rien confié d'autre que des missions de routine. Même la rencontre avec l'artiste fou n'avait été qu'une sinécure, du moins jusqu'à l'instant où Manor avait commencé à parler du faux Rhodan.

Boyer leva les yeux quand l'interphone bourdonna.

— J'ai demandé à ce que personne ne nous dérange pour l'instant ! lança Mercant dans l'appareil. Redirigez tous les demandeurs vers d'autres services.

— Nous ne pouvons pas rejeter ceux qui posent des questions, dit Bull. Le chaos se prépare sur Terre et les planètes coloniales. Je crains aussi que les esprits ne commencent à s'échauffer également dans nos troupes.

Boyer ne pouvait se départir de l'impression que si ces hommes savaient évidemment ce qui les attendait au tournant, ils n'avaient pas encore de stratégie pour éviter la catastrophe. Bull et Mercant avaient alerté l'ensemble du personnel de l'Administration Solaire immédiatement après le début de la péroraison de Manor. Les agents et spécialistes de la Défense Solaire éparpillés dans toute la Galaxie avaient reçu la consigne de se dresser contre les rebelles et autres fauteurs de troubles. Boyer, qui avait passé une partie de sa carrière pour le compte de la Défense en dehors du Système Solaire, ne savait que trop bien à quel point il serait difficile à ces gens en poste jusqu'aux confins de la Voie Lactée d'exécuter les ordres reçus. En outre, nombre d'agents ignorant tout de Heiko Anrath commenceraient eux-mêmes à concevoir des doutes si leurs instructions leur étaient une fois de plus transmises par les représentants officiels de l'humanité et non par le Stellarque.

Dans de telles circonstances, il était compréhensible que Mercant et Bull attendent de voir quelles seraient les conséquences à court terme du discours de Manor.

Bull s'approcha de l'holoviseur et remit le son. La voix profonde de Manor emplit la salle.

— … chute de l'humanité est une certitude si nous n'empêchons pas le faux Perry Rhodan de nous entraîner à la guerre. Aussi, « Défenseurs de la Lumière et du Bonheur », vous ne prendrez pas part aux actions qui…

Bull frappa du plat de la main les touches de contrôle. Le son se tut et l'image disparut.

— Ce paranoïaque imbécile ! éructa Bull. Il ne se rend pas compte de ce que ses paroles vont déclencher.

— Il est évident qu'il se considère dans son bon droit, dit le major Santanjon. Dans chacune de ses phrases ressort la solidarité avec une communauté abusée – qui peut dans le cas présent être assimilée à l'ensemble de l'humanité. Manor est totalement désespéré par ce qu'il a découvert. En fin de compte, le peintre est l'un des plus fervents partisans de Perry Rhodan.

— Piètre consolation, murmura sarcastiquement l'un des officiers. Il faut absolument que nous fassions quelque chose. Nous ne pouvons pas rester là à attendre que Manor ait monté contre nous plusieurs milliards de personnes.

— Pourquoi n'envoyons-nous pas un mutant s'occuper de lui ? enchaîna un autre homme.

— Manor est un M.N.C., rappela patiemment Mercant. Avec ce genre de personnes, on ne sait jamais à l'avance comment ils vont réagir à une influence parapsychique. De plus, beaucoup de gens trouveraient louche que Croton

Manor rétracte ses affirmations actuelles sans raison évidente. Le major Santanjon a essayé de vous faire comprendre la complexité d'une intervention de notre part.

Un homme de petite taille se dressa. Le visage rouge d'excitation, il cria à Mercant :

— Il aurait déjà fallu éviter de commettre la première erreur ! Pourquoi n'a-t-on encore jamais agi contre les individus comme Croton Manor ? Avec quel malin plaisir ils se permettent de tenir des paroles séditieuses à Gobi-Parc sans que l'Administration Solaire ne lève le petit doigt ! Jusqu'à ces derniers temps, Manor n'avait fait que s'adresser à des rassemblements de badauds, et maintenant ses auditeurs se comptent par milliards. Il n'attendait évidemment que cela.

Boyer remarqua le rapide échange de regards entre Bull et Mercant. Ce dernier haussa les épaules. Il n'avait de toute évidence aucune intention de répondre à l'officier. Jamais encore le gouvernement de Rhodan n'était intervenu quand quelqu'un proclamait son opinion. Les orateurs qui s'exprimaient à Gobi-Parc jouissaient des mêmes droits que les intervenants au Parlement. Il existait naturellement une minorité d'officiers qui auraient volontiers supprimé cette liberté d'expression illimitée.

— Nous n'arriverons à rien comme cela, trancha Mercant, furieux. Se lancer à présent dans la critique de l'Administration ne nous est d'aucun secours dans la situation actuelle. Quelqu'un a-t-il une proposition constructive à faire ?

Un homme mince au visage blafard demanda la parole. À son uniforme, Boyer constata qu'il s'agissait d'un colonel.

— Pourquoi ne disons-nous pas la vérité à Croton Manor ? suggéra-t-il. Si le peintre est réellement un défenseur des principes de Rhodan, comme l'affirme le major Santanjon, il se rangera de notre côté et reconnaîtra son erreur.

— J'ai déjà songé à cette possibilité, répondit Reginald Bull. Je doute toutefois que le M.N.C. nous croie. Mais si contre toute attente il se ralliait à nous, il resterait encore à résoudre le problème de la façon dont le préjudice déjà causé pourrait être réparé. Aucun des adeptes de Manor n'adhérerait s'il se contentait de retirer ses accusations. Il leur viendrait immédiatement à l'esprit que le gouvernement s'en est mêlé.

Au-dessus de la porte au fond de la pièce, une lampe rouge s'alluma.

— Excusez-moi un instant, dit Bull en interrompant la discussion.

Il se leva et se dirigea vers la sortie.

— Un message important, expliqua Mercant. Le Maréchal d'État revient tout de suite.

Boyer se demanda si les émeutes avaient déjà commencé à éclater. Dans les jours précédant l'intervention du faux Stellarque devant le Parlement, de graves désordres étaient déjà survenus à plusieurs reprises. Il fallait à présent s'attendre à des troubles encore pires.

Bull réapparut, une petite fiche dans la main. Il avait les traits crispés et l'air contrarié.

— Je viens de recevoir les dernières estimations, expliqua l'adjoint de Rhodan. Le cerveau biopositronique Nathan prédit que si rien de nouveau ne se produit très bientôt, nous serons confrontés à une révolte de l'humanité.

CHAPITRE III

Gwydlin Grichert, administrateur du système de Sempron, ne dormait que quatre heures par nuit. Le reste de son temps était accaparé par la consolidation et l'extension de son pouvoir personnel. Il se concentrait si intensément sur ses objectifs que ses alliés étaient fréquemment assez surpris de sa détermination et de sa totale absence de scrupules. L'histoire de l'ascension de Grichert était celle d'une vie entièrement tournée vers la puissance. Politiquement et financièrement, le système de Sempron, colonisé depuis seulement vingt-huit ans, n'avait été qu'une province insignifiante de l'Amas des Pléiades jusqu'au jour où un architecte du nom de Gwydlin Grichert était sorti de la jungle de Sempron I parce qu'il se refusait à continuer de tracer de longues avenues et bâtir des coupoles au sein d'une brousse inaccessible. Cet homme, soutenu par un groupe de colons, s'était opposé à l'administrateur alors en poste. Lors des élections suivantes, destinées à nommer un nouvel administrateur sur Sempron I, de graves « coïncidences » s'étaient produites. Une machine électorale avait mystérieusement disparu. Un éminent politicien, adversaire de Grichert, n'était jamais revenu d'une tournée dans les villes sous globe éparpillées sur Sempron I.

Six mois après l'élection de Grichert, une révolution s'amorça dans le système de Sempron. Le nouvel administrateur fit en sorte que Sempron I et les terminaux de Sempron IV et XI soient plus régulièrement abordés par des navires marchands. Nombre de vaisseaux n'arborant pas sur leur coque l'emblème de l'Empire Solaire se mirent également à fréquenter ces mondes. L'économie du système de Sempron amorça un redressement inattendu. Un an après l'accession de Grichert au pouvoir, ses adversaires les plus acharnés étaient à court d'arguments en raison du fait que les colonies de Sempron l'emportaient haut la main sur la plupart des projets architecturaux comparables des autres systèmes.

Gwydlin Grichert utilisa son autorité nouvellement acquise pour extorquer des concessions de la part des services publics de la Terre, le chantage n'étant pas le moindre de ses arguments. Presque rien ne lui résistait. L'Administration Solaire ne resta intraitable que pour une seule chose : Grichert eut beau faire des pieds et des mains, il ne put obtenir la souveraineté des colonies qu'il dirigeait avant que la durée prévue de quatre-vingt-dix neuf ans d'occupation ne se soit écoulée.

L'administrateur de Sempron luttait âprement contre la tutelle des services publics terraniens, mais en raison de la puissance de l'Astromarine Solaire il n'avait pas d'autre choix que de se soumettre aux lois en vigueur. Ce qui ne l'empêchait pas de s'opposer à Perry Rhodan et aux autres hauts responsables de l'Empire Solaire.

Le 2 février 2436 aurait dû être un jour de gloire pour Gwydlin Grichert. Il avait rêvé de démasquer le faux Perry Rhodan devant le Parlement. Mais Heiko Anrath avait ruiné les plans de l'administrateur. Quand Grichert revint dans le système de Sempron, il était politiquement mort.

Pourtant, à peine quelques jours plus tard, le 9 février, le Sempronien était de retour sur Terre.

Et cette fois, il était certain de sa victoire…

***

La nuit était sans nuages. L'esplanade herbue, déserte, miroitait sous le clair de lune comme la glace sur une mer gelée. En haut de l'escarpement abrupt, là où était plantée la tente de Croton Manor, la lumière brillait encore. L'ombre déformée du guide des D.L.B. se dessinait sur la toile de la tente. Derrière le parc, un immense halo illuminait le ciel : les lumières de Terrania ne s'éteignaient jamais.

— C'est de là qu'il parlera, dit Gwydlin Grichert sans baisser la voix.

L'administrateur du système de Sempron s'avança entre deux arbres et regarda l'éminence rocheuse qui se dressait de l'autre côté. Un petit homme apparut sur la pelouse. Il regarda nerveusement derrière lui, comme s'il craignait d'être observé par des regards indésirables.

Grichert eut un rire rauque.

— Vous êtes nerveux, Setereyns, affirma-t-il. Croyez-vous que cet individu solitaire là-haut se doute que nous sommes ici ?

— Il y a deux heures que nous avons atterri, grogna le dénommé Setereyns. L'Administration Solaire a largement eu le temps d'apprendre que vous étiez revenu sur Terre, Administrateur. Je pense que débarquer ici était une imprudence. Vous offrez actuellement aux agents de la Défense une excellente opportunité de vous arrêter.

— N'importe quoi ! lâcha Grichert.

Il mit ses deux mains au fond de ses poches. La tête en avant, comme s'il cherchait à flairer quelque chose, il reprit sa marche. Setereyns se hâta afin de rester au côté du colon.

— C'est ennuyeux que Croton Manor reste là-haut sur ce rocher pour parler à ses adeptes, commenta Grichert. Il y a des barrages partout. Il sera très difficile de s'approcher de lui au bon moment.

— Nous sommes ici pour trouver un bon emplacement, répondit le petit homme. Pourquoi ne m'avez-vous pas laissé m'en occuper ?

— Vous commencez à m'énerver ! s'emporta Grichert. Je me suis…

Il s'interrompit lorsque plusieurs silhouettes devinrent visibles de l'autre côté de l'esplanade.

— Allons-nous en ! souffla Setereyns.

— Ce ne sont que quelques adeptes de Manor, le calma l'administrateur. Vous croyez que les agents spéciaux de la Défense s'approcheraient de nous en traversant cet espace découvert ?

— Nous ferions quand même mieux de disparaître, insista l'autre. Quand il fera jour, je reviendrai pour nous trouver un emplacement idoine. Quand le peintre commencera à parler, quelques hommes à nous s'occuperont de causer un peu d'agitation. À ce moment-là, vous aurez une occasion d'approcher Croton Manor.

Grichert ne répliqua pas. Les inconnus qui étaient apparus de l'autre côté de l'entablement rocheux se tenaient maintenant en contrebas de la tente de Manor. L'administrateur cracha dédaigneusement. Sa supposition était correcte. Les visiteurs nocturnes étaient des adeptes fanatiques du chef de secte.

— J'aimerais bien savoir comment il l'a appris, grommela Setereyns.

Grichert tourna la tête et considéra l'ombre immobile près de lui. Il avait été si profondément plongé dans ses pensées qu'il lui fallut plusieurs secondes pour saisir la signification de la réflexion de son voisin. De l'ensemble des hommes qui étaient sortis de la jungle de Sempron I en compagnie de Grichert afin de s'emparer du pouvoir, Setereyns était le dernier. L'architecte s'était fâché avec tous les autres. Plusieurs avaient payé de leur vie leurs opinions personnelles.

En ce qui concernait Setereyns, le risque qu'il tombât en disgrâce aux yeux de l'administrateur était pratiquement nul. Il avait assez souvent fait la preuve de son indéfectible loyauté.

— C'est un Mutant Non Classifiable, dit Grichert après un long silence. Il doit percevoir que le prétendu Rhodan n'est qu'un sosie.

L'adjoint de l'administrateur regardait avec méfiance du côté des adeptes de Manor, probablement des fanatiques pour arriver en pleine nuit afin de se trouver le plus près possible de l'artiste.

— Pourquoi ne lui parlez-vous pas dès maintenant, Administrateur ? interrogea-t-il.

— Quand apprendrez-vous enfin qu'il faut tirer un maximum d'efficacité de toute action si on veut obtenir un résultat ? rétorqua Grichert sur un ton moqueur. Si je vais le voir tout de suite, il se peut que personne ne soit mis au courant de ma visite. Croton Manor est un partisan de Perry Rhodan. S'il se rend compte que je suis un adversaire du Stellarque, il refusera toute collaboration. (Il secoua énergiquement la tête.) Non, Setereyns ! Nous devons le surprendre.

— Et comment voulez-vous franchir les barrages, aujourd'hui ? s'enquit le petit homme. Il ne fait aucun doute qu'après la teneur inattendue du discours tenu hier par Manor les mesures de sécurité seront encore renforcées.

— J'ai une idée, répondit Grichert. Faites en sorte que je sois placé juste en dessous du rocher.

— Cela peut se prévoir, approuva Setereyns.

Grichert continua à marcher, se dirigeant vers les hommes rassemblés en bas de l'escarpement rocheux. Peu avant qu'il ne l'atteigne, un gaillard corpulent se détacha du groupe pour venir à la rencontre des deux visiteurs. Ses cheveux blancs brillaient au clair de lune. Bien que son corps semblât vigoureux, ses traits étaient ceux d'un vieillard. Grichert sourit quand il vit le pull-over jaune à col roulé de l'étranger.

— Faites-vous partie des Défenseurs de la Lumière et du Bonheur ? demanda l'homme aux cheveux blancs.

Grichert prit une profonde inspiration. Se trompait-il ou bien l'adepte de Manor avait-il une haleine alcoolisée ?

— Nous sommes venus pour trouver une bonne place dès maintenant, expliqua Setereyns d'un trait.

— Vous tenez donc à être là quand Croton Manor parlera de la nuée obscure ?

La méfiance s'empara immédiatement de l'administrateur. Il considéra le bizarre individu avec un intérêt accru. L'étranger soutint son regard. Setereyns sentit la tension qui était née entre les deux hommes. Il frotta ses pieds sur le sol en un geste d'inquiétude.

— Je ne suis pas sûr que Manor ait raison quand il affirme que l'humanité est dirigée par un usurpateur, avança prudemment Grichert.

— Manor ne s'est encore jamais trompé, répondit l'homme avec conviction.

Le Sempronien se détendit imperceptiblement. Celui-là semblait inoffensif. C'était un fervent admirateur du peintre des nuages porte-bonheur. Ce qui suffisait à expliquer tant son inhabituelle tenue vestimentaire que son comportement.

— À quoi bon tous ces discours ? demanda Grichert en simulant l'indignation. Je suis sûr que dans l'Administration Solaire on se gausse de Manor et de ses amis.

— Je ne crois pas qu'on en rie, riposta l'homme au pull-over à col roulé.

Il avait à présent un regard scrutateur qui ne plaisait pas à Grichert. L'administrateur se demanda si cet individu n'était pas un garde du corps du leader des D.L.B.

— Après la réunion d'aujourd'hui, Croton Manor prendra la tête d'un cortège de manifestants qui ont l'intention de parcourir les principales artères de Terrania, continua le prétendu adepte. J'espère que les gens seront nombreux à y prendre part.

— Je l'espère également, dit Grichert en se détournant. Il prit Setereyns par le bras et partit en l'entraînant. Quand il regarda derrière lui, l'individu aux cheveux blancs avait rejoint ses compagnons.

— Un cortège de manifestants ! laissa tomber l'administrateur. Et nous n'en savions rien. Cela signifie que cette fois Manor ne parlera pas très longtemps. Nous devons donc agir rapidement.

— Dois-je appeler Caarn ? voulut savoir Setereyns.

Caarn était leur agent de liaison avec le Condos Vasac. Grichert avait toujours une impression désagréable quand il pensait à cette organisation. Peut-être avait-ce été une erreur de s'allier avec ce mouvement clandestin. L'administrateur de Sempron avait déjà dû faire nombre de concessions aux Akonides et aux Antis. Il était possible qu'il ait mis le doigt dans un engrenage dont il aurait à se repentir plus tard. Il se ressaisit. Quand il aurait atteint son but, le Condos Vasac ne représenterait plus aucun danger pour lui. Il trouverait bien un moyen de se débarrasser de ses anciens complices s'ils devenaient un peu trop encombrants.

Grichert lorgna du côté des rochers. Croton Manor semblait aller et venir dans sa tente, car son ombre passait d'un côté à l'autre de la toile. Le Sempronien était certain que tous les escaliers menant au sommet étaient occupés par des gardes. Toute tentative d'approcher Manor en ce moment aurait été dépourvue de sens.

L'administrateur sentit Setereyns frissonner à côté de lui. Il afficha une moue méprisante.

— Allons-nous en, décida-t-il. Nous avons encore du pain sur la planche.

*
**

Quand Boyer alluma son petit minicom, il songea que l'homme solitaire là-haut dans sa tente était devenu, probablement sans l'avoir voulu, un personnage-clé de l'Empire Solaire. Peut-être qu'en ce moment même Manor aspirait à retourner à son atelier d'artiste.

L'appareil crachota.

— Vous êtes sur enregistrement. Parlez ! chuchota une voix.

Boyer réprima un juron et appuya sur une petite touche spéciale. Il n'était en cet instant pas question de laisser rejeter son appel. Il dut patienter deux minutes avant qu'une voix contrariée sorte de l'écouteur.

— Pourquoi ne laissez-vous pas un message ? Que se passe-t-il donc de si important que vous utilisiez l'appel d'urgence ?

Boyer essaya de se représenter le visage irrité de l'officier qui travaillait quelque part à l'intérieur du bâtiment de l'Administration Solaire. Depuis le discours de Manor, aucun de ces hommes n'avait besoin de se plaindre de manquer de travail. Les nouvelles alarmantes se bousculaient.

— Ici Boyer, s'annonça le mandataire spécial. Je viens de rencontrer Grichert à Gobi-Parc.

Pendant un moment, ce fut le silence dans l'écouteur. Soit son interlocuteur était muet de stupéfaction, soit il appelait un officier de plus haut rang. Boyer attendit patiemment. Il savait que Grichert s'était posé avec son vaisseau deux heures plus tôt. Pourtant, personne n'avait escompté que l'administrateur se rendrait à Gobi-Parc. L'agent de la Défense subodorait que l'arrivée inattendue de Grichert avait un rapport avec le discours de Croton Manor, mais il ignorait la nature du lien entre les deux hommes.

— Boyer ?

L'interpellé sursauta involontairement. Il avait tout de suite reconnu la voix de Mercant.

— Oui, Monsieur ! Grichert et une autre personne

étaient ici dans le parc il y a seulement quelques minutes. J'ai parlé avec lui.

— Sont-ils allés voir Manor ?

— Je ne sais pas, reconnut Boyer. Mais je ne pense pas qu'ils se soient approchés jusqu'à sa tente. Ce qui est certain, c'est que Grichert n'est pas venu ici sans raison. Il doit avoir des projets en rapport avec le M.N.C.

— L'avez-vous fait suivre ?

— Non, Monsieur ! s'étonna Boyer.

Il avait été persuadé que l'administrateur du système de Sempron était filé en permanence par plusieurs agents depuis le spatioport.

— Hum ! maugréa Mercant. Avez-vous enregistré votre conversation avec Grichert ?

— Oui, répondit Boyer. Mais il n'en est rien ressorti. L'administrateur ne savait encore rien de la manifestation prévue.

— Il mijote quelque chose, supputa pensivement Mercant. Restez où vous êtes.

La communication fut coupée. Boyer remit l'appareil dans sa poche et bâilla. Le reste de la nuit promettait d'être ennuyeux. Il déambula lentement sur l'herbe. Ses hommes l'attendaient en bas du rocher. Il s'agissait de sept jeunes spécialistes de la Défense qui avaient été chargés de former une garde supplémentaire pour Croton Manor.

Boyer eut un sourire ironique. Comme si elle n'avait pas encore assez à faire comme cela, la Défense devait à présent s'occuper également de la sécurité de ce type qui avait un comportement néfaste pour l'Empire. Et si quelque chose arrivait maintenant à Manor, on en ferait porter la responsabilité à l'Administration.

Le vieil homme s'arrêta et se mordit la lèvre inférieure.

Serait-ce là l'explication de la présence de Grichert ?

L'administrateur du système de Sempron aurait-il

l'intention d'éliminer le peintre afin de mettre en difficulté Reginald Bull et Allan D. Mercant ?

Quand Boyer leva les yeux, la lumière de la tente de Manor était éteinte. Méfiant, il scruta l'obscurité, tous les sens aux aguets. Tout était calme. Croton Manor s'était probablement décidé à prendre un peu de repos.

Boyer tourna le dos à ses collègues pour absorber discrètement une grande lampée de sa bouteille. Ces jeunes gars de la Défense n'avaient pas besoin de voir comment un vieil homme se réconfortait, songea-t-il, irrité.

*
* *

Le panneau d'accès à son bureau coulissa derrière lui et pendant un instant Reginald Bull eut l'impression qu'une artère vitale reliant son organisme aux événements de la salle de conférences venait d'être coupée. Il se laissa aller le dos contre la porte et ferma les yeux. Il sentait les battements de son cœur jusqu'à ses tempes, aux extrémités de ses doigts qui touchaient le métal froid et que les pulsations rythmiques semblaient entraîner encore plus loin.

Une pause pour respirer un peu.

Non, pensa-t-il, furieux contre lui-même. C'était par faiblesse. Il était sorti parce qu'il n'en pouvait plus d'entendre sans cesse les requêtes et les mauvaises nouvelles qui ne cessaient d'affluer.

Il parcourut les quelques mètres qui le séparaient de sa table de travail et farfouilla dans les papiers qui en encombraient la surface sans chercher quelque chose de précis. Il s'aperçut qu'il avait le gosier desséché. Plusieurs commandants de vaisseaux de l'Astromarine Solaire commençaient à présent à faire des difficultés. Leurs messages dans lesquels ils demandaient des éclaircissements étaient on ne peut plus explicites.

Bull se remémora la déclaration qu'il avait faite le 12

janvier aux équipages des navires en opérations dans le Grand Nuage de Magellan au moment de la disparition du *Krest IV*. Il avait attiré l'attention sur la nécessité impérieuse de passer sous silence la perte de la nef amirale avec la totalité de son équipage, y compris le Stellarque. Les astronautes ne devaient pas savoir quoi penser depuis qu'un Perry Rhodan était soudainement apparu pour être aussitôt publiquement accusé d'être un traître à l'humanité.

L'intercom de son bureau se mit à bourdonner. Bull coupa la liaison principale. Pour l'instant, il voulait réfléchir dans le calme. Sa tête résonnait encore des réflexions et suggestions qu'avaient faites les officiers initiés. Aucune de ces propositions ne semblait au Maréchal d'État particulièrement prometteuse.

Telles que les choses se présentaient actuellement, comme la paix tant sur Terre que sur les planètes coloniales était menacée, si une mutinerie éclatait dans l'Astromarine Solaire les policiers temporels n'auraient plus qu'à prendre possession des décombres qui resteraient à l'issue des combats.

La situation se dégradait sans cesse davantage.

Bull se sentait impuissant. Dans une heure, Croton Manor recommencerait à parler. Et cette fois, l'humanité suivrait son discours avec un intérêt encore accru. En espérant que pendant ce temps les officiers de la flotte resteraient tranquilles !

Il se laissa tomber dans son fauteuil derrière le bureau. Il admirait secrètement Mercant, qui s'efforçait avec une détermination intacte de déployer l'armée de ses agents et spécialistes afin d'en obtenir une efficacité aussi grande que possible.

Bull se demanda où étaient passés Tifflor et Mory. L'épouse de Rhodan devait être en train de chercher désespérément une solution. Mais ni elle ni Julian Tifflor ne possédaient l'influence de Perry Rhodan.

Le témoin lumineux au-dessus de la porte s'alluma. Il y avait quelqu'un dehors. Bull hésita. Il ne tenait pas à être dérangé pour le moment, mais il alluma toutefois l'écran du visiophone pour connaître l'identité de celui qui voulait le voir. C'était le major Santanjon, le galacto-psychologue qui s'était occupé de la formation de Heiko Anrath. Santanjon avait la posture impatiente qui lui était caractéristique. Il présentait un visage souriant, comme s'il avait conscience d'être observé par l'intermédiaire d'une caméra.

Bull fit glisser le panneau, et le major entra immédiatement de sa démarche précipitée. En temps normal, le Maréchal d'État n'aurait pu conserver en mémoire les traits de cet homme pendant plus d'une seconde. S'il regardait à présent de nouveau dans le couloir, il ne se souviendrait de rien de plus que de cheveux blonds et d'un profil à peine entrevu.

Les mouvements vifs de Santanjon mirent fin au calme ambiant. Il s'avança jusqu'au bureau comme une machine dont le fonctionnement ne souffrait aucun temps mort, et Bull pressentit que ce comportement était chez le major l'expression du masque qu'il s'était composé au fil des années en tant que psychologue expérimenté.

— Je vous ai cherché partout dans la salle de conférences, expliqua Santanjon en guise de préambule. Tout le monde s'agite là-bas comme dans un poulailler. Je crains que quelques-uns des officiers ne perdent le contrôle sur eux-mêmes.

Bull fixa le psychologue, intéressé.

— C'est Mercant qui vous a envoyé ?

Santanjon fit un geste vague qui pouvait signifier n'importe quoi.

— Il y a des problèmes dans l'Astromarine, Monsieur, lâcha-t-il.

Le major devait savoir que Bull était le premier informé de ce genre d'incidents. Celui-ci interpréta donc ce que venait de dire son visiteur comme une entrée en matière prudente. Il avait encore en mémoire la totalité des choses désagréables qui étaient arrivées au cours des dernières heures.

— Nous devons escompter que le second discours de Croton Manor aura un impact encore plus dévastateur que le premier, continua Santanjon. Dans ces circonstances, il est impératif que nous mettions les commandants de l'Astromarine de notre côté de façon inconditionnelle. Car s'ils en viennent à la conviction que le Stellarque est un mystificateur, ils choisiront le camp adverse.

— Que voulez-vous au juste ? laissa échapper Bull.

Il se reprocha aussitôt le ton incisif qu'il avait utilisé, mais Santanjon ne sembla pas s'en formaliser.

— Pourquoi avons-nous formé Heiko Anrath ? demanda le psychologue. Laissez-le parler aux astronautes.

— Anrath ? répéta Bull dans un chuchotement. Ce serait une possibilité. Nous devrions expliquer aux trente millions d'astronautes ce qui s'est passé, avec tous les détails. C'est une chose dont Anrath devrait s'occuper personnellement. Je crains toutefois qu'il ne soit pas exactement en bonne condition pour cela.

— Il ne sera jamais en bonne condition, affirma Santanjon. Il se trouvera sous une forte contrainte psychique chaque fois qu'il aura à jouer le rôle de Rhodan. Nous devons quand même essayer avec lui. Si nous arrivons à garder un solide contrôle sur la flotte, ce sera déjà une grande victoire.

Bull vérifia l'heure. S'il faisait diligence, l'allocution d'Anrath pouvait encore être prête avant que Croton Manor n'entame son deuxième discours. Ce qui contribuerait à ce que les astronautes écoutent ensuite sereinement les accusations du peintre.

— Je vous remercie, dit-il à Santanjon. Je contacte immédiatement le *Théodoric II*.

*
* *

Même les moins futés des astronautes à bord des navires terraniens comprirent à l'issue des quatre ou cinq premières phrases que l'homme qui s'adressait à eux n'était pas Perry Rhodan. Heiko Anrath décrivit en détail comment il en était venu à servir dc sosie au Stellarque. Il suffisait de le regarder et d'entendre le son de sa voix pour comprendre qu'il ne se sentait pas particulièrement enchanté de jouer ce rôle. L'ancien superviseur dévoila toutes les raisons qui avaient incité Reginald Bull et Allan D. Mercant à dissimuler la disparition de Rhodan.

— Croton Manor a affirmé que je voulais vous tromper et vous mener au désastre, conclut Anrath. Même si telle était mon intention, je n'en aurais pas la possibilité. Je ne fais rien d'autre que d'obéir aux décisions du Maréchal d'État Reginald Bull. Mon plus grand espoir en cet instant est que le Stellarque revienne bientôt.

Bully, qui avait suivi de bout en bout la déclaration de l'ingénieur depuis son bureau, éteignit l'écran, satisfait. Anrath avait donné une impression de fatigue et de déconcentration. Il avait donc, avec quasi-certitude, réussi à convaincre les astronautes de sa sincérité.

Les messages envoyés à l'Administration Solaire par nombre de commandants de croiseurs dans les minutes qui suivirent, confirmèrent à Bull qu'il n'avait plus à redouter de difficultés avec la flotte.

Il pouvait désormais tourner son attention vers le peintre des nuages porte-bonheur et l'administrateur du système de Sempron.

CHAPITRE IV

L'aura du malheur était encore plus palpable que le jour précédent.

Croton Manor n'aurait su dire à quoi cela tenait. Perdu dans ses pensées, il caressait sa longue barbe tout en arpentant sa tente de long en large. À l'extérieur, l'ambiance était moins tranquille que la veille. Les journalistes continuaient à essayer de franchir les barrages. Une certaine inquiétude agitait l'assistance. Pour la première fois, Manor appréhendait de parler aux « Défenseurs de la Lumière et du Bonheur ».

— Shreen ! appela-t-il d'une voix forte.

La jeune femme entra en baissant humblement la tête. Il la regarda tout en réfléchissant. En fait, il l'avait appelée sans raison particulière, peut-être simplement parce qu'il se sentait seul dans cette tente. Il perçut la proximité et la paix de ses pensées. Elle était avec lui depuis trois ans et avait fait pour lui plus que tout autre être humain. Ce qui ne sous-entendait cependant ni amour ni amitié. C'était une relation découlant d'un besoin mutuel. Il était un soutien pour son esprit un peu simple tandis qu'elle veillait avec sa douceur naturelle à ce qu'il puisse de temps à autre revendiquer pour lui-même une parcelle de la paix et du bonheur qu'il transmettait aux autres.

— Aujourd'hui, je sens plus fortement la nuée obscure, dit Manor. Je me demandais justement s'il ne valait pas mieux annuler la réunion.

Elle le dévisagea avec une expression où se lisait la confusion pendant que son intellect limité cherchait à comprendre les raisons qui pouvaient avoir incité le maître à formuler cette remarque.

Il leva un bras accusateur.

— Je perçois là dehors une mêlée de sentiments contradictoires, précisa-t-il. Je viens de prendre conscience que parmi mes nombreux nouveaux adeptes, beaucoup ont mal interprété mon message. J'arrive à saisir le ressentiment par lequel certains se laissent guider. (Il repartit dans son va-et-vient inquiet.) Mais la haine n'est-elle pas un moyen aussi bon qu'un autre pour éliminer le faux Stellarque qui, sinon, ne fera que nous apporter le malheur ?

Shreen était incapable de suivre ses réflexions. Elle s'était installée sur la chaise, les coudes sur les genoux. Manor la regarda et sourit. Il ne lui arrivait que rarement de laisser ainsi percer une émotion.

— Tu es mon meilleur soutien, dit-il. Tu resteras avec moi quoi qu'il advienne, à présent.

Shreen hocha la tête avec vigueur.

Le peintre se dirigea vers l'entrée de la tente et rabattit la toile sur le côté afin de pouvoir jeter un coup d'œil à l'extérieur. De là où il se trouvait, seule la partie arrière de l'esplanade était visible. Il y avait de toute évidence encore plus de monde qu'hier. Des gens se massaient jusque dans les arbres. D'autres avaient apporté avec eux des longues-vues, des jumelles ou même des dispositifs d'observation artisanaux. La foule était animée d'un mouvement continuel et oscillait par vagues comme les épis d'un champ de blé agité par le vent. Manor aperçut également çà et là des banderoles ou des panneaux affichant un texte luminescent. Le promontoire rocheux était survolé par un véritable essaim de glisseurs et de plates-formes antigrav. Il entendit des techniciens de la Terravision se crier mutuellement des indications. Il savait que son discours d'aujourd'hui serait diffusé sur toutes les planètes habitées par des humains et disposant d'une station de transmission hypercom.

Shreen s'approcha de lui par-derrière et lui toucha doucement l'épaule.

— Il n'y a pas si longtemps, je me tenais là en bas et il n'y avait autour de moi que quelques personnes disposées à m'écouter, dit Manor. Pourquoi a-t-il fallu qu'une catastrophe se produise d'abord pour que l'on m'entende ?

Un des glisseurs passa tout près du rocher ; Manor put distinguer les traits tendus du pilote et du passager.

— Je ne puis à présent leur apporter ni la paix ni le bonheur, soupira-t-il, contrarié. Je dois les sortir de leur torpeur pour qu'ils ne se laissent pas entraîner vers un désastre.

Il laissa retomber le pan de toile.

— Je ne t'ai encore jamais rien offert, avoua-t-il à Shreen.

Il prit l'unique peinture qui lui restait à l'intérieur de la tente. C'était celle qu'il avait présentée la veille à Boyer. Il savait que cette œuvre surclassait toutes les autres en efficacité. C'était pourquoi il ne l'avait jusqu'à maintenant intentionnellement pas vendue.

— S'il m'arrive quelque chose, murmura-t-il à la jeune femme, tu pourras garder ce tableau.

Ses paroles la perturbèrent, et il lui caressa les cheveux pour la rassurer.

Comment la pensée que quelque chose devait lui arriver lui était-elle soudain ainsi venue ?

Shreen s'agrippa à lui, effrayée, jusqu'à ce qu'il se détache d'elle avec fermeté mais délicatesse. Elle ne comprenait pas mieux qu'un jeune enfant, et elle voyait le monde selon une perspective complètement différente de celle du peintre. Tout en s'en voulant à lui-même, il lui reprit le tableau des mains et le remit en place.

Un bruit de pas se fit entendre devant la tente.

— Il est l'heure, Croton Manor ! appela une voix masculine.

C'était Jopun, l'un des proches de Manor qui montaient la garde sur l'escarpement rocheux. Le peintre jeta un rapide regard à Shreen et sortit de la tente avec une hâte exagérée. Jopun s'écarta respectueusement et s'inclina pour le saluer. L'intéressé n'y prêta pas attention et se dirigea d'emblée vers le micro placé au bord du promontoire. Il avait envie d'en finir au plus vite avec la manifestation d'aujourd'hui.

Un murmure parcourut l'immense assemblée, qui devint progressivement silencieuse. Même les journalistes qui persistaient à vouloir franchir les barrages au pied du rocher renoncèrent à leurs tentatives. Manor contempla la mer de visages qu'il surplombait. Tous ces gens étaient et resteraient pour lui anonymes. Il déplora de ne pouvoir parler individuellement à chacun d'entre eux.

Avant qu'il n'entamât son allocution, une plate-forme antigrav sortit d'en dessous du surplomb et se détacha de la foule. Un homme seul s'y tenait debout. L'engin volant s'avança vers Manor. Son passager fit un signe. En bas, des individus armés s'agitèrent en désordre pour retenir les spectateurs qui tentaient de s'approcher. Quelqu'un poussa un cri perçant.

Jopun accourut, une matraque à la main, mais le peintre lui lança un regard et il s'arrêta. La plate-forme se posa à côté de Manor. L'homme qui en descendit et passa un bras autour des maigres épaules du chef de secte était grand et massif. Croton Manor le connaissait. Gwydlin Grichert, l'administrateur du système de Sempron, se dressait à présent à ses côtés, devant le micro.

— Je suis heureux de pouvoir vous saluer ! s'exclama Grichert en se tournant à moitié vers le micro, moitié vers Croton Manor. Avant que ce dernier ait pu s'écarter, le colon s'était emparé de sa main droite et la secouait vigoureusement.

— Cet homme est le sauveur de l'humanité ! lança Grichert dans le micro en désignant le peintre. Il a pris le risque de proclamer la vérité sur le faux Perry Rhodan.

Alors que mes loyales tentatives devant le Parlement ont échoué, Croton Manor a fait resurgir cette affaire qui semblait perdue.

Manor était perturbé. Il ne parvenait pas à saisir où voulait en venir Grichert. Il percevait distinctement la malveillance qui émanait de cet homme. L'administrateur n'avait aucunement l'intention de lui rendre hommage. Il comptait tirer profit de la situation à son propre avantage.

À présent, le Sempronien le tenait par les épaules.

— Tous ceux qui comme vous ont le souci de l'avenir de l'humanité doivent vous appuyer ! hurla-t-il.

Manor se libéra. Il devait tenter quelque chose pour se débarrasser de cet importun. Mais que pouvait-il contre Grichert ? S'il se mettait à dénigrer l'administrateur, il perdrait sa crédibilité, car après tout cet homme n'avait jusqu'à présent rien fait d'autre que de le supporter avec ferveur.

L'artiste comprit que le Sempronien avait astucieusement commencé son énigmatique jeu.

— Croton Manor doit savoir qu'il n'est pas seul dans son combat ! expliqua Grichert. Mes amis et moi, nous soutiendrons toutes ses actions. Ensemble, nous réussirons à démasquer le Stellarque usurpateur et à conjurer le malheur qui nous menace.

Brusquement, Manor vit clair. Grichert voulait faire de toute cette histoire une affaire politique majeure. L'administrateur savait très bien que le peintre n'avait aucunement l'intention de prendre le pouvoir. Il voulait tirer parti de la grande popularité du chef des D.L.B. pour s'emparer lui-même de ce pouvoir.

Cet homme était venu jusqu'ici pour montrer à des milliards de personnes dans quel camp il était. Si le faux Rhodan était démasqué et chassé, les citoyens de l'Empire Solaire ne pourraient faire autrement que de se souvenir que Gwydlin Grichert avait tout mis en œuvre pour éviter la catastrophe. Non seulement il serait réhabilité, mais en plus il prendrait la tête d'un nouveau gouvernement.

L'administrateur s'écarta en souriant pour laisser à Manor la place devant le micro. Chacun de ses gestes était calculé pour montrer à quel point il s'entendait bien avec son nouvel allié.

Manor se sentit impuissant. Il percevait les pensées malsaines de Grichert, mais il ignorait ce qu'il devait faire à présent. Le faux Rhodan représentait certainement un danger plus grand que l'administrateur du système de Sempron. Il serait donc peu judicieux de se dresser maintenant contre Grichert. Lequel semblait avoir tenu un raisonnement similaire, car il avait un sourire assuré.

L'artiste devina que le Sempronien resterait à ses côtés jusqu'à la fin de cette assemblée, bien visible pour tous ceux qui suivraient le discours du peintre à la Terravision.

Manor se retrouva soudain dans la peau du simple porte-parole de ce méprisable individu.

Mais que pouvait-il risquer ?

Son objectif était de sauver l'humanité du funeste destin qui l'attendait à cause du faux Stellarque. Aussi devait-il tolérer la présence de Grichert à ses côtés.

*
* *

— Pourquoi n'avons-nous pas envisagé cette possibilité ? murmura Allan D. Mercant. Nous redoutions que Grichert n'attente à la personne du peintre, mais personne n'avait pressenti qu'il pourrait s'allier à lui.

Son regard passa de Julian Tifflor à Reginald Bull, mais aucun des deux ne lui répondit. Les trois hommes, en compagnie desquels se trouvait Mory Rhodan-Abro, étaient assis côte à côte dans une salle du dernier étage de l'Administration Solaire et suivaient la retransmission du prêche de Manor. Le peintre s'adressait à ses adeptes tandis que Grichert se tenait à deux pas de lui et hochait la tête à intervalles réguliers en une mimique approbatrice.

— Les deux font cause commune, dit Tifflor. Manor n'est pas celui que nous pensions.

— Vous faites erreur, Tiff, répondit Mercant. (Il avait inconsciemment utilisé le diminutif familier dont il gratifiait Tifflor en privé.) Croton Manor n'a aucune accointance avec Gwydlin Grichert.

— Pourquoi alors ne se démarque-t-il pas de l'administrateur ? demanda Bull d'un ton irrité. Il doit quand même se rendre compte que Grichert se sert de lui.

Mercant opina lentement.

— Bien sûr qu'il s'en rend compte, approuva-t-il. Mais que peut-il faire ? Grichert a très habilement profité de la situation. Et s'il s'avère que nous soyons contraints de sacrifier Heiko Anrath, il pourra se vanter partout d'avoir été le sauveur de l'humanité.

— Grichert veut devenir Stellarque ! Si j'avais dit cela il y a quelques jours, je me serais fait traiter d'idiot.

Bull évita de croiser le regard de Mory. Depuis que Perry Rhodan avait disparu, il ne se sentait pas à l'aise en sa présence.

— C'est l'objectif de Grichert, le doute n'est plus permis, confirma Mercant. Il en est encore aux premiers pas, car il a fort à faire pour récupérer la popularité qu'il a perdue lors de la séance du Parlement. Aussi le faux Rhodan constitue-t-il la proie visée par ce prédateur qui vient de se remettre en chasse.

— Des raisons psychologiques nous interdisent d'arrêter Croton Manor, fit remarquer Tifflor. Mais qu'est-ce qui nous empêche d'agir contre Gwydlin Grichert ?

— Les mêmes motifs, rétorqua Mercant. Pour l'instant, le Sempronien n'a rien à se reprocher. Ce n'est pas un crime de se ranger officiellement du côté de Manor. En pratique, c'est d'ailleurs ce que font tous ceux qui se pressent en ce moment sur l'esplanade de Gobi-Parc.

— Combien de temps faudrait-il pour que Heiko Anrath arrive sur Terre ? s'enquit Mory Abro.

— Le *Théodoric II* croise entre Mars et Jupiter, expliqua Bull. Je ne sais pas ce que vous voulez faire, mais Anrath peut se trouver à notre disposition avant même que Manor ait fini de parler.

CHAPITRE V

À bord du *Théodoric II*, on suivait la deuxième grande prestation de Croton Manor avec le même intérêt que partout ailleurs où les gens étaient rivés aux écrans de leurs holoviseurs.

Heiko Anrath était en compagnie du colonel Norg Etran et du Dr. Copson dans une pièce attenante à la centrale de commandement. L'Epsalien à la gigantesque carrure avait apporté un fauteuil spécial car aucun des sièges disponibles dans le petit local ne convenait à son anatomie, ni par la taille ni par la solidité. Chaque fois que Grichert apparaissait en gros plan, Etran frappait coléreusement et bruyamment de la main l'accoudoir de son siège

Le Dr. Copson, au contraire, observait l'émission avec une ostensible indifférence. Il était plongé dans la lecture d'un rapport et se contentait de jeter de temps à autre un regard en direction de l'écran.

Heiko Anrath était certain que le moment où il pourrait abandonner son rôle ingrat était proche. Croton Manor représentait déjà un danger à lui seul. En s'alliant à Gwydlin Grichert, le peintre ne pourrait manquer d'arriver à ses fins.

Après la séance parlementaire du 2 février, l'administrateur sempronien semblait avoir perdu la partie, mais à présent une occasion inespérée de se dresser à nouveau contre le gouvernement s'offrait à lui. Si le public apprenait qu'un ancien ingénieur avait été placé à la tête de l'Empire Solaire en lieu et place de Perry Rhodan, la peu glorieuse scène de Grichert devant le Parlement tomberait très vite dans l'oubli. Et du point de vue de cet individu, ce ne serait que justice.

Grichert n'hésiterait certainement pas à déclencher l'anarchie sur Terre. L'administrateur était totalement dénué de scrupules. La mort d'un millier de personnes n'avait pour lui aucune importance.

Les services officiels se trouvaient sans défense face à l'évolution actuelle de la situation. Jusqu'à présent, aucune explication n'avait été fournie. Reginald Bull et Allan D. Mercant espéraient-ils que les adeptes de Manor se calmeraient si l'on ne tenait aucun compte du peintre et de toutes ses accusations ?

Anrath comprit qu'une fois de plus tout dépendait d'une intervention à point nommé de Perry Rhodan. Le retour du vrai Stellarque mettrait fin à ce cauchemar en quelques heures.

— Grichert sait exactement jusqu'où il peut aller, grommela Norg Etran. Son entrée en scène a transformé toute cette histoire en une affaire de politique intérieure dont il tient tous les atouts dans sa main.

Le Dr. Copson leva les yeux de son rapport. L'incapacité actuelle du savant de s'intéresser à quelque chose qui n'était pas directement en relation avec ses propres problèmes était un nouveau sujet d'étonnement pour Anrath. Copson se souciait comme d'une guigne de tout ce qui n'avait pas un impact direct sur sa vie personnelle.

— Pourquoi n'arrête-t-on pas Grichert ? demanda le médecin d'une voix où perçait l'incompréhension.

— Le Sempronien n'attend probablement que cela, répondit Etran. Il suffirait d'un incident de ce genre pour mettre le feu aux poudres. Nous aurions une révolte générale sur les bras.

— Ce qui se produira immanquablement si rien n'est entrepris pour faire cesser Croton Manor et Grichert, intervint Anrath.

— Le Maréchal d'État Bull devrait se manifester, dit l'Epsalien. Jusqu'à maintenant, l'Administration Solaire n'a publié aucun démenti.

Anrath supputa l'effet que pourrait avoir un tel déni. Cela ne ferait que provoquer les railleries des masses et ajouterait à la confusion. Au stade actuel des choses, seule une intervention personnelle de Perry Rhodan pourrait avoir un effet positif.

L'intercom bourdonna. Norg Etran appuya sur la touche d'activation. C'était un appel du centralcom du *Théodoric II*.

— Un message hypercom de la Terre, Monsieur ! annonça l'opérateur. On nous demande de rallier au plus vite le spatioport de Terrania.

Norg Etran se souleva de son fauteuil. Sa silhouette carrée tendait son uniforme moulant à la limite de l'éclatement.

— Venez ! invita-t-il Copson et Anrath. Il faut que nous sachions ce que signifie cela.

Le Dr. Copson replia précipitamment les papiers dans lesquels il était resté plongé jusqu'à cet instant.

— Cet ordre est probablement en relation avec Monsieur Anrath, supposa-t-il. On a besoin de lui de toute urgence sur Terre.

Quand il entendit ces mots, Heiko Anrath sentit son estomac se contracter. Peut-être allait-on exiger de lui qu'il intervienne dans les événements ? Que devrait-il faire contre les milliards de gens convaincus qu'il était un usurpateur et un criminel ? Involontairement, il s'était arrêté de marcher.

— Allez, venez ! insista Etran, impatient.

En sortant, le Dr. Copson appuya sur quelques touches du panneau de contrôle placé à côté de la porte. L'écran d'holovision s'éteignit et l'intérieur de la pièce s'obscurcit. Anrath fut le dernier à sortir.

Dans le poste central, les officiers avaient déjà effectué

tous les préparatifs. Il ne restait à Norg Etran qu'à donner l'ordre du départ.

Anrath aurait bien aimé savoir si le message venu de la Terre contenait quelques explications, mais personne ne se préoccupa de lui fournir ce renseignement. Ce qui signifiait qu'il demeurerait encore un certain temps dans l'expectative, peut-être même jusqu'à l'atterrissage.

— Vous avez beaucoup appris ces derniers jours, dit aimablement le Dr. Copson en s'installant dans le fauteuil voisin de celui d'Anrath. Si vous gardez votre sang-froid, vous pourrez faire tout ce qui vous sera demandé.

L'ingénieur ne répondit pas. Il ne le savait que trop bien. À quoi lui serviraient ces diverses connaissances s'il ne se montrait moralement pas à la hauteur ? Durant les jours précédents, il s'était vainement efforcé de déterminer quelle attitude intérieure correspondait à son rôle. Il avait secrètement répété dans sa cabine des heures durant. Le seul résultat qu'il avait obtenu avait été la conviction que son imitation de Perry Rhodan était de plus en plus mauvaise.

— Vous devez tout laisser rebondir sur vous, lui recommanda le Dr. Copson en accompagnant ses paroles d'un claquement de doigts. En ressassant continuellement vos problèmes, vous ne faites que vous nuire à vous-même.

Le professeur avait raison, évidemment, mais Anrath se sentait incapable de prendre la distance qui convenait par rapport aux événements. Son lien intérieur avec son ancienne vie au Sahara était trop solide pour qu'il puisse oublier le passé. Le nom de Perry Rhodan restait pour lui celui de quelqu'un d'autre.

— Je vous reprends déjà à gamberger ! lui reprocha Copson. En ce moment, vous êtes déjà certainement en train de vous interroger sur ce qui vous attend sur Terre. Laissez donc venir les choses. Ni Reginald Bull ni le Maréchal Solaire Mercant n'exigeront de vous plus que ce dont vous êtes capable.

Anrath ne se sentit pas plus rassuré pour cela. Ici, dans un vaisseau spatial où tout le monde savait qu'il n'était qu'un sosie de Rhodan, la vie commune avec d'autres personnes lui apparaissait supportable. Mais sur Terre, où des milliards de gens se demandaient s'il était vraiment le Stellarque, il craquerait.

Le Dr. Copson renonça à ses efforts pour arracher la doublure de Rhodan à ses cogitations. Il attendit que le navire reçoive l'autorisation d'atterrir pour s'adresser de nouveau à Anrath.

— Préparez-vous à sortir du vaisseau, dit-il.

Il s'était intentionnellement exprimé d'un ton rogue parce qu'il espérait ainsi arriver à secouer l'ingénieur découragé.

Anrath leva la tête et regarda l'écran panoramique.

— Nous sommes encore en plein espace, constata-t-il.

Le Dr. Copson ne put s'empêcher de rire. De toute évidence, Anrath bénissait chaque seconde supplémentaire qu'il pouvait passer à l'intérieur du croiseur.

Norg Etran remit le commandement du *Théodoric II* à son second et se dirigea vers Copson et Anrath. La démarche de l'Epsalien était si lourde qu'il donnait l'impression de vouloir défoncer le sol à chaque pas.

— Bull, Mercant et Tifflor monteront à bord sitôt après l'atterrissage, les informa-t-il. Ce qui signifie obligatoirement qu'une décision a été prise. (Son regard se vrilla sur Anrath.) Je pense que vous êtes directement concerné.

— Pourquoi lui dites-vous cela, colonel ? voulut savoir le Dr. Copson. Maintenant il va se faire inutilement du mauvais sang.

— Je l'aurais appris tôt ou tard, de toute façon, intervint Anrath. Je n'ai jamais escompté qu'on m'instruisait uniquement pour le plaisir !

Le Dr. Copson se pencha en avant.

— Je suis heureux que vous le voyiez ainsi. Si vous vous hérissiez encore maintenant, ce serait inquiétant.

Norg Etran leva les mains et les écarta en un geste d'impuissance. Sa poitrine se souleva puis s'abaissa sous l'effet du soupir qu'il lâcha.

— Vous le traitez comme un enfant ! grogna-t-il. Écoutez, Anrath ! Faites-en un maximum pour être enfin débarrassé de ces savants. Ces gars-là n'ont de cesse d'analyser votre comportement jusqu'à vous disséquer.

— Je vous interdis d'affirmer des inepties pareilles ! protesta le Dr. Copson.

Heiko Anrath fut incapable d'en entendre davantage. Il bondit et traversa la centrale à grands pas. Etran et Copson restèrent où ils étaient, la consternation sur le visage.

Quand le vaisseau eut atterri, Anrath revint s'asseoir à sa place. Trois minutes plus tard exactement, Bull, Mercant et Tifflor pénétrèrent dans la centrale de commandement. Mory les accompagnait. L'ingénieur se mit debout. Mercant lui serra la main ; Tifflor le salua d'un hochement de tête ; Bull se contenta de le scruter du regard, comme s'il voulait s'assurer au plus vite des dispositions dans lesquelles l'homme se trouvait ; Mory lui dédia un léger sourire.

Allan D. Mercant se tourna vers le Dr. Copson.

— Monsieur Anrath est-il au courant des derniers événements sur Terre ?

— Oui, Monsieur, répondit le médecin. Nous avons vu ce qui s'est passé à Gobi-Parc avant que l'ordre d'atterrissage ne soit transmis.

— Croton Manor est toujours en train de parler, dit Bull. Le cortège des manifestants devrait se former dans une demi-heure environ. Il faut qu'un fait nouveau se produise d'ici là. Monsieur Anrath, nous allons vous accompagner jusqu'à Gobi-Parc. Là-bas, vous parlerez à Manor.

Dites-lui la vérité. Peut-être réussirons-nous à le convaincre.

Anrath ne comprit pas tout de suite ce qu'on attendait de lui. À la seule idée qu'une centaine de milliers de personnes massées sur l'esplanade auraient les yeux braqués sur la crête du promontoire rocheux et l'observeraient, lui, il en eut presque le souffle coupé.

— Je dois… commença-t-il avant de perdre le fil de ses paroles.

— Seul Croton Manor peut apprendre la vérité, précisa Reginald Bull. Pour tous les autres, y compris Gwydlin Grichert, vous devez rester Perry Rhodan. Lors des débats parlementaires du 2 février, Manor était présent dans la Salle Solaire. Ses capacités parapsychiques lui ont permis de sentir que vous n'étiez pas le vrai Perry Rhodan. Il doit donc également être en mesure d'établir que vous ne nourrissez aucune mauvaise intention.

Anrath l'entendit à peine. Mercant et Bull savaient-ils vraiment ce qu'ils exigeaient de lui ? Peut-être croyaient-ils qu'il aurait la force de se produire encore une fois comme il l'avait fait le 2 février ?

— Je… je ne peux pas, croassa-t-il. Je sens que je déclencherais une catastrophe.

— Vous êtes le seul homme en mesure d'empêcher une révolte généralisée, martela Bull avec dureté. Vous avez envie de voir la Terre à feu et à sang, simplement parce que *vous* aurez eu une défaillance ?

— Laissez-moi partir ! cracha l'interpellé. Donnez-moi un autre visage et déposez-moi quelque part sur Terre, comme vous l'aviez promis. Je ne veux plus jouer à ce jeu.

Le Dr. Copson s'interposa vivement entre les deux hommes.

— Il est perturbé, excusa-t-il. Vous pourriez…

Bull écarta le scientifique d'un geste.

— Vous ne parlez pas sérieusement ? apostropha-t-il

Anrath. Vous n'avez pas le droit d'abandonner justement à cet instant !

Il y a longtemps que j'ai abandonné, songea Anrath. Quel sens cela aurait-il d'aller faire un tour à Gobi-Parc en compagnie de Reginald Bull ? Pourquoi devrait-il se couvrir de ridicule en public ?

— Il faut que vous nous aidiez encore une fois, Monsieur Anrath, le supplia Mory Rhodan-Abro. Rappelez-vous comme vous avez été formidable face aux parlementaires. Je suis certaine que vous réussirez une deuxième fois à retourner la situation.

Bouleversé, Anrath comprit que les responsables de l'Empire Solaire étaient si désespérés qu'ils étaient prêts à courir tous les risques. Bull et Mercant espéraient que l'intervention d'Anrath amènerait Croton Manor à se ranger du côté du gouvernement légal. Reginald Bull devait cependant être conscient de la minceur des chances de l'ingénieur.

— Voulez-vous nous aider ? demanda Mory au milieu du silence général.

Anrath hocha faiblement la tête.

Bull le prit par le bras et l'entraîna avec lui.

— Dépêchons-nous, rappela le Maréchal d'État. Il ne nous reste que vingt minutes avant que Croton Manor n'achève son discours.

— Je ne suis absolument pas préparé, objecta Anrath. Comment dois-je me comporter ? Que dois-je dire à Manor ?

— Nous vous expliquerons l'essentiel pendant le trajet jusqu'au parc, le rassura Bull. (Sa voix prit une tonalité cassante.) Naturellement, vous serez plus ou moins livré à vous-même.

C'était bien ce qu'Anrath appréhendait. Il marcha en restant à la hauteur de Bull, mais le Terranien corpulent resta taciturne jusqu'à leur arrivée dans le hangar. Bull attendit qu'ils se soient installés dans le glisseur pour s'adresser à nouveau à l'ancien superviseur de New-Tripoli.

— Nous pensons que Manor changera son fusil d'épaule s'il apprend que le faux Stellarque poursuit les mêmes objectifs que le vrai. Il vous suffit de l'en convaincre. (Bull fit une grimace dubitative.) Vous pouvez naturellement en rajouter un peu et parler aux adeptes du peintre. Dites-leur que Manor a été victime d'éléments subversifs.

Le glisseur jaillit du hangar, piloté par Julian Tifflor. Deux autres appareils, occupés par des policiers, apparurent pour les escorter. Ils pourraient ainsi atteindre Gobi-Parc plus rapidement. Anrath regarda vers le bas pendant que Bull l'étourdissait avec ses explications incessantes. Terrania offrait le spectacle d'une ville morte. Ceux qui n'étaient pas allés au parc étaient assis devant leurs holoviseurs.

— Vous m'écoutez ? demanda abruptement Bull.

Anrath releva précipitamment les yeux et dodelina du chef. Sous eux apparaissait la périphérie de l'immense métropole. Les aires d'atterrissage destinées aux engins volants étaient bondées.

— Nous nous poserons directement au sommet du roc, dit Bully. Vous sortirez seul du glisseur. Il ne faut pas que les adeptes de Manor croient que nous vous influençons si peu que ce soit. C'est l'impression que nous pourrions donner en vous accompagnant jusqu'au micro.

Les mains d'Anrath étaient crispées sur les accoudoirs. Son cœur battait à tout rompre. Il savait qu'il lui fallait lutter contre lui-même s'il voulait trouver assez de détermination pour descendre du glisseur dès l'atterrissage.

Mercant, qui était assis de l'autre côté, le dévisagea avec compassion.

— Vous êtes un peu nerveux, constata le chef de la Défense.

Anrath déglutit compulsivement. Il se força à orienter

ses pensées dans une autre direction. Involontairement, il regarda à nouveau par la vitre latérale. À présent, le glisseur planait directement au-dessus de l'esplanade. L'ingénieur détourna précipitamment la tête. Il ne voulait pas voir la foule.

— Nous arrivons au promontoire ! entendit-il s'exclamer Tifflor. Manor et Grichert sont toujours là.

— Posez-vous ! ordonna Bull.

Les deux glisseurs de police virèrent de bord et leurs feux clignotants se perdirent bientôt dans le lointain. Anrath se renfonça dans son siège. Les gardes qui encerclaient l'amas rocheux avaient été avertis. Ils ne bronchèrent pas quand la machine portant l'emblème de l'Astromarine Solaire atterrit.

Anrath sentit une légère secousse lorsque l'appareil toucha le sol. Bull se leva et décolla de son fauteuil un Anrath récalcitrant. Le sosie de Rhodan considéra la portière ouverte du glisseur. Tifflor se tenait debout près de celle-ci et attendait. Les oreilles de l'ingénieur tintaient. Il frissonna. Bull sortit un mouchoir et lui épongea le front.

— Gardez votre sang-froid ! conseilla Mercant dans son dos.

Anrath s'approcha de la sortie. Un vent frais lui caressa le visage. Un murmure était audible à l'extérieur. C'étaient les voix de milliers de personnes agitées.

— Nous ne pouvons pas le lâcher dans la nature comme cela ! appela Mory.

Anrath chancela. Avait-il trébuché, ou bien quelqu'un l'avait-il bousculé ? Il n'aurait su le dire. En tout cas il se trouvait à présent hors du glisseur. Croton Manor était à une quarantaine de mètres de lui. Le peintre tendait les deux bras vers lui, paumes en avant, comme pour le repousser.

— Le bourreau de l'humanité vient vers moi ! s'écria Manor. C'est le faux Rhodan !

Chacun de ces mots heurta Anrath comme autant de coups de poings. Il se maîtrisa inconsciemment et continua d'avancer. Une jeune fille et un homme armé d'une matraque se tenaient près de la tente. L'ingénieur n'y prêta pas attention. Il ignora de même Gwydlin Grichert qui ne se trouvait pourtant qu'à quelques pas du micro.

Les spectateurs étaient maintenant silencieux. Seule la voix de Manor, qui murmurait des lamentations incompréhensibles, était audible. Les techniciens de la Terravision retransmettaient l'angoissante scène aux quatre coins de la Galaxie.

Croton Manor s'affaissa. Il bredouilla quelque chose au sujet d'une nuée obscure qui s'approchait de lui. La partie de l'esprit d'Anrath qui était encore capable d'une pensée rationnelle se demanda si l'artiste jouait la comédie ou était réellement épouvanté.

L'apparition d'Anrath constitua également une surprise totale pour Grichert. L'administrateur du système de Sempron s'était pour l'instant abstenu d'intervenir, mais l'ingénieur sentit son regard rivé sur lui.

Anrath atteignit le M.N.C. Il le salua en s'inclinant légèrement. Manor le fixait, les yeux dilatés par la crainte. Il était tellement recroquevillé sur lui-même qu'il semblait vouloir s'enfoncer dans le sol. Le sosie du Stellarque tendit la main et toucha le front du peintre.

Ce dernier se calma instantanément. Il reprit une attitude plus décontractée et cessa de haleter.

— Ne comprenez-vous pas que je *dois* être Perry Rhodan ? chuchota Anrath d'une voix pressante. Vous avez raison de penser que je suis un sosie, mais je ne suis absolument pas un usurpateur voulant entraîner l'humanité dans une catastrophe.

La peur se retira des prunelles sombres de Manor. Le pseudo-Rhodan sentit la main du chef des D.L.B. prendre la sienne et l'agripper fermement. Pendant quelques secondes, les deux hommes semblèrent être seuls en haut de l'escarpement, englobés dans un univers de compréhension mutuelle. Le soulagement procura une énergie nouvelle à Anrath. Il se détacha de Manor et se redressa. Résolu, il s'approcha du micro.

Il désigna Croton Manor.

— Cet homme est honnête et sincère ! cria-t-il à la multitude. Ce qu'il a dit était ce qu'il était persuadé être la vérité. Croton Manor ne pouvait savoir qu'il était le jouet d'éléments criminels.

La foule resta silencieuse. Les mots d'Anrath ne provoquèrent aucune réaction. Les spectateurs étaient indécis. L'ingénieur tourna la tête et jeta un bref coup d'œil en direction de Grichert. L'administrateur avait baissé la tête comme un taureau furieux se préparant à foncer. Mais ses traits exprimaient la stupeur. Il semblait pressentir que si le sosie de Rhodan arrivait à convaincre les auditeurs de Manor, il encaisserait une seconde défaite.

— Vous savez tous que j'ai de nombreux adversaires, reprit Anrath. Certains d'entre eux, comme Gwydlin Grichert, sont prêts à provoquer le chaos sur Terre afin de s'emparer du pouvoir. Et cela en un moment où nous sommes menacés par un puissant ennemi. Je viens à l'instant de convaincre Croton Manor que je ne suis pas l'escroc pour lequel il me tenait.

Le M.N.C. s'était entre-temps rapproché. Anrath s'écarta du micro pour le laisser parler. Mais Manor secoua la tête. Il était dépassé par les événements et il lui fallait un peu de temps pour recouvrer son assurance.

— Je ne suis pas intervenu plus tôt parce que dans l'Empire Solaire la liberté d'opinion est un droit inaliénable, poursuivit Anrath en reprenant le micro. Cependant, quand il est devenu évident que Croton Manor était manipulé par des adversaires de la Terre, je suis venu jusqu'ici pour rétablir la vérité. Vous savez tous que monsieur Manor est doté de capacités spéciales. Si j'avais été l'escroc pour lequel il m'avait toujours tenu, il en aurait immédiatement eu la certitude.

Heiko Anrath pivota brusquement et se dirigea vers le glisseur. Il ne pouvait rien faire de plus dans l'immédiat. Il laissait derrière lui deux silhouettes immobiles : Gwydlin Grichert et Croton Manor.

Mais avant qu'il ait atteint l'appareil se produisit l'incident qui allait ébranler le monde.

CHAPITRE VI

Sur l'écran de l'holoviseur défila une vue panoramique du plateau. Setereyns indiqua le petit point qui était un être humain et dit :

— C'est lui, Caarn.

Le dénommé Caarn laissa son regard glisser de l'écran TV vers celui du moniteur de contrôle. C'était un homme grand et gros au visage boursouflé. D'imposantes poches lui pendaient sous les yeux. Sa lèvre inférieure formait saillie si bien que son profil rappelait celui d'un poisson carnivore affamé. Caarn était un homme qui avait appris à dissimuler ses émotions. Ce n'était que grâce à cette capacité qu'il était depuis dix ans déjà l'agent de liaison sur Terre du puissant Condos Vasac. Peu de responsables bénéficiaient comme lui de l'entière confiance des chefs de ce « syndicat galactique ».

Il fit un geste négligent.

— Vous pouvez couper le système de localisation, intima-t-il à Setereyns. Je tenais simplement à m'assurer que la Terravision nous transmettait bien les images en direct.

L'adjoint de Grichert ne fit aucun effort pour réprimer l'impatience qui le rongeait depuis quelques minutes.

— Nous pouvons y aller, maintenant ?

Caarn jeta un coup d'œil dans le compartiment arrière du petit yacht spatial, dans lequel se tenaient quatre hommes portant des uniformes de la Défense Solaire. L'homme du Condos Vasac les avait personnellement choisis. Ils n'étaient pas autorisés à commettre la moindre erreur car ils le paieraient de leur vie, et ils le savaient.

Il s'adressa simultanément au pilote et au servant de l'artillerie du vaisseau.

— Les proches de Croton Manor qui se trouvent sur le promontoire doivent être supprimés, décida-t-il. Cela remontera les Terraniens les plus impressionnables davantage encore contre leur gouvernement. N'omettez pas de tirer quelques salves imprécises en direction de Gwydlin Grichert afin de donner l'impression qu'il n'a échappé à la mort que par un coup de chance.

L'homme installé aux commandes de tir hocha brièvement la tête.

— Dois-je aussi faire feu sur le sosie de Rhodan ?

— Réfléchissez un peu, lui recommanda Caarn. Aucune personne liée de près ou de loin à l'Administration Solaire ne doit être blessée dans cette opération, et encore moins tuée. Ce n'est qu'ainsi que nous pourrons rendre la Défense Solaire responsable de l'enlèvement.

Il adressa un signe au pilote et le petit yacht bondit en avant.

— Nous ne disposerons que de très peu de temps une fois Croton Manor à bord, expliqua l'agent du Condos Vasac. Nos vies à tous dépendront de la vitesse à laquelle vous nous ferez sortir de l'atmosphère terrestre et plonger dans l'espace linéaire.

Ceci était destiné au pilote, dont Setereyns ne voyait que le dos. L'homme mince répondit d'un hochement de tête nerveux. L'adjoint de Grichert était certain que Caarn avait choisi le meilleur individu parmi ceux dont il disposait. Cette pensée le rasséréna. Il éprouvait une aversion personnelle envers le gros homme, mais il admirait la détermination avec laquelle ce personnage se comportait.

Le vaisseau de Caarn arborait sur sa coque le grand emblème de l'Astromarine Solaire. Il avait décollé d'une aire d'atterrissage privée située à cent cinquante kilomètres de Terrania.

— Il serait bon également que vous tiriez quelques coups au hasard sur la foule, ajouta Caarn à l'intention de l'artilleur. Faites attention aux engins de la police.

Sur l'écran, Setereyns vit le faux Rhodan se retourner et prendre la direction du glisseur avec lequel il était arrivé.

Dans quelques secondes, les adeptes de Croton Manor apercevraient un petit vaisseau spatial qui s'approchait du site.

*
* *

Sitôt après avoir perçu les impulsions mentales du sosie du Stellarque, Croton Manor avait compris qu'il avait commis une invraisemblable erreur. L'homme qui incarnait Perry Rhodan n'avait rien d'un usurpateur. Il voulait préserver l'humanité de la chute, tout comme Manor lui-même.

Celui-ci se décida à tout mettre en œuvre pour réparer le préjudice qu'il avait causé avec ses discours inconsidérés. Il leva la tête et regarda Gwydlin Grichert. Cet homme et ses complices étaient les véritables malfaiteurs. Ce que Manor avait déjà pressenti, il en avait à présent la certitude. Le Sempronien voulait profiter de la situation actuelle pour se hisser vers le pouvoir. C'était comme si le peintre voyait le nuage noir qui planait au-dessus de Grichert.

Il se raidit et s'approcha du micro. Il lui suffirait de quelques mots d'explication pour convaincre ses adeptes. Il leva les deux bras pour annoncer qu'il allait parler. Mais, à sa grande surprise, le brouhaha s'intensifia au lieu de se calmer. Des spectateurs tendirent la main vers le ciel et commencèrent à crier.

Manor se retourna d'un coup et pencha la tête en arrière.

Un engin volant de forme elliptique descendait vers le plateau. Quatre rafales furent tirées par les armes du bord et se perdirent dans le public. Ce fut immédiatement une panique générale. Les hurlements de cent mille personnes fuyant dans tous les sens résonnèrent aux oreilles de Manor.

Jopun, qui s'était précipité vers le petit vaisseau en brandissant sa matraque, fut désintégré par un trait flamboyant. Manor poussa un hurlement horrifié.

Sa tente s'embrasa. Shreen en sortit précipitamment en criant de désespoir. Le peintre était paralysé par la stupeur, essayant vainement de comprendre ce qui se passait autour de lui. Quatre hommes en uniforme sautèrent du minuscule navire, qui s'était posé entre-temps.

— Shreen ! s'exclama Manor.

Sa voix se perdit dans le tumulte. Il vit que la jeune fille tenait son précieux tableau sous le bras. Elle l'avait sauvé des flammes. Une rage folle envahit le peintre. Dans son impuissance, il commença à lâcher une bordée de jurons.

Les quatre hommes en uniforme coururent vers lui. L'un d'entre eux tira sur Shreen. La jeune fille tomba et ne bougea plus.

Le sosie de Rhodan s'était immobilisé près du glisseur et contemplait le spectacle avec des yeux exorbités. Les quatre hommes avaient atteint le M.N.C. Manor se défendit avec l'énergie du désespoir quand ils s'emparèrent de lui. Ils ne s'embarrassèrent pas pour le ménager. Manor fut paralysé et emporté *manu militari*. Quelques secondes plus tard, le groupe avait disparu dans le sas du yacht spatial.

L'écoutille se referma et l'appareil décolla en prenant une accélération foudroyante.

Plusieurs milliards d'humains, assis devant leurs holoviseurs, avaient pu assister en direct à l'enlèvement de Croton Manor par des soldats portant l'uniforme de la Défense Solaire.

*
**

La silhouette trapue de Reginald Bull apparut dans l'encadrement de la portière du glisseur. Il fit un signe impérieux à Anrath tout en lui criant quelque chose, mais sa voix fut couverte par les hurlements de la foule en pleine débandade et l'écho des tirs des radiants.

Le sosie de Rhodan tourna le dos à l'appareil. Il vit la jeune fille sortir de la tente et se faire assassiner par les quatre hommes en uniforme. Il ne s'aperçut pas qu'il s'était mordu la lèvre inférieure jusqu'au sang. Des lambeaux de toile carbonisés provenant de la tente de Manor tourbillonnaient dans l'air au-dessus du promontoire rocheux comme des fantômes d'oiseaux noirs. Les quatre agresseurs avaient atteint Manor. Anrath vit le peintre s'écrouler puis être entraîné par ses ravisseurs.

Il sentit tout à coup qu'on l'empoignait par le bras. Il se retourna. Bull se tenait derrière lui, un masque de colère et d'effroi plaqué sur ses traits.

— Mais enfin, montez ! s'écria-t-il.

L'ingénieur se laissa tirer à l'intérieur avec répugnance. Derrière eux, le vaisseau spatial disparaissait dans l'azur. Le sosie du Stellarque se laissa passivement choir dans un fauteuil, guidé par Tifflor.

Mercant était penché sur la petite installation de communication du véhicule et parlait à quelqu'un avec véhémence. Anrath saisit quelques bribes de phrases. Le chef de la Défense donnait évidemment l'ordre de poursuivre l'engin non identifié et de l'arraisonner à tout prix.

— Il faut que nous les attrapions ! tonna Bull, furieux. S'ils arrivent à s'échapper, Grichert aura gagné.

L'évocation de l'administrateur rappela à Anrath que

l'individu en question était toujours sur le rocher. Il se redressa et jeta un coup d'œil à l'extérieur. Des commandos de surveillance avaient surgi. Des hommes portant des combinaisons de toutes sortes couraient dans tous les sens sans but apparent. Dans ce désordre, impossible d'identifier Grichert. Dans l'esprit d'Anrath, les pièces du puzzle se mirent progressivement en place, lui révélant les dessous de cet incident. Des criminels alliés à Grichert avaient enlevé Croton Manor. Ils avaient revêtu des uniformes de la Défense Solaire. L'ingénieur était convaincu que l'homme du système de Sempron n'avait absolument pas l'intention de se justifier. Au contraire, il raconterait que lors de cette agression inattendue sa vie s'était trouvée en danger.

— Ils se sont échappés ! (Anrath émergea de ses cogitations en entendant la voix du chef de la Défense.) Le vaisseau a réussi à franchir le barrage des intercepteurs et a plongé dans l'espace linéaire presque immédiatement après être sorti de l'atmosphère. Nous recevrons probablement sous peu des dépêches au sujet des séismes et cyclones qui auront été déclenchés par contrecoup.

— Ceci n'aurait jamais dû se produire, dit Mory qui se trouvait encore sous le choc. Nous aurions dû escompter que nos adversaires ne reculeraient devant aucune bassesse. Les mesures de protection de Gobi-Parc étaient insuffisantes.

— Grichert était sous surveillance continuelle, objecta Mercant. Rien ne laissait présager une telle action.

— Personne ne vous fait de reproche, Allan, répondit l'épouse de Rhodan. Tant de choses sont arrivées ces derniers jours. Nous avons tout fait pour stabiliser la situation avec l'aide de Monsieur Anrath. Nous avons échoué. Inutile de faire appel à un devin pour savoir ce qui va se passer à partir de maintenant.

Le télécom bourdonna. Mercant prit l'appel. Un officier de l'Administration Solaire s'annonça. Malgré la petite taille de l'écran, il était évident que l'homme était en proie à la colère.

— Gwydlin Grichert vient de donner à l'instant une brève interview pour la Terravision, Monsieur, annonça-t-il à Mercant. Il a prié la population mondiale de ne pas se laisser intimider plus longtemps par les agissements criminels du gouvernement.

— Je m'y attendais, rétorqua le chef de la Défense.

— Une foule en colère est en train de se rassembler devant le bâtiment de l'Administration Solaire, continua l'officier. Ils exigent en chœur la libération immédiate de Croton Manor.

Mercant hocha la tête et raccrocha.

Tifflor démarra. Deux glisseurs de police apparurent et escortèrent l'appareil jusqu'au toit de l'Administration. Personne ne parla de tout le trajet.

— Nous devons immédiatement publier un démenti, déclara Mercant en sautant de l'engin. Le vent agitait sa maigre chevelure.

Anrath descendit de l'appareil en même temps que Tifflor. Bull et Mercant coururent vers l'ascenseur. Ils voulaient évidemment regagner leurs bureaux au plus vite.

— Dans quelques heures, le gouvernement actuel n'existera plus que de nom, prédit Tifflor. Il se pourrait que nous en soyons réduits à fuir dans l'espace.

— Vous pensez qu'il va se produire une révolte générale ? demanda Anrath.

Tifflor opina en silence. Il semblait se résigner à la situation, comme les autres. Il était d'abord astronaute ; l'homme politique ne venait qu'après. La flotte aurait avant tout un comportement loyal. Cependant, elle était pour l'instant une force sans valeur car ni Bull ni Mercant n'autoriseraient qu'il soit fait usage des armes contre les émeutiers.

— Je pourrais m'adresser à la population à la Terravision, proposa Anrath en pénétrant dans l'ascenseur en compagnie de Tifflor et Mory.

— Cela ne servirait plus à rien, maintenant, le contra Mory. Vous pouvez toujours essayer, mais je ne crois pas que vos chances soient bien grandes.

Quand ils sortirent de l'ascenseur, ils virent plusieurs hommes en armes courir dans le couloir. Anrath s'arrêta et les suivit du regard.

— La garde ! expliqua sèchement Tifflor. Ils verrouillent les entrées.

L'ingénieur le dévisagea, consterné.

— Vous voulez dire que… ?

Il s'interrompit en remarquant le coup d'œil chargé de sous-entendus que le Maréchal Solaire lança en direction de Mory Rhodan-Abro. Il ne voulait pas inquiéter inutilement l'épouse de Rhodan.

Nombre de portes devant lesquelles ils passèrent étaient ouvertes. Un tas de gens couraient en tous sens, des papiers en mains. Anrath aperçut dans une salle plusieurs Terraniens coloniaux discutant avec animation. L'ancien superviseur n'eut aucun mal à deviner l'objet de cette consultation. Il s'agissait pour ces hommes de décider s'ils allaient ou non s'attarder encore un peu sur Terre. Toutefois, Anrath douta que la situation fût meilleure sur les planètes coloniales. La Terravision avait retransmis dans toute la Galaxie les incidents ayant fait suite au dernier discours de Manor.

— Venez !

Tifflor avait ouvert une porte et poussa Anrath dans la pièce. Mory était déjà à l'intérieur. L'officier referma derrière eux et soupira de soulagement.

— Ici nous serons au calme. Tout au moins pendant un moment. (Il jeta un regard interrogateur en direction du mur où était fixé un écran d'holovision.) Dois-je l'allumer ?

Mory secoua négativement la tête. Anrath haussa les

épaules, indifférent. Les murs de la salle étaient insonorisés, si bien que le brouhaha qui régnait dans les couloirs était ici imperceptible.

— Je ne peux pas rester ici, dit soudain Mory. Je ne supporte pas cette incertitude.

Tifflor soupira, résigné.

— Emmenez-moi au-dessus de Terrania, lui demanda-t-elle. Je veux voir d'en haut ce qui se passe dans les rues.

— Nous accompagnez-vous ? proposa Tifflor à Anrath.

— Non, refusa l'ingénieur. Il se peut que je sois encore utile ici.

Le regard empli de scepticisme de Tifflor en dit plus long qu'un discours. Anrath sortit donc de la pièce en compagnie du Maréchal Solaire et de l'épouse de Rhodan. Tifflor l'escorta jusqu'au bureau de Mercant. Quand l'ingénieur entra, une quarantaine d'officiers agités lui bouchaient la vue sur Mercant et Bull qui se tenaient quelque part à l'autre bout de la pièce. Tout le monde semblait parler en même temps. Par moments, une voix sortant d'un haut-parleur émergeait de la cacophonie. Personne ne prêta attention à Anrath. Il se faufila le long du mur jusqu'à ce qu'il atteigne la fenêtre. Un homme de grande taille, au teint sombre et aux cheveux noirs, s'y trouvait. Il avait dans chaque main un gobelet empli d'un liquide fumant. Quand il aperçut le sosie du Stellarque, il sourit. Pour Anrath, la vision de cette expression affable lui mit du baume au cœur.

— Monsieur Anrath, je présume ? se hasarda l'homme d'une voix sonore au timbre métallique.

Il avait les yeux noirs et un nez crochu en bec d'aigle.

L'intéressé opina. L'autre lui tendit un des deux gobelets.

— Le café était destiné à Monsieur Mercant, avoua-t-il. Toutefois je crains de ne pouvoir parvenir jusqu'à lui.

Anrath accepta avec reconnaissance la boisson chaude.

— Je suis le colonel Redhorse, se présenta l'officier.

Tout ce qu'on vous a raconté jusqu'à maintenant à mon sujet est faux.

Anrath ne put s'empêcher de rire. Don Redhorse leva son gobelet comme s'il voulait trinquer avec une invisible troisième personne.

— Au retour de Perry Rhodan ! s'exclama-t-il. Je suis sûr que…

Il s'interrompit car la voix sortant du haut-parleur se faisait de nouveau entendre. Anrath se concentra un instant. Avait-il mal compris ou celui qui parlait annonçait-il que deux grandes villes d'Europe étaient la proie des flammes ? Il prit tout à coup conscience que le bâtiment dans lequel il se trouvait était probablement le dernier bastion du gouvernement légal sur Terre. Personne ne savait avec exactitude ce qui se passait actuellement partout sur le globe.

— Sur la côte Ouest de l'Amérique, la population s'est mise en grève dans toutes les agglomérations ! lança quelqu'un. La centrale énergétique de Kilton, en Asie Centrale, est hors service.

C'étaient là quelques-uns des symptômes de la réaction instinctive de la population terrienne.

Anrath but mécaniquement son café. Même Grichert, qui était un des responsables de cet état de choses, n'avait pour le moment aucune chance de parvenir à reprendre en main la foule déchaînée.

— Il ne manque plus que l'arrivée de la police du temps… dit lentement Redhorse, laissant Anrath imaginer lui-même ce qui surviendrait alors.

Le sosie de Rhodan savait que les escadres de l'Astromarine Solaire attaquaient *Old Man* sans relâche. Bull en avait donné l'ordre. Le Maréchal d'État était naturellement conscient que les chances de détruire la station-robot étaient pratiquement nulles, mais il ne tenait pas à ce que les Bi-Conditionnés en arrivent à cette conclusion.

Il était cependant douteux que cela suffise à retenir longtemps les Gardiens Fréquentiels.

Redhorse fit un signe à Anrath et partit se mêler aux autres officiers. L'ingénieur se mit à regarder par la fenêtre. Il pouvait apercevoir la rue dans l'intervalle séparant deux bâtiments. Elle était déserte. Les manifestants s'étaient rassemblés de l'autre côté de l'Administration Solaire. Anrath constata que, chose inattendue, plusieurs glisseurs étaient en vol. Quelques appareils de police tournaient en rond au-dessus du pâté d'immeubles. Les pilotes surveillaient la populace en colère. Un engin de reportage de la Terravision s'approcha de la baie vitrée. Les techniciens lui firent un signe.

Don Redhorse réapparut et agita une feuille de papier sous le nez d'Anrath.

— C'est un résumé des dernières nouvelles, annonça-t-il. Ça vous intéresse ?

— Non, rétorqua Anrath.

— Les gens ont cessé le travail pratiquement partout, l'informa le Cheyenne sans tenir compte de sa réponse. Les centrales énergétiques et les usines sont à l'arrêt. Le trafic aérien est tombé quasiment à zéro. Les réservistes de l'Astromarine ont été mobilisés mais ne se présentent pas aux points de rassemblement.

Redhorse froissa le document et le jeta dans un vide-ordures.

— Il n'y a eu jusqu'à maintenant que très peu d'actes de violence, souffla-t-il avec soulagement. Les services officiels ont en tout cas reçu la consigne de ne prendre aucune initiative. Les grèves généralisées auront de lourdes conséquences économiques, bien sûr, mais ce type de manifestations est préférable à des émeutes au cours desquelles les gens s'entretueraient.

— Que va-t-il se passer maintenant ? demanda Anrath.

Redhorse se laissa tomber dans un fauteuil et croisa les jambes.

— C'est difficile à dire. Dans le monde entier les grévistes exigent la libération de Croton Manor, or nous ignorons où le peintre a été emmené. Les agents de la Défense et les spécialistes de l'O.M.U. sont sur les dents, mais je crains que ce ne soit en pure perte. Il semblerait que le Condos Vasac trempe là-dedans. À brève échéance, Gwydlin Grichert se lancera dans sa campagne électorale. Dans les circonstances actuelles, il a toutes les chances de devenir le prochain Stellarque.

« Malgré tout, s'il parvient à ses fins, il pourrait bien ne pas profiter longtemps de son nouveau pouvoir car un Empire Solaire déstabilisé, avec Grichert à sa tête, ne sera pas en mesure de repousser une offensive de la police du temps.

Maigre consolation, se dit Anrath. C'était là une preuve de plus que l'humanité ne pouvait être dirigée que par des hommes désintéressés qui faisaient passer le bien collectif avant leurs aspirations personnelles. Les égoïstes affamés de pouvoir comme Gwydlin Grichert, par contre, réduiraient à néant tout ce qui avait été bâti au cours des siècles.

CHAPITRE VII

Le gros homme était penché au-dessus de Croton Manor, les jambes écartées, et souriait au peintre. Ce sourire était glacial et dédaigneux.

— Mon nom est Caarn, dit-il. Vous n'avez jamais entendu parler de moi, naturellement, mais je suis certain que nous finirons par bien nous connaître.

Manor se redressa péniblement sur les coudes. Il sentait un feu liquide parcourir ses membres. Une douleur sourde l'oppressait du front jusqu'à la nuque. C'étaient là les séquelles de la paralysie nerveuse, qui ne se dissipait que petit à petit. Il s'étonna d'être encore vivant. Il s'était tout de suite rendu compte que ses ravisseurs n'avaient rien à voir avec la Défense Solaire. Ils avaient agi sur ordre de Gwydlin Grichert. Manor éprouvait avec plus d'acuité encore qu'il ne percevait ses douleurs physiques, la certitude d'être impliqué dans une manœuvre visant à entraîner la chute du gouvernement légal. Qu'il se retrouvât plongé là-dedans involontairement ne pouvait être considéré comme une excuse valable. Il avait dénoncé le faux Perry Rhodan avec un fanatisme aveugle au lieu de s'informer plus complètement. Cet homme, comme Manor avait pu le constater entre-temps, ne poursuivait aucune intention séditieuse mais s'efforçait au contraire d'assurer la continuité de la politique du Stellarque porté disparu.

Le peintre essaya de se relever en poussant un gémissement.

Caarn lui tendit une main et l'aida à se remettre

debout. La vigueur émanant de ce corps d'apparence flasque était surprenante. Manor fut cependant soulagé quand il put lâcher la main froide de l'autre.

Caarn lui indiqua le compartiment arrière du vaisseau spatial, dans lequel plusieurs hommes étaient assis.

— Comme vous pouvez le voir, ces messieurs ont rendossé leurs véritables uniformes, commenta-t-il.

Manor ressentit presque physiquement les bas instincts de cet individu. Il se plia en deux. Caarn interpréta ce geste de façon erronée. Il rit méchamment.

— Nous n'avons malheureusement pu éviter de vous mettre hors de combat, s'excusa-t-il. Vos douleurs se passeront d'ici quelques minutes.

Manor décida de tout faire pour réparer sa funeste erreur. Il devait laisser croire à ses ravisseurs qu'il s'opposait toujours au gouvernement et au sosie de Rhodan. Heureusement, il n'avait pas prononcé un mot depuis les événements survenus sur le promontoire rocheux de Gobi-Parc.

— Nous avons dû sacrifier quelques-uns de vos amis afin de rendre votre enlèvement plus convaincant, continua Caarn sur un ton faussement contrit.

Manor comprit qu'il ne pouvait pas simuler l'indifférence. Ces criminels endurcis n'y croiraient pas une seconde. Il décocha un regard meurtrier à Caarn.

— Je ne saisis pas, riposta-t-il sèchement. N'aurait-il pas été suffisant de les paralyser ? Shreen et Jopun n'avaient rien à voir avec cette affaire.

Caarn se dandina jusqu'au plus proche fauteuil et s'y affala en lâchant un profond soupir. Il rentra la tête entre les épaules au point qu'il sembla ne plus avoir de cou. Manor s'avisa qu'il ressemblait ainsi à une immense méduse tassée dans son coin, guettant tranquillement sa prochaine proie. Cet individu était repoussant à tous égards. Avec un instinct infaillible, le peintre perçut toutefois que ce criminel était d'une intelligence hors du commun. Si Manor commettait la moindre faute, elle ne lui échapperait pas.

Caarn contempla ses ongles.

— Vous avez lancé une croisade afin d'éliminer le faux Perry Rhodan, affirma-t-il. Là-dessus, nous sommes d'accord. Maintenant, tout dépend si vous êtes disposé à collaborer avec nous.

Manor caressa pensivement sa barbe. Il ne pouvait pas donner son accord trop rapidement, ce qui aurait rendu Caarn soupçonneux.

— Cela vous intéressera de savoir que nous voulons faire de Gwydlin Grichert le nouveau Stellarque, continua l'individu adipeux. (Il désigna un petit homme assis un peu plus loin, derrière eux.) Voici Setereyns. Le bras droit de Grichert. Il vous confirmera ce que je vais vous dire.

— Grichert m'a soutenu, coupa Manor. Je ne l'oublie pas. Il est publiquement venu à moi sur le promontoire alors que le sosie de Rhodan l'avait ridiculisé devant tout le Parlement le 2 février. Peut-être cet homme sera-t-il capable de chasser la nuée obscure.

Caarn eut un rictus de mépris.

— Vous pouvez vous dispenser de ces fadaises avec nous, ironisa-t-il. Cette plaisanterie vous a permis de recruter sur Terre une douzaine d'adeptes tout au plus, avant qu'il ne vous vienne à l'idée de prêcher contre le faux Rhodan.

Les yeux de Manor flamboyèrent. Il dut se faire violence pour ne pas se jeter sur Caarn.

— Pourquoi me dévisagez-vous ainsi ? s'enquit ce dernier, légèrement mal à l'aise. Auriez-vous un problème ?

— Une nuée obscure plane au-dessus de votre tête, déclara Manor d'une voix sépulcrale. Jamais vous ne connaîtrez le bonheur des nuages resplendissants.

Caarn pouffa de rire, faisant trembloter sa masse adipeuse.

— Vous me plaisez ! dit-il en luttant pour reprendre sa respiration. Vous restez fidèle à votre lubie. Après tout, peu importe. La seule chose qui compte est que vous nous souteniez dans la lutte contre le pseudo Perry Rhodan.

Il cessa de se préoccuper de Manor. Celui-ci se demanda quels étaient les plans de ses ravisseurs. Ils l'auraient certainement exécuté s'ils n'avaient pas eu besoin de lui. Probablement aurait-il à parler de nouveau en public. Il était fermement décidé à tout mettre en œuvre pour faire échouer les projets criminels de Grichert. Certes, il ignorait comment il devrait s'y prendre contre cette organisation apparemment très puissante, mais il ne laisserait échapper aucune opportunité même s'il devait y laisser la vie.

Il ignorait combien de temps il avait passé dans le poste central du petit vaisseau, plongé dans ses pensées, quand Caarn l'en tira soudain en se frappant les cuisses et en se levant.

— Venez, Setereyns, murmura-t-il. Nous devons accompagner notre invité à destination.

Manor ignorait tout des techniques du vol linéaire, mais il pressentit que le petit yacht était sorti de l'entr'espace. Il regarda autour de lui, cherchant un spatiandre, car il s'attendait dès à présent à devoir quitter le vaisseau par le sas. Cependant, Setereyns et Caarn le guidèrent en direction du local situé directement derrière le poste central. Là trônait une machine ne ressemblant à rien de ce que Manor connaissait. Elle ressemblait à une cage dont l'entrée était encadrée par deux piliers. Ceux-ci brillaient comme s'ils étaient composés d'énergie pure. Ils se rejoignaient juste au-dessous du plafond, formant une sorte d'arche.

— Passez devant, Setereyns ! ordonna Caarn.

L'interpellé jeta un coup d'œil à Manor comme s'il n'était pas convaincu de l'utilité d'emmener le peintre. Puis il haussa les épaules et se dirigea vers le portique. Il disparut dans un tourbillon de lumière, et la seconde d'après il n'était plus là.

— Un transmetteur ! expliqua Caarn. C'est à votre tour, maintenant, Manor. Avez-vous déjà utilisé ce moyen de transport ?

— Non, admit sincèrement le peintre. Je n'étais encore jamais allé dans l'espace non plus.

— Alors vous avez beaucoup à rattraper, répliqua obligeamment Caarn.

Croton Manor n'hésita pas davantage. Quand il passa entre les piliers, il sentit une douleur bizarre, comme si son organisme se trouvait au centre d'une explosion dévastatrice. Durant un infinitésimal laps de temps, ses atomes voguèrent dans le néant puis se recombinèrent. Manor sortit d'un transmetteur situé au cœur d'un immeuble de bureaux. Setereyns s'approcha de lui en souriant.

— C'est assez désagréable la première fois, concéda-t-il. Mais on s'y accoutume.

Caarn apparut derrière eux et se dirigea immédiatement vers un homme que Manor ne découvrit qu'à ce moment. L'étranger était grand et maigre, avec un épiderme d'une teinte cuivrée. Il se tenait debout, négligemment appuyé contre le mur derrière le vaste bureau qui se trouvait à côté du transmetteur. Le peintre s'inquiéta quand il s'avisa qu'il ne pouvait percevoir les sentiments de cet être.

— Je ne pensais pas que vous y arriveriez, déclara l'inconnu. Je dois vous féliciter, Caarn. Vous avez fait un excellent travail.

Le gros homme sourit, flatté, et se laissa tomber sur l'unique chaise libre. Il ne semblait guère partisan du mouvement perpétuel.

— Vous connaissez certainement déjà Manor, dit-il. L'autre personne est Setereyns, l'adjoint de Grichert.

Le grand étranger s'adressa immédiatement à Manor.

Il semblait considérer Setereyns comme quantité négligeable.

— Savez-vous où vous vous trouvez à présent ?

— Non, reconnut l'interpellé.

— Sur Mars ! répondit l'autre en jouissant de la stupéfaction du peintre. Il règne ici un tel chaos que l'émission énergétique du transmetteur n'aura certainement pas été détectée.

Les pensées de Manor tournoyaient follement. Comment se pouvait-il que ces criminels disposent d'une base sur ce monde commercial, qui plus est équipée d'un transmetteur ? L'artiste commençait à pressentir que Gwydlin Grichert n'était, tout comme lui-même, qu'un jouet entre les mains d'une puissante organisation. Les Semproniens ne possédaient ni les techniques ni les moyens financiers qui leur auraient permis de construire un avant-poste clandestin sur la planète rouge.

— Notre invité est surpris, constata Caarn, amusé. Peut-être ne croit-il pas que nous soyons réellement sur Mars. Faut-il que nous vous fournissions une preuve, Manor ?

L'homme mince derrière le bureau pianota sur un panneau de commande. Immédiatement, une sorte de persienne remonta le long du mur du fond. Manor aperçut une partie d'un vaste spatioport. Plusieurs vaisseaux y étaient visiblement en cours de déchargement.

— Nous pouvons voir ce qui se passe à l'extérieur, dit Caarn. Toutefois, une personne non avertie qui passerait par hasard devant cette halle ne remarquerait rien de suspect. Mais nous nous sommes prémunis contre une éventuelle découverte.

Manor savait qu'il existait sur les nombreux spatioports de Mars des milliers d'entrepôts qui abritaient toutes sortes de marchandises. Ces halles n'appartenaient pas seulement à la Compagnie Générale Cosmique, mais également à des entreprises commerciales privées. Les

Francs-Passeurs, entre autres, louaient plusieurs de ces bâtiments. Manor dut admettre que les ennemis de Rhodan avaient choisi une cachette ne risquant guère d'éveiller les soupçons.

La persienne redescendit en silence. L'homme maigre fit un geste impatient de la main. Manor crut identifier à son comportement qu'il ne s'agissait pas d'un Terranien. Un Akonide, probablement.

— Peut-être cela vous intéressera-t-il de savoir que la moitié de la population de la Terre est actuellement en grève, annonça l'étranger à Caarn. La police ordinaire est totalement impuissante, d'autant plus qu'elle a reçu l'ordre de n'utiliser la force en aucune circonstance.

— Excellent, Jook Ahnquork, répondit le gros homme. Nous n'avions pas escompté un développement d'une telle ampleur. Mercant et Bull ne se hasarderont pas à faire appel aux spécialistes de la Défense. Jusqu'à maintenant, l'Administration Solaire a publié deux démentis, mais qui ne sont guère convaincants. Je m'attends à ce que des troubles surgissent également au sein de l'Astromarine.

— Reginald Bull devra céder à la pression politique, commenta Ahnquork. Dans son deuxième communiqué, le gouvernement laisse déjà entendre que de nouvelles élections seraient envisageables. Le Parlement doit se réunir demain en vidéoconférence par hypercom. C'est la chance de Grichert.

Manor se demanda s'il existait une possibilité de s'enfuir de la base. Bien sûr, il ne pouvait oublier que si Caarn lui faisait *a priori* confiance, il le gardait cependant à l'œil en permanence. Pas par méfiance, mais parce que le gros homme le considérait comme ayant l'esprit un peu dérangé.

— Venons-en au fait, dit celui-ci. Il nous faut à présent préparer la prochaine étape.

Setereyns s'approcha du bureau.

— Dans combien de temps informerez-vous Grichert de l'endroit où nous avons emmené Manor en lieu sûr ? se renseigna-t-il.

— Il l'apprendra toujours assez tôt, l'éconduisit Ahnquork.

Manor vit les traits de Setereyns se convulser sous l'effet de la rage. Le petit homme venait de comprendre qu'ici il n'était rien. L'organisation à laquelle appartenaient Caarn et Ahnquork poursuivait d'autres objectifs que Grichert.

— Nous avions des conventions strictes ! cracha Setereyns. J'exige que vous les respectiez.

Caarn l'ignora. L'Akonide chercha un instant sur le bureau avant de trouver le papier qui l'intéressait. Ce faisant, il dit à Setereyns sans même le gratifier d'un simple regard :

— Nous faisons le nécessaire pour que Gwydlin Grichert devienne Stellarque. Comment nous nous y prenons ne vous regarde pas. Si vous continuez à vous insurger contre nos méthodes, je veillerai à ce que vous soyez réduit au silence.

Le petit homme sembla se figer. Ses yeux s'écarquillèrent. Manor comprit que l'autre était frappé d'une indicible terreur.

— Et maintenant, continua Ahnquork avec un sourire glacial, venons-en à vous et à votre tâche, monsieur Manor.

*
* *

Cinquante heures avaient passé depuis l'enlèvement du M.N.C. Dans les bureaux de l'Administration Solaire, le calme était revenu. On s'était habitué à ce que chaque heure qui passait soit accompagnée de son cortège de mauvaises nouvelles. Devant l'entrée principale se massaient inlassablement plusieurs milliers de manifestants brandissant des banderoles et scandant en chœur des slogans de protestation contre l'enlèvement de Croton Manor. De plus, ils réclamaient le renvoi immédiat du faux Stellarque.

Reginald Bull ne sortait plus de son bureau, sauf pour quelques minutes de temps à autre. Il avait cessé de prêter attention aux dépêches qui tombaient continuellement de tous les coins du globe et des planètes coloniales. Il se sentait déjà allégé d'un grand poids en sachant que jusqu'à maintenant la situation n'avait pas dégénéré autant qu'il l'avait redouté. Le premier moment de panique passé, les habitants de Terrania avaient dans l'ensemble recouvré leur sang-froid. Naturellement, nombre d'entre eux avaient cessé le travail et participaient aux manifestations, mais comme la police évitait d'intervenir, il ne s'était produit que très peu d'affrontements. Les messages annonçant que diverses agglomérations de la planète étaient ravagées par de monstrueux incendies s'étaient avérés être des exagérations. S'il y avait effectivement eu nombre d'incendies criminels, dans la plupart des cas ils avaient été circonscrits par les grévistes eux-mêmes. Plusieurs membres du gouvernement qui avaient tenté de calmer la populace en effervescence avaient été maltraités. À Rome, un homme avait été tué parce que quelqu'un l'avait pris pour un agent de la Défense. Présentement, on dénombrait en tout et pour tout vingt-trois morts, dont la plupart avaient été victimes des incidents à Gobi-Parc.

En son for intérieur, Bull devait admettre que la campagne électorale de Gwydlin Grichert avait fortement contribué à éviter que l'anarchie ne dégénère en guerre civile. L'administrateur du système de Sempron avait promis aux Terraniens de faire la paix avec *Old Man* sitôt qu'il aurait été élu Stellarque. Les journaux – du moins ceux qui continuaient de paraître – publiaient *in extenso* de longues interviews du Sempronien, qui n'hésitait pas à se laisser parer dès à présent du titre de « sauveur de l'humanité ».

L'Administration Solaire et ses annexes du spatioport de Terrania étaient les seuls lieux où le gouvernement légal disposait encore d'une liberté d'action illimitée. Reginald Bull et ses proches collaborateurs s'étaient donc préparés à quitter la Terre si Gwydlin Grichert parvenait à prendre le pouvoir. Dans le cas où le Sempronien serait élu, on se retrouverait dans cette abracadabrante situation : l'Astromarine Solaire resterait sous les ordres de Bull, Mercant et Tifflor tandis que l'ensemble des autres institutions dépendrait du nouveau Stellarque. Bull doutait que Grichert réussisse à convaincre la flotte de se ranger de son côté.

La petite porte latérale du bureau s'ouvrit, et Heiko Anrath entra.

— Bien dormi ? demanda Bull.

— J'ai pris un somnifère, répondit Anrath. Que s'est-il passé ces dernières heures ?

— Rien de bien réjouissant, expliqua l'adjoint de Rhodan. Quand nous aurons un peu de temps, nous ferons un saut sur la Lune afin que le professeur Nabore vous donne un autre visage. Nous n'avons plus besoin de vous. Les dés sont jetés.

Anrath fut près de lui en trois enjambées.

— Cela veut-il dire que vous abandonnez ?

— Oui, confirma Bull. Nous ne pouvons plus garder le pouvoir autrement qu'en faisant appel à la coercition. Mais ni Mercant ni moi ne nous y résoudrons jamais. Je pense que Grichert ne fera pas long feu. Une fois l'individu renversé, l'humanité se rappellera de ceux qui voulaient la protéger du Sempronien. À ce moment-là nous pourrons revenir sur Terre – à condition bien sûr que la police du temps ne l'ait pas réduite en cendres dans l'intervalle.

Il lut la stupéfaction dans les yeux de son interlocuteur. Ce qui lui démontrait que ce dernier avait encore espéré que l'on trouverait un moyen de parer au pire. Heiko

Anrath ne serait en aucune façon responsable si le gouvernement actuel tombait. Un malencontreux enchaînement de circonstances avait permis que Grichert place toutes les chances de son côté.

— Puis-je faire quelque chose ? interrogea le sosie de Rhodan. Je n'arrive pas à comprendre que vous soyez prêt à tout laisser ici en plan. Vous contenterez-vous de regarder en spectateur si *Old Man* et les Gardiens Fréquentiels passent à l'attaque ?

— Dans ce cas, la flotte interviendra, assura Bull. Normalement, nous avons besoin du soutien de la Terre. Mais nous ne l'aurons pas si Grichert s'asseoit sur le trône.

— Pourquoi… pourquoi ne le faites-vous pas… « éliminer » ? suggéra Anrath.

Bull eut un rire amer.

— Je dois confesser que j'y ai déjà songé, moi aussi. Mais ce serait un geste inutile. Sitôt Grichert mort, un autre prendrait sa place, peut-être plus dangereux encore. (Il fouilla dans le tas de papiers formé par les annonces des récents événements.) Ah, voilà ! (Il brandit un feuillet.) Vous devriez vous sentir concerné par ceci. Les stations d'irrigation Sahara I à XX sont à l'arrêt. De plus, un homme du nom de Wilson Fencher a trouvé la mort. Il est resté à son poste jusqu'au bout. Il a été agressé par un piquet de grève déchaîné. Ils l'ont grièvement blessé, et il est décédé peu après.

Anrath déglutit plusieurs fois. Il se sentit brutalement replongé dans son passé. Il n'aurait jamais imaginé que Fencher fût capable d'une telle ténacité.

— Votre ancien collègue a dû se douter de ce qui se passait réellement à Terrania, continua Bull. Évidemment, nous ne lui avions pas dit la vérité quand nous vous avons enlevé et emmené sur la Lune.

— Je n'ai jamais été véritablement proche de lui, murmura Anrath. J'avais toujours eu des doutes sur sa fiabilité.

Bull changea de sujet en voyant comment l'ingénieur assimilait cette nouvelle en provenance du Sahara.

— Il y a une heure, un détachement de la flotte a effectué un assaut contre *Old Man*, annonça-t-il. Ce fut naturellement un échec. Une tentative de négociation avec les Gardiens Fréquentiels a également avorté.

Anrath se fit violence pour chasser les idées qui l'agitaient en rapport avec son ancienne profession. Sahara XI et Wilson Fencher, c'étaient là des noms qu'il ferait mieux d'oublier à jamais. S'il y avait un jour une nouvelle vie pour lui, il devait rayer ces noms de sa mémoire, ainsi que tout ce qui s'y rattachait.

— Comment Madame Rhodan prend-elle les événements ? se renseigna-t-il.

— Elle a trop de fierté pour montrer son chagrin, répondit Reginald Bull. Elle retournera dans le système d'Eugal dans quelques jours. Sur Plophos, il règne un calme relatif. Là-bas, les gens font confiance à Mory. D'ailleurs, si la Terre devait capituler devant la police du temps, Tifflor a suggéré que nous y installions notre nouveau grand quartier général.

— Pourrai-je vous accompagner là-bas quand le moment sera venu ? demanda sereinement Anrath.

Bull leva les yeux, surpris.

— Je pensais que votre plus cher désir était de retourner le plus vite possible sur Terre – avec un autre visage.

— S'il est nécessaire qu'on me dote d'une nouvelle physionomie avant que je puisse abandonner mon rôle, j'y suis disposé, bien sûr, avoua Anrath. À propos, il m'est désormais indifférent de posséder cette tête ou une autre. Je suis maintenant l'homme sans nom et je le resterai.

Il n'y avait ni amertume ni résignation dans la voix de l'ingénieur. Il s'était définitivement accoutumé à ne plus jamais être Heiko Anrath. L'interphone bourdonna, mais Bull l'ignora. Il ne se passait pas un instant sans qu'un officier ne veuille lui faire part d'une information capitale.

Au moment où le Maréchal d'État allait de nouveau lever les yeux sur Anrath, l'écran s'illumina et les traits de Mercant s'y affichèrent. Cinq personnes seulement connaissaient le code permettant de se mettre en communication avec le bureau de l'adjoint de Rhodan sans que ce dernier n'appuie sur la touche de connexion.

— Désolé de vous déranger, attaqua le chef de la Défense. Branchez-vous sur le canal cinq, une surprise vous y attend.

Bull fronça les sourcils. Il était exceptionnel que Mercant s'exprime par énigmes. Quand il eut tapé une courte séquence sur le clavier, le deuxième écran s'alluma. Une silhouette émaciée y devint visible.

— Croton Manor ! s'exclamèrent Bull et Anrath de concert.

— Ce que vous voyez là est une photo télétransmise il y a deux minutes, expliqua le petit homme. Elle a également déjà été diffusée par les chaînes d'holovision. Un court message de Manor accompagnait ce cliché, à l'intention des « Défenseurs de la Lumière et du Bonheur ».

Bull pinça les lèvres. Il ne s'était pas attendu à ce que Manor soit encore en vie. Que le peintre se manifestât à présent ne pouvait signifier qu'une chose : il s'était allié avec le Condos Vasac et Grichert. À moins qu'il n'agisse sous la contrainte.

— Que dit ce message ? s'enquit Bull.

— Croton Manor affirme que des amis l'auraient sorti des griffes de la Défense Solaire. Il serait à présent sur Mars, d'où il reviendra bientôt pour proclamer encore une fois la vérité.

— Sur Mars ! laissa échapper Bull. Je ne vois pas comment cela serait possible.

— C'est ce que je croyais aussi, grogna Mercant. Pourtant, nous avons localisé l'émetteur, qui se trouve bel et bien sur la quatrième planète.

— Avez-vous… ? commença Bull.

— Évidemment, répondit instantanément Mercant. Le général Trestinov est au courant. Il est déjà en route pour débusquer le repaire martien du Condos Vasac.

Bull sentit affluer en lui une énergie nouvelle. Il se mit à éprouver des difficultés à rester calmement assis. S'ils n'étaient pas victimes d'une supercherie, ils avaient une petite chance d'obtenir la preuve que le Condos Vasac était le vrai responsable. Le général Nicolaï Trestinov était un homme qui procédait avec circonspection. Il était capable de frapper rapidement et efficacement. Il fallait toutefois prendre en considération les conditions régnant actuellement sur Mars.

— J'attends des nouvelles de la planète rouge d'un instant à l'autre, ajouta Allan D. Mercant.

Les deux écrans s'éteignirent. Reginald Bull bondit de son fauteuil comme propulsé par un ressort.

— Suivez-moi ! lança-t-il à Anrath.

Lequel arbora un grand sourire.

— Je pensais être licencié, fit-il remarquer.

— Qui vous a parlé de licenciement ? dit Bull en frappant dans ses mains. Venez, nous avons plus que jamais besoin de vous.

Il avait déjà atteint la porte et se précipita dans le couloir. Anrath resta indécis quelques secondes, puis il se ressaisit et se lança à la suite de Reginald Bull dans les méandres du bâtiment de l'Administration Solaire.

CHAPITRE VIII

Sur les dispositifs de localisation, le signal devenait de plus en plus net. Le petit glisseur survola les halles et les vaisseaux marchands.

— Nous allons les enfumer ! s'exclama le général Nikolaï Trestinov.

Sa moustache tremblait. Trestinov était un homme d'action. Sur Mars, tout marchait comme sur des roulettes, et c'était sa fierté. Du moins, tout avait bien marché jusqu'au moment où Croton Manor avait tenu son discours, faisant perdre leur sang-froid aux commerçants. Des scènes d'émeutes s'étaient déjà produites sur la planète rouge quand le général avait interdit tout décollage lors de l'offensive d'un Dolan. Mais il avait imposé sa volonté.

Malgré tout, la paix et l'ordre appartenaient désormais au passé. Trestinov s'était certes efforcé de calmer les marchands en colère, mais les équipages des cargos étaient sortis de leurs vaisseaux pour venir manifester devant les bâtiments de l'administration. Quelques capitaines particulièrement irascibles avaient purement et simplement déchargé leur cargaison au sol, si bien que le spatioport offrait aux yeux de Trestinov un spectacle chaotique. Pour l'instant cependant, le regard de celui-ci était accaparé par le point qui clignotait sur l'écran du système de repérage.

Le pilote du glisseur, un jeune lieutenant, conduisait la tête rentrée dans les épaules. Il n'arrivait pas à se départir du sentiment que Trestinov pourrait perdre son sang-froid à tout instant et s'en prendre à lui en le saisissant à la gorge.

— Une base clandestine ! lança le général. En plein centre névralgique de Mars !

Et juste sous les yeux de l'infaillible général Nikolaï Trestinov, compléta avec malice – mais en silence – le jeune lieutenant.

— Volez plus lentement ! ordonna Trestinov. Je ne voudrais pas dépasser notre objectif.

Le pilote réduisit docilement la vitesse. Sous eux, des véhicules occupés par des hommes armés encerclaient de toutes parts un entrepôt situé en bordure de l'aire d'atterrissage. Le général avait donné l'alerte sitôt après avoir été lui-même informé. Il ne fut donc pas étonné que plusieurs officiers soient arrivés avant lui avec leurs troupes. Après tout, il avait dû faire le trajet jusqu'ici depuis le bâtiment de l'administration générale.

— Ce doit être là ! grommela Trestinov. La halle avec un toit rouge. Posez-vous sur l'espace dégagé entre les deux nefs cylindriques.

Il alluma l'hypercom et fut immédiatement en liaison avec l'Administration Solaire sur Terre. Allan D. Mercant répondit.

— Nous avons trouvé le repaire des ravisseurs, annonça le général. C'est un entrepôt.

Il observa la façon dont les soldats venus avec des véhicules de surface ceinturaient la halle. Entre-temps, trois autres glisseurs étaient arrivés et volaient en cercles au-dessus du toit rouge.

— Nos adversaires ne peuvent plus nous échapper ! s'exclama Trestinov d'une voix triomphante. À présent, il ne me reste plus qu'à atterrir et à les inviter à la reddition. Dans quelques minutes, nous aurons libéré Croton Manor.

Il fit un signe au pilote. Le jeune homme engagea le glisseur sur une courbe serrée et le posa à l'abri derrière un des transports de surface. Un capitaine accourut. Il était en nage et ne cessait de jeter des coups d'œil en direction de la halle, comme s'il craignait que quelque chose puisse se produire pendant qu'il regardait ailleurs.

— L'entrepôt est cerné, Monsieur ! s'écria-t-il alors que Trestinov s'extirpait avec difficulté du glisseur. Nous attendons vos ordres.

— Cerné, hein ? grogna le général en tiraillant sa moustache. Sommez-les de se rendre.

Le capitaine retourna vers le véhicule avec lequel il était venu. Le pilote du glisseur hasarda la tête à l'extérieur, et s'empressa de la rentrer à la seconde où ses yeux croisèrent ceux de son supérieur.

— Me d'mande quels oiseaux nous avons attrapés là, marmonna ce dernier en s'appuyant contre la carrosserie du glisseur.

À la même seconde, l'entrepôt explosa.

Le toit rouge se souleva et se plia par le milieu. Il plana dans les airs comme s'il était dépourvu de poids, puis il descendit en se balançant comme une feuille morte et atterrit sur l'engin d'une des équipes d'intervention. Puis le son de la déflagration parvint aux oreilles de Trestinov, si puissant qu'il eut l'impression que tous ses organes internes se retournaient. Tout en restant collé à la carrosserie du glisseur, il se laissa tomber au sol. Ses oreilles bourdonnaient mais il n'entendait plus le bruit de l'explosion de la halle : il était devenu sourd.

Les murs de l'entrepôt s'étaient dilatés vers l'extérieur comme s'ils avaient été faits de caoutchouc. Les installations intérieures avaient été pulvérisées dans toutes les directions, et à présent leurs débris déchiquetés retombaient en pluie sur les hommes qui couraient afin de se mettre à couvert. Plusieurs des véhicules de surface les plus proches du centre de la déflagration avaient été renversés. En les voyant, Trestinov songea à des coléoptères géants gisant sur le dos, sans défense.

Le général rampa le long du glisseur. Il gardait les

deux mains serrées sur ses oreilles. La pression de l'air avait ballotté le petit aéronef. À l'intérieur, rien ne bougeait. Trestinov supposa que le pilote s'était mis à l'abri sous les sièges.

Quand il fut certain que nul danger ne menaçait plus, le général se releva et s'écarta du glisseur. Il ne se préoccupa pas du chaos qui régnait alentour. La première chose à exécuter était de faire son rapport à la Terre. Quand il sauta à bord, le pilote était justement en train de se redresser.

— L'entrepôt a explosé, Monsieur ! s'écria le jeune homme d'une voix qui semblait venir de très loin. Soulagé, Trestinov constata qu'il n'avait pas perdu l'ouïe.

Il s'installa devant l'hypercom sans prêter attention à son chauffeur. De nouveau il ne fallut que quelques secondes avant que le contact avec le G.Q.G. de Terrania soit établi. Cette fois, ce fut Reginald Bull qui répondit.

— La halle a explosé, Monsieur, l'informa Trestinov d'une voix où perçait le dépit. Je ne suis pas encore en mesure de constater les dégâts. Je ne pense pas que nos adversaires se soient suicidés. Il s'agit plus probablement d'un accident.

— Faites fouiller les décombres ! ordonna Bull.

— Je regrette que nous soyons arrivés trop tard, reprit le général. Manor n'est peut-être pas mort. Mais s'il y avait quelqu'un dans l'entrepôt, aucune chance qu'il en ait réchappé.

— Essayez de découvrir l'identité des éventuelles victimes, ajouta le Maréchal. Encore une chose : vos hommes doivent rechercher en priorité les débris d'un transmetteur.

— Je comprends ! s'exclama Trestinov. S'il y avait un transmetteur dans cet entrepôt, les mécréants auront pris la fuite avant de tout faire sauter.

Quand ses hommes investirent ce qui restait du bâtiment quelques instants plus tard, ils trouvèrent un cadavre mutilé. Il portait une gourmette au poignet, sur laquelle était gravé « N. Setereyns ».

Setereyns fut la seule victime que découvrit l'équipe de recherche.

*
* *

Caarn eut un sourire moqueur quand il vit les immenses affiches placardées de part et d'autre de l'entrée, montrant un Gwydlin Grichert grandeur nature. Sous la photo au sourire jovial de l'administrateur du système de Sempron, une proclamation s'étalait en lettres multicolores :

L'HOMME QU'IL NOUS FAUT !
UNE GARANTIE DE PAIX ET D'ORDRE !

Pantelant, Caarn gravit les degrés qui le séparaient de l'entrée principale. Compte tenu de la mentalité de Grichert, il était logique qu'il louât l'un des plus grands hôtels de Terrania pour en faire son G.Q.G. Tout en haut de la tour flottait le drapeau sempronien. L'administrateur se sentait visiblement déjà dans la peau du Stellarque.

Quand le gros homme atteignit la porte, deux hommes en armes surgirent en lui barrant le chemin.

— Avez-vous une invitation pour la conférence de presse ? demanda l'un des deux.

Caarn jeta un coup d'œil vers le glisseur qui l'avait amené, et qui stationnait à présent devant l'hôtel. Il maudit sa décision de venir en personne jusqu'ici. Il aurait dû convoquer Grichert. Le Sempronien avait besoin d'être mis au pas.

— Votre laisser-passer ! insista l'homme. Présentez-le ou disparaissez !

L'agent du Condos Vasac fit une mimique de contrariété. Il activa discrètement son bouclier répulseur et les deux hommes s'affalèrent au sol, inconscients. Caarn les considéra sans état d'âme. Certain que Grichert avait posté d'autres gardes, il alluma son écran déflecteur afin de pouvoir se déplacer sans être vu. Il conjectura que le Sempronien devait tenir sa conférence dans le plus grand salon de l'hôtel. Dans le hall, il tomba sur trois hommes accoudés au bar, apparemment indifférents à tout. Il cracha dédaigneusement, puis s'approcha du comptoir. Il attendit que les trois individus regardent ailleurs, vida prestement un des verres et repartit vers la salle de réunion. Parvenu à l'extrémité du hall, il entendit les voix irritées des trois piliers de bar. Ils se chamaillaient pour savoir lequel d'entre eux avait bu un verre qui n'était pas le sien. Caarn ricana et continua. Comme il s'y était attendu, quatre gardes étaient en faction à l'entrée du grand salon. La porte était entrouverte, lui permettant d'entendre la voix perçante de Grichert en provenance de l'autre côté.

Caarn se dirigea vers un renfoncement et culbuta un des fauteuils qui s'y trouvaient. Quand les quatre hommes accoururent pour découvrir l'origine du fracas, il passa devant eux et s'introduisit dans la salle de réunion. Une trentaine de journalistes s'y entassaient. L'inévitable équipe de techniciens de la Terravision occupait le centre de la pièce.

Grichert se tenait à la tribune, fermement campé sur ses jambes écartées. Pour l'occasion, il s'était affublé d'une cape bleu acier. Il était coiffé avec recherche. Caarn se glissa le long du mur jusqu'à ce qu'il se retrouve directement sous l'estrade. Il n'entendait pas ce que disait l'orateur. Il éprouva quelques difficultés à contourner la tribune. Complètement hors d'haleine, il atteignit la tenture latérale. Il estima l'emplacement adéquat.

— Comment avez-vous l'intention de prendre le contrôle de l'Astromarine Solaire si vous êtes élu ? interrogeait justement l'un des journalistes.

Grichert esquissa un geste impatient, de l'air de quelqu'un qui avait d'autres chats à fouetter et pas de temps à perdre à des vétilles. Puis il fit un pas en avant, comme s'il voulait montrer ainsi son intérêt au questionneur. Il s'y prenait avec beaucoup d'habileté, estima Caarn, regrettant que le Sempronien soit un homme tellement affamé de pouvoir qu'il n'acceptait de recevoir des ordres qu'avec réticence.

— La flotte, dit Grichert avec une lenteur étudiée, est sans aucun doute toujours aux ordres de ceux-là mêmes qui sont responsables de la situation actuelle. Je tiens cependant à vous rappeler que les commandants et officiers de l'Astromarine Solaire sont depuis toujours obligés de respecter les règles de la démocratie. Dès qu'un nouveau Stellarque aura été élu – et la mine de Grichert ne laissait planer aucun doute sur l'identité de celui qu'il voyait à ce poste – la flotte devra se placer sous son commandement.

— Avez-vous déjà pris contact avec l'un ou l'autre commandant ? s'enquit un journaliste.

— J'estime ne pas y être autorisé, fut la réponse. Je suis un homme politique qui n'est actuellement responsable que du seul système de Sempron. Ce ne sera que lorsque d'autres tâches m'auront été confiées que je pourrai me consacrer à des choses qui me tiennent cependant à cœur dès maintenant.

Tu es un fieffé coquin, se dit Caarn, admiratif malgré lui. Il fit une boulette bien serrée avec un papier qu'il avait dans la poche et visa soigneusement, atteignant Grichert à l'occiput. Il coupa aussitôt son déflecteur. Quand l'autre se retourna, il lui fit signe. Le Sempronien opina discrètement.

— Je vous prie de bien vouloir m'excuser quelques secondes, lança-t-il aux journalistes. Il me semble qu'on veut me transmettre des nouvelles importantes.

Caarn se retira jusqu'au fond de la salle et passa dans la pièce attenante. Deux hommes au regard méfiant surgirent immédiatement à ses côtés, mais avant qu'ils aient pu faire quoi que ce soit, Gwydlin Grichert apparut et les congédia d'un geste de la main.

Caarn ignora la main que lui tendit l'administrateur.

— Deux hommes gisent inconscients devant l'entrée principale, commença-t-il sans ambages.

— Je ne pouvais pas savoir que vous viendriez ici, protesta Grichert. Si j'avais été informé de votre visite, je leur aurais donné d'autres consignes.

— Venons-en au fait, abrégea le gros homme. J'ai une histoire à vous raconter, et il faut absolument que vous en fassiez part aux journalistes.

Grichert écouta le récit sans piper mot.

— La destruction de notre base martienne nous aura coûté deux millions de solars, conclut Caarn. Mais le Condos Vasac ne fait pas de cadeau. Si nous avons sacrifié l'entrepôt de la quatrième planète, c'est parce que nous comptons bien en être largement dédommagés. De plus, l'impression qui ressort à présent de cela est que les libérateurs de Croton Manor ont provoqué cette explosion au risque d'y laisser la vie afin de protéger le peintre. Cela aura un effet positif sur le public et offrira une nouvelle matière à polémiques.

— Je sais ce qu'il me reste à faire maintenant, rétorqua Grichert. Vous pouvez avoir confiance en moi.

— Je repars, murmura Caarn. Je dois préparer tout cela avec Ahnquork. (Il désigna l'autre sortie.) Puis-je quitter l'hôtel par ce chemin ?

— Un de mes hommes va vous accompagner, indiqua l'administrateur. Ça vous évitera d'autres difficultés.

Autre chose sembla lui venir à l'esprit, car il suivit Caarn et demanda :

— Où est Setereyns ? N'était-il pas avec vous dans la base ?

— Il a eu un accident, répondit Caarn d'une voix inexpressive.

Et il sortit.

Grichert garda les yeux fixés sur la porte, pensif. Il lui fallut un moment avant de se sentir de nouveau assez calme pour retourner affronter les journalistes et leur faire part d'une inédite et sensationnelle information.

*
* *

L'univers semblait n'être plus constitué que de cloisons de bureau lambrissées, d'écrans et de systèmes de télécommunications. Heiko Anrath avait cessé de tenir le compte des heures qu'il avait passées en compagnie de Reginald Bull et Allan D. Mercant dans les locaux de l'Administration Solaire. L'optimisme qui les avait envahis tout de suite après la découverte de la base du Condos Vasac était retombé aussi vite une fois que l'entrepôt de Mars eut explosé. À présent, les responsables de l'Empire s'attendaient à être confrontés à une pression sans cesse croissante de la part de Gwydlin Grichert et de ses alliés politiques.

Au matin du 13 février, Heiko Anrath était effondré dans un fauteuil du bureau de Mercant. Il avait essayé de récupérer pendant quelques heures, mais le sommeil l'avait fui. Ses traits – ceux de Rhodan – s'étaient altérés. Ils s'étaient durcis et des rides s'y incrustaient profondément. Anrath était épuisé, lessivé. Il avait l'impression que son corps et son esprit s'étaient dissociés pour former deux entités distinctes.

Le bureau de Mercant était devenu un monde brumeux, habité par deux variétés d'ombres : celles qui restaient immobiles à leur place, comme les meubles et le pupitre de contrôle, et celles qui se déplaçaient, comme Mercant, Bull et les officiers qui entraient et sortaient constamment. Le léger déclic de la porte qui s'ouvrait et se refermait était pour Anrath le seul repère temporel encore valide. Il était audible, au contraire de son chronographe, et s'imposait à son ouïe en provenance du monde d'ombres, comme pour l'exhorter à surmonter sa fatigue.

— Nous devons préparer de nouvelles élections, expliqua Bull. Nous ne pouvons pas rester assis ici comme si rien ne s'était passé. Laissons Grichert tenter sa chance – et peut-être qu'il s'y cassera les dents.

Mercant sourit tristement.

— L'administrateur de Sempron n'a pas encore franchi le pas décisif, dit-il. Les meetings qu'il tient un peu partout ne sont qu'une préparation. Il conditionne son électorat, et avec succès car les gens voient en lui la brindille à laquelle ils peuvent encore se raccrocher dans la situation actuelle. Grichert et le Condos Vasac ont l'intention de nous exhiber encore une fois Croton Manor, bien que je n'aie aucune hypothèse quant à la tactique qu'ils emploieront.

— Nous le saurons en temps utile, coupa le major Santanjon, qui se trouvait présent. Si Grichert se sert du M.N.C., comme nous nous y attendons, il ne pourra pas le faire sans avertissement préalable.

Clic ! fit la porte, et les yeux d'Anrath, brûlants de fatigue, distinguèrent une nouvelle ombre qui entra dans la pièce et se dirigea vers le bureau.

Le silence se fit soudain et Anrath s'aperçut que tout le monde regardait Mercant qui, assis à sa place derrière son bureau, tenait en main un papier que le nouveau venu lui avait remis.

— Vous avez été il y a quelques instants d'une remarquable perspicacité, déclara le chef de la Défense au major Santanjon. Ce que vous avez pronostiqué s'est effectivement produit. Gwydlin Grichert a invité les représentants de la presse et de la Terravision pour ce soir, à Watan. Croton Manor s'y adressera de nouveau à l'humanité.

— Watan ? répéta Reginald Bull. C'est la première fois que j'entends ce nom. S'agit-il d'une ville ?

— C'est une petite localité située dans le massif de l'Himalaya, répondit Mercant. Tout s'éclaire, à présent. Le Condos Vasac possède une petite station de transmetteur quelque part dans cette région, justement. Croton a été emmené là-bas depuis Mars. À Watan, le peintre se placera face aux caméras et réitèrera ses accusations. Comme il est certain que la Terravision donnera suite à l'invitation de Grichert, Manor n'a guère besoin de spectateurs sur place à Watan.

— Il y a une chose que je ne saisis pas, murmura pensivement Santanjon. Pourquoi Manor a-t-il besoin de se montrer encore une fois en public ? Pour prendre un tel risque, Grichert doit avoir une raison impérieuse.

— Nous ne pouvons laisser cette confrontation avoir lieu, Monsieur ! lança un des officiers en colère. Si nécessaire, nous devrons faire appel à la force.

— Nous n'aurions rien à y gagner, rétorqua Bull. Nous n'allons pas arrêter Gwydlin Grichert. Nous ne pouvons qu'espérer qu'il a commis ou commettra une erreur. En tout cas, nous devons envoyer là-bas une petite force armée, afin de pouvoir intervenir si besoin est. Allan, que tous les mutants disponibles se rendent à Watan. Et qu'une troupe d'élite fasse de même.

Watan ! se répéta Anrath silencieusement. Ce nom sonnait comme une menace.

CHAPITRE IX

Les habitations avaient l'air minuscules, tassées à l'entrée de la vallée comme une masse grise compacte. Watan était traversée par une unique rue d'à peine quelques mètres de largeur, et aussi grise que les bâtiments qui la bordaient. Croton Manor songea que le gris semblait être l'unique couleur autorisée ici, quand il sortit de la petite maison donnant directement sur la chaussée pour observer les techniciens qui mettaient la dernière main aux préparatifs de son allocution. Le ciel lui-même avait la teinte mate du plomb, si bien que le peintre se demanda si le soleil se hasardait jamais à une timide tentative pour percer ce lourd plafond nuageux.

Dans un incommensurable passé, quelqu'un avait vidé un immense sac de poussière sur Watan, semblait-il, et la substance grise s'était incrustée partout. Un vent froid descendait des montagnes, et une neige poudreuse tourbillonnait depuis l'extrémité de la rue pour s'amonceler dans les passages séparant les constructions. La base avec son transmetteur se cachait quelque part là-bas, un peu plus haut sur le flanc de la vallée. Caarn, Ahnquork et Manor étaient arrivés deux heures plus tôt. Un glisseur d'apparence fragile les avait ensuite déposés à Watan. Une fois à pied d'œuvre, on avait à nouveau expliqué en long et en large à Manor ce qu'on attendait de lui.

Il soupira profondément. Pourtant, il hésitait à retourner à l'intérieur de la maison car Caarn et Ahnquork s'y trouvaient, deux hommes dont émanaient des ondes émotion-

…elles imprégnées de cruauté. Ils faisaient régner dans la pièce une atmosphère antipathique et malveillante.

De l'autre côté de la venelle, Manor aperçut un visage d'enfant se dessiner derrière la fenêtre d'une maison. La neige qui tombait sur le rebord de la croisée fondait au fur et à mesure, et l'artiste ressentit une indéfinissable nostalgie pour la chaleur et le confort de ce foyer étranger. L'enfant regardait fixement de son côté. Probablement lui offrait-il une apparence sinistre avec sa longue barbe noire et ses yeux tombants. C'était le même regard que Shreen avait toujours eu pour lui, songea-t-il tandis que sa gorge se nouait.

Il entendit quelqu'un sortir derrière lui. Il sut que c'était Ahnquork, car Caarn se serait trahi par son halètement asthmatique.

— Nous ne tenons pas à ce que vous attrapiez une pneumonie, dit l'homme. Un malade ne nous serait d'aucune utilité.

Croton Manor se retourna sans mot dire et rentra à l'intérieur. Caarn l'attendait avec un sourire désapprobateur. L'Akonide claqua violemment la porte et tapa des pieds tant pour les réchauffer que pour enlever la neige à demi fondue de ses chaussures.

— Vous êtes impatient, dit le gros homme.

— J'ai jeté un coup d'œil aux techniciens, répondit Manor. Ils ne semblent pas très ravis du choix de cet endroit. Je suppose qu'ils auraient préféré que nous nous rendions à Terrania ou dans une autre grande ville. Je les ai entendus se demander en plaisantant pourquoi nous ne les avions pas carrément invités au sommet du Nanga Parbat.

Ahnquork, qui était un individu totalement dépourvu du sens de l'humour, fit une grimace de contrariété. Il s'assit face à la table. Manor savait que Watan était littéralement envahie d'agents akonides déguisés en Terraniens coloniaux. L'organisation qui appuyait Grichert tenait de toute évidence le petit village sous sa coupe réglée.

Il y avait un petit radiateur à énergie nucléaire dans un coin de la pièce. Watan était en temps normal connectée au réseau de climatisation de Srinagar mais les ouvriers y étaient en grève, tout comme à Rawalpundi ct à Delhi. Nonobstant cela, à Watan, on avait pris toutes les précautions imaginables. Un immense entrepôt abritait de quoi approvisionner un millier d'habitants en nourriture et eau potable durant toute une année.

Manor vérifia l'heure au poignet d'Ahnquork. Il s'avancerait face au micro dans trois heures environ. À ce moment-là, le verdict tomberait. Il était décidé à faire tout ce qui serait en son pouvoir afin d'aider le gouvernement légal. Il lui était pénible de feindre une complicité enthousiaste vis-à-vis de Caarn et Ahnquork, mais il s'y contraignait afin de dissiper la méfiance toujours en éveil de ces deux hommes et pour ne pas compromettre ses chances.

Un puissant chuintement venu du dehors résonna dans la pièce. Immédiatement, Ahnquork se leva et alla vers la fenêtre.

— Un transport aérien de la Terravision, annonça-t-il. Les techniciens se donnent beaucoup de mal pour rendre l'environnement un peu plus présentable.

Caarn frappa ses cuisses adipeuses du plat de la main, rendant un son analogue à celui d'un applaudissement.

— Ils construisent une estrade, continua Ahnquork. (Il tourna la tête vers Croton Manor.) Nous faisons de vous l'homme le plus connu de la Galaxie.

— Eh oui, dit celui-ci en s'efforçant de donner à sa voix une tonalité chaleureuse et reconnaissante. Mais il ne ressentait rien de tout cela, car peu lui importait d'être la célébrité que l'Akonide laissait entendre. Mais inutile de s'évertuer à vouloir l'expliquer à un homme comme

Ahnquork, qui ne comprendrait jamais le message véhiculé par les nuages porte-bonheur.

— Que font-ils à présent ? voulut savoir Caarn.

Sa question concernait les hommes qui travaillaient à l'extérieur.

— Pourquoi ne pas vous lever et regarder par vous-même ? grogna Ahnquork, comme pris d'une soudaine colère envers la paresse de l'autre.

— Je ne suis pas du genre à me précipiter pour ne contempler que des choses insignifiantes, répliqua l'interpellé.

L'Akonide secoua la tête. Il quitta son poste d'observation et alluma l'holoviseur. Une jolie présentatrice apparut sur l'écran en relief.

— Nous attirons encore une fois votre attention sur le fait que nous entamerons dans trois heures environ la diffusion d'un reportage en direct de Watan où, d'après l'annonce faite par Gwydlin Grichert, devrait se trouver le peintre et chef de secte Croton Manor. Il aurait été emmené là-bas, libéré par ses amis après avoir été captif de la Défense Solaire.

Caarn lâcha un ricanement victorieux.

— Ils répètent ce communiqué toutes les demi-heures, dit-il. Pas de crainte à avoir que tout le monde ne suive pas l'émission. Ce soir, nos amis de l'Administration Solaire recevront le coup de grâce.

La présentatrice faisait maintenant le point sur les grèves généralisées, et Ahnquork éteignit le poste.

— Veillez bien à ne commettre aucune erreur quand vous serez devant le micro, avertit-il Manor sur un ton menaçant. Vous êtes notre allié, mais sachez que nous ne prenons aucun risque. Des armes resteront braquées sur vous en permanence tout le temps que vous parlerez. Nous pouvons très bien vous tuer et faire porter le chapeau au gouvernement.

— Pourquoi ne me faites-vous pas confiance ? répliqua

Manor en simulant l'indignation. Vous savez bien que je suis un adversaire du faux Perry Rhodan. Je m'opposais déjà à lui alors que nous n'avions encore rien à voir l'un avec l'autre. Il n'y a aucune raison que je change d'avis.

— J'ai rencontré dans ma vie nombre de personnes qui retournaient leur veste sans crier garc, expliqua l'Akonide. Demandez un peu à Caarn si j'ai confiance en lui.

— Pour lui, chaque collaborateur est un traître en puissance, commenta l'intéressé, réjoui. Jook Ahnquork ne fait confiance à personne, même pas à lui-même.

Manor savait que l'Akonide le prenait pour un fou. Il l'avait déduit de diverses réflexions lâchées par cet homme. À présent, il était également au courant que des gardes avaient été postés un peu partout. Au premier mot de travers, ils ouvriraient le feu sur lui. Il frissonna. Non qu'il craignît la mort, mais la pensée qu'il pourrait disparaître sans avoir pu réparer son erreur le confinait presque au désespoir. Malgré les minutieux préparatifs d'Ahnquork, il devait y avoir un moyen de faire quelque chose. Mais lequel ?

Quelqu'un frappa à la porte.

— Oui ? cria Caarn.

Un Bengali émacié entra, une toque de fourrure sur la tête. Son anorak dessinait une bosse sur le côté, là où il portait son arme.

— Qu'y a-t-il ? s'enquit le gros homme d'une voix hostile.

— Le glisseur de Monsieur Grichert vient de se poser, dit l'inconnu.

— Expliquez-lui où nous sommes, ordonna Ahnquork. Nous l'attendons.

La porte claqua. Manor entendit l'homme partir en courant.

— Grichert n'a pas perdu de temps, constata l'Akonide. Il doit avoir la frousse de rater le début du spectacle.

Manor avait compris depuis longtemps que les relations

entre Grichert et les hommes de l'organisation criminelle n'étaient rien moins qu'amicales. Les deux partis luttaient pour le pouvoir. Mais si le peintre connaissait les ambitions du premier, en contrepartie les objectifs de Caarn et Ahnquork lui demeuraient obscurs. Il pressentait qu'il s'agissait de quelque chose de considérable. Aux yeux de Manor, l'administrateur de Sempron n'avait qu'une importance très relative, très inférieure à celle que l'homme croyait probablement avoir. Le peintre estimait de plus que Grichert pourrait bien être éliminé une fois son rôle terminé – et que le même destin le menaçait également.

Gwydlin Grichert arriva quelques minutes plus tard. Il ouvrit la porte sans s'annoncer, et un courant d'air glacé s'engouffra dans la pièce. Son haleine formait un panache de vapeur blanche. Il était visible que l'administrateur s'était hâté. Il battit des mains pour les réchauffer puis il considéra longuement Manor, comme s'il voulait être bien certain que le peintre était réellement là.

— Fermez la porte, dit Ahnquork, impassible. Vous refroidissez la pièce.

Grichert émit un juron avant de refermer la porte d'un coup de pied. Il avait les joues cramoisies, non seulement sous l'effet du froid, mais aussi de l'excitation et de l'alcool. Les yeux de l'administrateur étaient injectés de sang. Il avait toujours su se contenter de quatre heures de sommeil par jour, mais ces derniers temps il n'avait plus eu une minute à lui. Manor savait que Grichert s'était donné à fond dans une campagne électorale aussi brève que sans précédent.

— Il fait un froid de canard ici ! laissa tomber le nouveau venu.

Il traversa bruyamment la pièce, forme grande et massive, avec l'attitude de celui qui s'est enivré de son rapide succès. Il s'arrêta devant le radiateur et écarta les mains.

— Il y a tout ce qu'il faut ici, déclara posément Caarn.

— Je sais, je sais, répondit Grichert. (Il fronça les

sourcils en voyant le téléviseur.) Pourquoi n'est-il pas allumé ?

— Il est en panne, dit Caarn.

Le Sempronien se jeta sur le petit appareil comme s'il voulait le renverser. Ses mains dérapèrent sur les touches. Caarn et Ahnquork échangèrent un regard.

— Mais vous êtes ivre ! constata Caarn.

— Exact ! grogna Grichert. C'est pour ne pas m'effondrer d'épuisement. Je dois encore tenir le coup le temps de cette émission, après quoi je dors deux jours d'affilée. Si je n'avais pas bu, je ne serais à présent plus bon à rien. Je m'endormirais sur l'estrade là dehors, devant les caméras.

— Un homme sous l'emprise de l'alcool commet facilement des bévues, contesta Ahnquork.

Grichert se retourna. Dans son dos, le commentateur de la télévision commença à parler d'une voix indistincte, mais la voix du Sempronien le couvrit sans peine.

— Oseriez-vous me faire des reproches ?

À la surprise de Manor, l'Akonide évita l'affrontement.

— Non, répondit-il. J'essaie seulement de vous aider avec quelques recommandations.

Grichert se redressa encore davantage, et Manor dut reconnaître que l'administrateur offrait une apparence impressionnante.

— J'ai construit des avenues et des dômes dans la jungle de Sempron I, rappela avec fierté l'ancien architecte. Chaque soir, après la fin du travail, je buvais jusqu'à ne plus tenir debout. C'était le seul moyen de tenir le coup. Mes dômes et mes avenues existent toujours – et existeront encore longtemps. Je les ai bâtis tout en ayant une gueule de bois carabinée. Et maintenant vous me conseillez de ne pas boire parce que notre ami ici présent va parler à la TV et que je dois être à ses côtés. *Ridicule !* dit-il en insistant lourdement sur le dernier mot.

Dans le regard d'Ahnquork, quelque chose vacilla,

probablement la prise de conscience que ce maniaque pouvait devenir dangereux pour lui aussi.

— Où en sommes-nous ? demanda Grichert.

— Nous attendons le feu vert des techniciens et des journalistes, précisa Caarn. Nous pourrons commencer dès qu'ils en auront fini avec leurs préparatifs.

L'administrateur se tourna vers Manor.

— Êtes-vous prêt ?

— Oui, confirma sereinement l'interpellé.

— Ne vous avisez pas du moindre faux pas, l'avertit le Sempronien.

— Jook Ahnquork me l'a déjà dit, sourit Manor d'un air entendu.

— Des radiants seront pointés sur lui tout le temps qu'il parlera, expliqua l'Akonide. Les nôtres ont investi quelques-unes des habitations les plus proches de la place. Sitôt que Manor prononcera une parole non conforme, ils ouvriront le feu.

Le menton de Grichert s'affaissa.

— Je serai à côté de lui, rappela-t-il. Je pourrais être touché.

— N'ayez aucune inquiétude, intervint Caarn. Nos hommes savent parfaitement sur qui ils doivent tirer. Mais bien sûr cela n'arrivera pas, puisque Croton Manor est de notre bord.

Grichert insista pour que tout soit vérifié encore une fois. Aussi le temps passa-t-il très vite. Quand le jour commença à baisser, un de ses sbires vint annoncer à Ahnquork que tout était prêt. L'administrateur du système de Sempron, qui était impatient, s'empressa de coiffer sa toque de fourrure. On donna à Manor une veste fourrée et un bonnet. Caarn gémit en s'introduisant péniblement dans sa parka.

Grichert se précipita dans la rue, comme s'il ne pouvait plus se permettre de perdre une seconde.

Plusieurs journalistes attendaient devant la maison. Le

Sempronien fut immédiatement cerné. Bien qu'il levât les bras à contrecœur, il se délectait visiblement de sa popularité.

— Allez-y ! dit Caarn à Croton Manor en le poussant vers la porte grande ouverte.

Malgré son bonnet profondément enfoncé et son col relevé, le peintre fut reconnu par l'un des journalistes.

— Comment vous a-t-on aidé à échapper à la garde de la Défense Solaire, Monsieur Manor ? interrogea le jeune homme. Il est notoire que cette organisation n'emploie que des spécialistes confirmés.

Ahnquork s'avança au niveau du peintre.

— Croton Manor répondra à toutes les questions devant les caméras de la Terravision, coupa-t-il.

— Répondrez-vous alors également à sa place ? s'enquit le journaliste, narquois.

Manor fut soulagé de ne pas avoir à répliquer. Il n'aurait servi à rien de tenter quelque chose pour l'instant. Ce ne serait qu'une fois sur le podium, quand les caméras seraient braquées sur lui, qu'il pourrait contribuer à rétablir la vérité.

— Messieurs, je vous en prie ! entendit-il Grichert s'exclamer. Encore quelques minutes de patience.

L'administrateur du système de Sempron se libéra. L'estrade que les techniciens de la TV avaient érigée faisait à peine deux mètres de haut et ses dimensions se rapprochaient de celles d'un ring. Des caméramen s'étaient disposés de chaque côté et un troisième attendait, juché sur une plate-forme antigrav, pour s'occuper des prises de vue aériennes. Le micro était placé exactement au centre du podium. Plusieurs projecteurs équipés d'antigravs flottaient au-dessus de l'emplacement ainsi illuminé.

Environ deux cents habitants de Watan s'étaient rassemblés sur la place. Ils ne semblaient pas particulièrement intéressés par les événements en préparation. Manor se souvint de ses deux précédentes prestations à Gobi-

Parc. Ce lieu où il se trouvait présentement le mettait mal à l'aise. Toutes les puissances obscures semblaient s'être rassemblées ici afin de le détruire. Il sentait de manière palpable l'aura maléfique qui entourait les individus comme Caarn, Grichert et Ahnquork, et parmi les spectateurs et les techniciens il ne semblait y avoir personne en mesure de lui apporter un peu de lumière.

J'aimerais que tout cela soit déjà fini, songea Manor tandis qu'il s'avançait vers l'estrade. Il fouilla ses souvenirs pour découvrir à quel moment il s'était fourvoyé au cours de sa vie, quand le Croton Manor d'alors était devenu le peintre des nuages porte-bonheur. Peut-être bien qu'il avait raison, cet agent de la Défense Solaire qui lui avait rendu visite peu avant son premier grand discours à Gobi-Parc. Il devait vraiment être un M.N.C., un homme doté de facultés parapsychiques latentes. Il se dit que nombre de gens devaient le prendre pour un aliéné. D'ailleurs, pour Caarn et ses complices, il n'était rien de plus qu'un pauvre fou dont ils s'imaginaient pouvoir tirer profit.

Ces pensées dégrisèrent Manor. Il comprenait enfin que le nombre de ses adeptes n'avait aucunement augmenté parce que les gens s'intéressaient au message porté par les nuages porte-bonheur. Il n'était redevable de son actuelle popularité qu'aux circonstances actuelles, tout comme Gwydlin Grichert. C'était un succès plus que douteux.

Il atteignit le petit escalier accolé à l'estrade et le gravit, suivi par Grichert. Les autres restèrent dans la pénombre de la nuit approchante. Il pouvait les sentir tandis qu'il s'avançait vers le micro, le Sempronien toujours sur ses talons.

Les techniciens l'avisèrent qu'il pouvait commencer.

— On y va ! dit Grichert, un sourire confiant sur le visage.

C'était le sourire du vainqueur. La fatigue de l'homme semblait s'être envolée. Les effets de l'alcool n'étaient plus discernables non plus. Manor sentit la force qui émanait de cet homme, plus dangereuse que celle d'un carnassier parce qu'elle était contrôlée par une intelligence impitoyable. Un individu comme Grichert était capable de bâtir quelque chose, mais il pouvait tout aussi bien détruire d'un claquement de doigts ce qu'il avait créé. Ce triste personnage était une catastrophe naturelle pour l'humanité, à l'instar d'un cyclone ravageur.

— Qu'attendez-vous ? lui murmura Grichert.

Manor savait qu'à cet instant les caméras avaient commencé à filmer. À présent, tant sur Terre que sur tous les mondes peuplés par des humains, des hommes et des femmes étaient assis devant les écrans d'holovision pour écouter ce qu'il avait à dire.

— Je ne suis pas venu ici pour mener un combat déloyal, commença-t-il de sa voix profonde. J'offre encore une fois à mon adversaire l'occasion de réfuter mes affirmations. Que l'homme qui prétend lui-même être Perry Rhodan vienne ici, à Watan, et se laisse tester. Je vous parlerai en attendant son arrivée.

Croton Manor savait que le sosie du Stellarque n'avait pas le choix, qu'il ne pouvait que se rendre à cette proposition. Grichert et ses complices avaient fait le nécessaire afin que ce qui s'était produit le 2 février dans la Salle Solaire ne puisse advenir de nouveau. Trois spécialistes akonides étaient postés en bas de l'estrade. Ils avaient un équipement qui leur permettrait de découvrir en quelques secondes l'émetteur que le faux Rhodan devait porter et qui était responsable des impulsions individuelles détectées.

CHAPITRE X

Watan était encerclée par les troupes d'élite de la Défense Solaire. Neuf mutants, sous la direction du téléporteur Tako Kakuta, étaient prêts à intervenir immédiatement si la nécessité s'en faisait sentir.

Toutefois, Heiko Anrath s'était rendu compte que les troupes d'intervention de Mercant étaient totalement impuissantes ici, dans l'Himalaya, et ce tant que Grichert et le Condos Vasac ne donneraient pas à leurs adversaires motif à agir.

— Oh, le beau piège ! s'était simplement exclamé Bull en entendant l'invitation de Croton Manor.

Il s'était immédiatement mis en route pour Watan, accompagné par Mercant, Mory Rhodan-Abro et Anrath. Le major Santanjon et deux autres galactopsychologues avaient en hâte recommandé de répondre au désir du chef de secte. Un refus serait interprété par le public comme la preuve de la véracité des accusations de Manor.

Anrath regarda l'heure. Ils arriveraient à Watan dans quelques minutes. Il se retrouverait de nouveau face à Croton Manor et Grichert.

— Ne vous faites aucune illusion, l'avait averti Mercant. Cette fois, Grichert et ses alliés ont mis en place une méthode infaillible pour prouver que vous n'êtes pas Perry Rhodan.

Anrath l'avait dévisagé, étonné.

— Alors pourquoi nous rendons-nous à cette confrontation ?

— À cause de Croton Manor. J'espère encore que le

M.N.C. est secrètement de notre côté. Peut-être interviendra-t-il au dernier moment.

Anrath eut un sourire torve en repensant à cette conversation. Ils volaient vers Watan sur la base d'un vague espoir qui ne se concrétiserait probablement jamais. Il se voyait déjà sur l'estrade, la tête basse et identifié comme un imposteur.

Il jeta un coup d'œil sur le téléviseur portable posé sur le siège à côté de lui. Croton Manor continuait de parler, mais tant ses gestes que ses mots étaient dépourvus de son ancienne conviction. Le peintre donnait l'impression d'être malheureux et fatigué. Peut-être la supposition de Mercant comme quoi Manor était en réalité un adversaire de Grichert était-elle vraie, après tout. L'incertitude apparaissait à Anrath pire que n'importe quoi d'autre susceptible de l'attendre à Watan. Il caressa l'idée de s'avancer jusqu'au micro et de dire la vérité, tout en sachant qu'avec cette manière d'agir il n'arriverait à rien.

Il regarda par la vitre du glisseur. Dehors, il faisait nuit. De temps à autre les lumières d'une ville ou d'une route rompaient la monotonie obscure. Des balises directionnelles flottaient dans les airs comme de lentes lucioles. Aucun des quatre passagers ne parlait. L'idée que Grichert était au bord de la victoire finale les rendait moroses.

Si je survis à tout ça, je me remémorerai souvent le temps où j'étais Perry Rhodan, se dit Anrath, *et cela me fera l'effet d'un mauvais rêve.*

Quand le glisseur se mit à ralentir, il jeta de nouveau un coup d'œil au-dehors. Sous eux apparaissait un rectangle lumineux autour duquel brillaient quelques lumières solitaires. C'était l'estrade installée au centre de la petite ville de Watan.

Tout est prêt ! s'exclama intérieurement l'ingénieur.

Juste avant de quitter Terrania, Anrath avait reçu une injection d'un stimulant afin de ne pas commettre d'impair sous l'effet de la fatigue. De plus, un porteur d'activateur cellulaire ne pouvait donner l'impression d'être en état de faiblesse.

— Nous y sommes, dit sèchement Bull.

Le glisseur perdit rapidement de l'altitude.

Quand ils atterrirent, Anrath souhaita intensément que se produise quelque chose qui l'empêcherait de monter sur le podium où se trouvait Manor. Les deux autres hommes et Mory étaient déjà debout quand il se leva de son siège à contrecœur. Ils évitaient mutuellement de se regarder.

Ils enfilèrent leurs vestes fourrées et remontèrent leurs capuches. Alors Bull, qui s'était chargé du pilotage, ouvrit la portière du glisseur. L'air froid était vivifiant. Anrath espéra qu'il aurait un effet anesthésiant sur ses pensées. Bull sauta hors de l'appareil. L'ingénieur l'entendit discuter avec quelqu'un, invisible dans l'obscurité.

— Il y a beaucoup d'étrangers dans la ville, annonça Bull quand ses compagnons le rejoignirent. Ce sont tous des agents de Grichert et du Condos Vasac.

L'étranger fut de nouveau avalé par la nuit avant qu'Anrath ait pu le voir. Dans la lumière de l'éclairage urbain, il constata que le sol était recouvert d'une fine couche de neige. Les techniciens des stations de régulation climatique faisaient en sorte qu'il ne neigeât jamais dans les grandes villes. Mais Watan n'était pas une grande ville. Cet agglomérat de bicoques miteuses apparut aux yeux de l'ingénieur comme une survivance du passé.

Je ne me sens pas bien, songea-t-il.

Les autres l'entouraient, et chacun semblait attendre qu'un autre prenne une décision.

— Avant d'y aller, j'aimerais vous dire quelque chose, murmura Reginald Bull. Vous nous avez beaucoup aidés. Vous avez fait un parcours sans faute alors que nous étions presque tous convaincus que vous n'arriveriez à rien.

— Me dites-vous cela parce que vous pensez que je ne redescendrai pas de cette estrade ? s'enquit Anrath, caustique.

Il regretta immédiatement son sarcasme. Bull s'était exprimé avec sincérité.

— Vous avez beaucoup donné, continua l'adjoint de Rhodan comme s'il n'avait pas entendu la réflexion d'Anrath. Nous vous en remercions.

— Oui, répondit l'ingénieur.

Il se sentit ridicule, frissonnant et transpirant alternativement.

Soudain un grand projecteur se braqua sur eux. Une caméra s'approcha, et Anrath entendit la voix agitée d'un journaliste qui annonçait aux téléspectateurs que le... Stellarque (il avait légèrement hésité sur ce mot) serait arrivé à Watan pour rencontrer Croton Manor.

— Vous avez bien l'intention de monter sur le podium, Monsieur ? lança le commentateur à Anrath.

— Oui, répondit l'intéressé.

En s'avançant vers l'estrade où se tenait Manor, il eut l'impression d'être observé tout du long par une caméra révélatrice. Heureusement, son capuchon et le col relevé de sa veste fourrée ne laissaient pas apparaître grand-chose de ses traits.

— Monsieur le Maréchal d'État, parlerez-vous également avec Croton Manor ?

— Non, répliqua Bull d'un air absent.

— Je constate que vous êtes venu accompagné de votre femme, Monsieur, reprit le journaliste en s'adressant de nouveau à Anrath. Y a-t-il une raison particulière à cela ?

— Elle croit toujours que je suis son époux, trancha le faux Rhodan d'un ton goguenard. N'est-ce pas une raison suffisante ?

— C'était là une réponse qu'en principe seul Perry Rhodan fournirait, dit le présentateur en s'adressant aux téléspectateurs.

Anrath raffermit son maintien. Les paroles du journaliste étaient un encouragement. Cependant, alors qu'il continuait à s'approcher de l'estrade, il put apercevoir Manor et Grichert qui se tenaient côte à côte près du micro et son assurance faiblit derechef. Quand il ne fut plus qu'à cinquante mètres du podium, le projecteur qui l'avait suivi jusque-là s'éteignit. Il nota que les caméras se braquaient de nouveau sur Manor, qui demeura toutefois silencieux.

— Nous resterons ici, annonça Reginald Bull. Mais soyez sans inquiétude, nous ne vous quitterons pas des yeux. Nous vous ferons descendre de là si la situation devient critique.

Anrath se contenta d'un hochement de tête bien qu'il ne soit pas certain que Bull pût percevoir ce léger mouvement dans l'obscurité. Il continua sa progression, seul mais à nouveau suivi par le cercle lumineux des projecteurs aériens. Aucune expression n'était lisible sur ses traits. Autour de lui, cependant à quelque distance, se pressaient d'étranges silhouettes qui devaient être des hommes et des femmes emmitouflés dans des manteaux de fourrure. Il supposa qu'il s'agissait des véritables habitants de Watan. Quelles pensées pouvaient bien animer ces gens dont le petit village s'était trouvé de manière si inattendue propulsé au centre de l'intérêt général ? Si tout se déroulait conformément aux espoirs de Bull et Mercant, ils raconteraient plus tard à leurs enfants qu'ils avaient pu voir Perry Rhodan en chair et en os, qu'il était passé si près d'eux qu'ils auraient pu le toucher. Ou, si les choses tournaient mal, ils leur raconteraient comment on avait démasqué un usurpateur dans leur village. Anrath ressentit une bouffée de sympathie envers ces gens car il était né pour se trouver parmi eux, en spectateur, et non dans les cercles où il évoluait à présent.

Deux journalistes l'interceptèrent au passage.

— Êtes-vous nerveux, Monsieur ?

— Que ferez-vous contre Grichert et Manor s'il est prouvé que vous êtes vraiment le Stellarque ?

— Achetez-vous un téléviseur, leur suggéra Anrath. Vous pourrez y entendre dans quelques instants les réponses à toutes vos questions.

Tout de suite après, il atteignit le petit escalier qui permettait d'accéder au podium. Manor et Grichert ne le quittaient pas du regard. Sous le puissant éclairage, le peintre semblait presque transparent tandis que le Sempronien avait l'air d'un grand animal pataud occupé à surveiller ses proies. Une étrange expression se lisait sur les traits du chef des D.L.B. L'administrateur gardait la bouche légèrement entrouverte et avait le regard brillant.

Les bottes d'Anrath firent résonner l'escalier tandis qu'il en gravissait les marches.

Il prit conscience de se trouver une fois de plus dans le champ des caméras.

— Je cède maintenant la parole à l'administrateur Gwydlin Grichert, dit Croton Manor. Il fera tout pour vous apporter la preuve que notre prétendu Stellarque est un usurpateur.

Grichert détailla Anrath du regard, avec la condescendance de celui qui était assuré de vaincre.

— Êtes-vous disposé à vous laisser examiner par trois spécialistes ? demanda-t-il.

— C'est pour cela que je suis venu, répondit tranquillement Anrath. Quand cet examen absurde sera terminé, la Galaxie saura que vous n'êtes rien d'autre qu'un criminel assoiffé de pouvoir, Gwydlin Grichert.

Le Sempronien était tellement assuré de son fait qu'il encaissa ces mots sans sourciller. Il alla jusqu'au bord de l'estrade et fit signe aux trois hommes qui attendaient près de l'escalier. Anrath vit que les trois étrangers transportaient avec eux plusieurs appareils.

Alea jacta est ! se dit-il. Cette fois, on ne manquerait pas de découvrir l'émetteur d'impulsions camouflé dans son « activateur cellulaire ».

Les trois hommes montèrent.

À quoi cela rimait-il de rester là et de continuer à jouer à être Perry Rhodan ? se demanda Anrath.

— La plupart d'entre vous se souviennent encore que le 2 février dernier l'homme que voici a volontairement laissé enregistrer un diagramme de ses impulsions individuelles, déclara théâtralement Grichert. Nous allons maintenant vous montrer comment il est possible qu'un homme qui n'est pas Perry Rhodan puisse cependant émettre les impulsions de celui-ci.

Que se passait-il à présent dans les esprits de Mercant et Bull qui restaient là, en bas, à le regarder. Ils savaient ce qu'il en était. Pourquoi ne venaient-ils pas mettre fin à cette comédie ?

Anrath demeura maître de lui. Il étudia les trois hommes en train d'installer leurs instruments. Le temps semblait suspendu. Manor avait le regard fixé sur Anrath. Grichert surveillait avec intérêt les préparatifs des spécialistes. Le sosie du Stellarque entendait les voix des journalistes comme si elles lui parvenaient de très loin, mais tout ce qu'ils disaient semblait dépourvu de sens. Les spectateurs qui entouraient l'estrade, rendus indistincts par l'obscurité, commencèrent à s'agiter. Grichert vit le cameraman qui opérait sur sa plate-forme antigrav aller et venir au-dessus de lui.

— Je pense que nous pouvons commencer, à présent, annonça le Sempronien après un bref conciliabule avec le trio.

Ce fut cet instant que choisit Croton Manor pour s'approcher de l'administrateur par-derrière et soustraire l'arme de service qu'il portait à la ceinture. Tous se passa si vite que personne n'eut le temps de réagir. Un éclair flamboyant aveugla Anrath. Puis il vit Grichert lever les deux mains en l'air et partir en arrière, déséquilibré. Le corps massif du Sempronien heurta le sol avec un bruit mat.

Grichert ne bougeait plus.

Il fallut un moment à Anrath avant d'être à nouveau capable de réfléchir.

Sa première pensée fut : *Grichert est mort !*

Manor revint lentement vers le micro, tout en tenant les trois spécialistes en joue avec l'arme dont il venait de se servir.

Tout autour de l'estrade, le silence était total. Les spectateurs étaient paralysés par la surprise et l'épouvante.

— L'homme que je viens de tuer sous vos yeux était un criminel qui voulait s'emparer du pouvoir suprême dans l'Empire Solaire avec l'aide des meilleurs scientifiques akonides, clama Manor face au micro. Ce n'est pas la Défense Solaire qui m'a enlevé, mais les séides de Grichert m'ont contraint à faire de fausses déclarations.

Il leva un bras et le pointa sur Heiko Anrath.

— Cet homme EST Perry Rhodan ! lança-t-il. Je suis heureux de pouvoir l'affirmer avant que les nuées…

Un éclair déchira l'obscurité.

Croton Manor émit un gargouillis et chancela. Son arme tomba au sol. Anrath bondit en avant et rattrapa le peintre. Il l'allongea par terre avec douceur. Une plaie béante dans la poitrine laissait échapper un flot de sang qui s'écoulait sur le manteau de fourrure brune.

Manor sourit comme s'il ne ressentait aucune douleur.

— J'ai été un vieux fou, chuchota-t-il. Toute ma vie, j'ai cherché quelque chose sans savoir quel but poursuivre. Maintenant que tout est fini, j'ai perdu jusqu'à la foi dans les absurdités que je débitais à mes adeptes…

Anrath voulut parler mais il se rendit alors compte

qu'on tirait de partout. Même le podium était devenu un champ de bataille.

— Je dois vous sortir d'ici, parvint-il enfin à prononcer. Vous êtes blessé.

Manor lui agrippa le bras.

— Ne me déplacez pas, implora-t-il. Par le diable, il me plaît de rester ici. Je suis sûr que les caméras continuent à filmer. Laissez l'humanité me voir mourir dans vos bras. Cela donnera du poids à mes paroles.

— Vous auriez fait un meilleur Perry Rhodan que moi, souffla Heiko Anrath.

Le teint de Manor devint cireux. Ses yeux étaient brûlants. Le nez proéminent faisait sur ce visage l'effet d'une pièce rapportée. Manor palpa sa blessure d'une main qu'il leva ensuite devant son visage, considérant ses doigts rougis de sang.

Puis son bras retomba. Il était mort.

Quand Anrath voulut se relever, quelque chose siffla dans les airs. Un des projecteurs aériens éclata juste au-dessus de lui. Une pluie de débris tomba sur l'estrade. L'ingénieur regarda autour de lui. Il était à présent seul avec le mort. On se battait dans tout Watan. Les troupes d'intervention de Mercant et les hommes du Condos Vasac se livraient un combat acharné.

Heiko Anrath réalisa qu'il offrait là une cible idéale. Se pliant en deux, il piqua un sprint et sauta d'un bond au bas de l'estrade. Il entra aussitôt en collision avec un homme obèse qui brandissait un radiant de la main droite. Le sosie de Rhodan pressentit instinctivement qu'il se trouvait en face d'un ennemi.

— Je vous attendais ! siffla l'inconnu.

Avant que l'individu ait eu le temps de tirer, Anrath avait lancé ses bras en avant pour l'agripper et le repousser tout à la fois. Le gros homme n'en fut pas plus ébranlé que s'il avait été de roc. Il semblait impossible d'avoir le dessus sur lui. L'ingénieur pensa à l'arme de

Grichert qui était restée sur le podium. Mais elle était à plus de dix mètres de lui.

L'obèse ahana sous l'effort, toutefois il parvint petit à petit à affaiblir la poigne d'Anrath.

— Quand je vous aurai tué, le sacrifice de Manor aura été inutile ! haleta l'inconnu. Et je vais vous tuer, aussi vrai que je m'appelle Caarn.

La détermination de l'homme à l'abattre quoi qu'il advienne fit frissonner Anrath. Ils luttèrent désespérément l'un contre l'autre, avec pour seul résultat que le pesant individu repoussa peu à peu le bras de l'ingénieur et parvint à replacer son arme en position de tir.

Derrière Caarn, une silhouette émergea soudain du néant et frappa violemment avec le canon d'un radiant. L'adversaire d'Anrath s'affaissa d'un bloc. L'ingénieur reprit péniblement son souffle.

— Merci ! croassa-t-il.

Un visage d'Asiatique à la mine enfantine lui sourit.

— Je suis Tako Kakuta, le téléporteur, se présenta le sauveteur d'Anrath. Bull m'envoie pour vous emmener à l'abri. On s'affronte encore dans la rue, mais les hommes du Condos Vasac battent en retraite. Venez, Monsieur Anrath.

L'interpellé hésita. Il montra Caarn, étalé au sol.

— Que fait-on de lui ?

Kakuta sourit derechef.

— Laissons-le là, décida-t-il. On le ramassera plus tard. Avec le somnifère que je lui ai administré, il dormira encore pendant un bon moment. Venez, nous allons au G.Q.G.

Ils longèrent la rue. Anrath profita de ce moment de répit pour réfléchir aux péripéties des quelques minutes écoulées. Croton avait donné sa vie pour réparer son erreur. Gwydlin Grichert était mort également. Partout dans la Galaxie on avait pu suivre le cours imprévu pris par les événements.

Kakuta fit halte devant un des petits bâtiments.

— Entrez ! dit le téléporteur en ouvrant la porte. Ils pénétrèrent dans une pièce bourrée d'installations techniques de toutes sortes. Reginald Bull et Mory Rhodan étaient là, assis au milieu des écrans et des appareils de communication.

— Je suis heureux de vous revoir, soupira Bull en saluant le sosie de Rhodan. Je commençais déjà à m'inquiéter pour vous en ne vous voyant pas redescendre de l'estrade.

— Je suis resté auprès de Manor jusqu'à la fin, expliqua Anrath.

Bull désigna les écrans.

— Nous avons suivi tout cela. Remarquablement efficace !

Il n'y avait nulle raillerie dans la voix de Bully.

Anrath parcourut la salle du regard.

— Où est Monsieur Mercant ? s'enquit-il.

— Il emmène les journalistes et les cameramen visiter la base du Condos Vasac, sur les hauteurs, répondit le Maréchal d'État. Toute la Galaxie pourra ainsi contempler les preuves qui convaincront les derniers sceptiques que Gwydlin Grichert et ses complices n'étaient animés que d'intentions criminelles.

Anrath se laissa tomber plutôt qu'il ne s'assit sur une chaise libre et rabattit la capuche de son manteau. Il se serait volontiers allongé par terre au milieu de la pièce pour dormir un peu.

— Que va-t-il se passer maintenant ? demanda-t-il.

— Quand l'humanité aura appris avec tous les détails que le haut commandement akonide est à l'origine de cette conjuration, il ne faudra pas longtemps pour que l'ensemble des grévistes reprenne le travail.

Anrath dodelina du chef, somnolent. Pour l'instant, tout lui était indifférent.

— Installez-le dans la chambre du fond, conseilla

Reginald Bull au mutant. Il pourra y dormir jusqu'à ce que nous ayons à nouveau besoin de lui.

Anrath écarquilla machinalement les yeux.

— Que voulez-vous dire ? interrogea-t-il. *Jusqu'à ce que vous ayez à nouveau besoin de moi ?*

— D'ici quelques heures la paix et l'ordre seront rétablis au sein de l'Empire Solaire, déclara Bull. Le gouvernement légal est à nouveau maître de la situation.

Anrath se leva et suivit Tako Kakuta, les jambes flageolantes. Il dormirait pour la première fois de sa vie à Watan, un minuscule village perdu dans la chaîne de l'Himalaya.

Bull esquissa un discret sourire quand l'ingénieur passa devant lui.

— Je suppose que vous comprendrez que nous avons toujours besoin d'un Stellarque, dit-il. Et vous êtes le meilleur candidat à qui je puisse penser pour ce poste.

FIN